www.buchwerft-verlag.de

Für Simon Paul und Alisa Marie
sowie unsere Kolleginnen und Kollegen
im täglichen Dienst

Vorwort:
Dieser Roman beruht auf Tatsachen. Die Ermittlungen und Vernehmungen orientieren sich an der Wirklichkeit des kriminalpolizeilichen Alltags. Auf vielköpfige Kommissionen wurde zu Gunsten der Verständlichkeit und des Handlungsfadens verzichtet. Keine der genannten Personen ist so existent. Namensähnlichkeiten sind daher zufällig. Jede Ähnlichkeit mit tatsächlichen Geschehnissen sowie mit lebenden oder verstorbenen Personen ist aber nicht immer rein zufällig. Der Roman soll vor allem ein Kriminalistenroman sein, der sich nah an der kriminalpolizeilichen Wirklichkeit orientiert. Deshalb sind einige Textpassagen bewusst streckenweise protokollartig.

Autoren:

Bernhard Hatterscheidt wurde 1965 in Essen geboren und ist seit 1982 Polizeibeamter. Nach Jahren im Streifendienst und der sog. Einsatzhundertschaft kam er 1996 nach der Ausbildung zum Kriminalkommissar zur Kölner Mordkommission. Anschließend war er sieben Jahre lang, bis 2010, enger Mitarbeiter des Leiters der Kölner Kriminalpolizei.

Ludwig Kroner wurde 1950 in Köln geboren. Nach dem Abitur studierte er Mathematik und übernahm für zwei Jahre eine Lehrtätigkeit an einem Kölner Gymnasium. Im Oktober 74 wechselte er zur Kölner Kriminalpolizei. Neben dem Polizeiberuf machte er eine theologische Ausbildung und 1994 folgte seine Ordination. Seit dem war er bis August 2009 neben dem Beruf als Kriminalbeamter Polizeiseelsorger in Köln. Ludwig Kroner ist Spezialist für Mundart-Gottesdienste.

Bernhard Hatterscheidt
Ludwig Kroner

Mörderischer Fastelovend

Kriminalistenroman

Verlag: www.buchwerft-verlag.de
Teichkoppel 31, 24229 Dänischenhagen

Druck: Breitschuh & Kock GmbH
Wittlang 8a, 24109 Kiel
Printed in Germany

2. überarbeitete Auflage April 2010

www.kriminalistenroman.de
info@kriminalistenroman.de

Titelbild: Sarah Matiaschek
Umschlaggestaltung: Ludwig Kroner
Lektorat: Helga Meyer/Katrin Lux

ISBN-978-3-940900-27-2

PROLOG

Er hatte trotz Karneval ein Taxi bekommen und ließ sich durch die dunkle Nacht nach Köln-Mülheim fahren. Die Straßenlaternen warfen nur ein spärliches Licht auf die wenigen Passanten. Ein kalter Wind blies und es regnete ein wenig. Typisch für diese Jahreszeit. An Karneval fand er es immer am kältesten.
In „Klein-Istanbul" feierte niemand Karneval. Das Leben auf der Keupstraße spielte sich hinter den hell erleuchteten milchverglasten Fenstern der türkischen Kulturvereine ab. Männercafes, in denen geraucht, geredet und vor allem gezockt wurde.
Er bat die Taxifahrerin an der nächsten Dönerbude anzuhalten. Beim Aussteigen drückte er ihr einen 20-Euro-Schein in die Hand und gab ihr mit einer Handbewegung zu verstehen, dass sie den Rest behalten könne. Mit der rechten Hand hielt er sich den Kragen zu, um seinen Hals gegen den eisigen Wind zu schützen. Zügig ging er die wenigen Schritte bis zum Imbiss Yalla.

Die Leuchtreklame war beschädigt, passend zu dieser schmuddeligen Gegend im Kölner Vorort. Lediglich das Wort „Imbiss" war im Dunkeln zu erkennen. Drinnen hingen verblasste Bilder von Atatürk und dem Strand von Alanya. An der Wand und dicht am beschlagenen Fenster standen zwei Stehtische, die einen Wischlappen nur vom Hörensagen kannten. Eigentlich war er mit seinem grauen Nadelstreifenanzug hier fehl am Platz.
Er grüßte den Mann hinter der Theke, welcher mit einem kaum verständlichen „N'Abend" mit türkischem Akzent antwortete. Dieser hatte die Gelegenheit genutzt, als keine Kundschaft im Laden war, den Inhalt seiner Kasse zu prüfen.
Er bestellte eine türkische Pizza mit extra scharfer Sauce und nahm sich eine Flasche Kölsch aus dem Kühlschrank. Der Flaschenöffner baumelte an einem Bändchen, welches mit Panzerband an der Oberseite des Kühlschranks festgeklebt war.

Während er auf sein Essen wartete, wischte er mit der linken Hand ein Guckloch in die beschlagene Schaufensterscheibe, in der rechten Hand das Kölsch. Auf der Straße konnte er nichts erkennen, nur die Laternen wippten gleichmäßig im Wind.

Die Bedienung stellte ihm das Essen mit ein paar unverständlich genuschelten Worten auf den Tisch. Während er gierig seine Lahmacun kaute, kam ein weiterer Gast herein. Der Mann trug ein Hasenkostüm. Sein Gesicht war hinter der überdimensionalen Nase nicht zu erkennen. Wortlos kam die Person mit schnellen Schritten auf ihn zu.
Gleichzeitig zog sie eine Pistole und richtete die Waffe auf ihn. Geistesgegenwärtig wollte er zur Seite springen, als ihm ein greller Lichtblitz entgegenschlug.
In Sekundenbruchteilen schoss ihm sein gesamtes Leben durch den Kopf. Es war vorbei, er war tot, bevor sein Körper auf dem schmierigen Boden aufschlug.
Die Bedienung hinter der Theke war durch den ohrenbetäubenden Knall zusammengezuckt und stand wie gelähmt, als sich der Mörder zu ihm herumdrehte.

EINS

Paul Westhoven schreckte hoch, als das Telefon klingelte. Mit zugekniffenen Augen blickte er auf die roten Ziffern seines Radioweckers, der neben ihm auf der Nachtkonsole stand. Kurz nach Zwölf. Nicht mal eine halbe Stunde hatte er geschlafen. Seine Frau Anne hatte unbedingt noch die nächste Urlaubsplanung diskutieren wollen. Vorsichtig schob er ihren Arm beiseite. Sie schlief tief und fest, das Klingeln hatte sie nicht gehört. Bevor sich der Anrufbeantworter einschalten konnte, hastete er eilig in sein Arbeitszimmer und hob den Hörer ab.

„Westhoven", krächzte er in den Hörer. Seine Stimme war irgendwie noch nicht wach.

„Hallo, Paul. Hier ist Willi Schuster von der Kriminalwache. Tut mir leid, dass ich Dich um diese Uhrzeit stören muss, aber auf der Keupstraße in Mülheim ist ein Mann in einem Imbiss erschossen worden. Kopfschuss. Vom Täter keine Spur."

„Doch nicht in Robins Grill, hoffe ich?", fragte Paul Westhoven und nahm sich Zettel und Stift.

„Nein, auf der anderen Seite der Keupstraße. In einem türkischen Imbiss, er heißt Yalla."

Westhoven kritzelte die Notizen auf den Zettel und bat Schuster, seine Kollegen von der Mordkommission zu verständigen.

Als er auflegte, strich er sich seufzend mit der linken Hand durch die kurzen schwarzen Haare. In der Küche steckte er sich schnell einen Riegel Schokolade in den Mund. Am liebsten hätte er sich jetzt eine Zigarette angezündet, doch an Silvester hatte er Anne versprochen, mit dem Rauchen aufzuhören.

Seitdem war er regelrecht schokoladensüchtig geworden. Vielleicht war das die Ursache, dass seine ansonsten sportliche Figur mittlerweile durch einen kleinen Bauchansatz geziert wurde.

Vielleicht lag es aber auch daran, dass er mit seinen 45 Jahren langsam auf die Fünfzig zuging.

„Was ist passiert. Musst Du schon wieder weg?“, hörte er plötzlich Anne fragen.
Erschrocken drehte er sich herum. Sie stand direkt hinter ihm im halbdunklen Raum. Ihre blonden Haare fielen ihr zerzaust bis auf die Schulter. Noch verschlafen rieb sie sich die Augen.

Westhoven erzählte ihr von Schusters Anruf und spürte sofort, dass Anne enttäuscht war. Es hatte in den letzten Wochen und Monaten oft Zoff wegen seiner Arbeit gegeben. Er verbrachte mehr Zeit mit seinen Fällen als mit ihr.
Ihm kam Maria, seine erste Frau und Mutter seiner Tochter Fiona, ins Gedächtnis. So hatte es damals auch angefangen. Immer war der Dienst vorgegangen. Er selbst hatte es gar nicht gemerkt. Doch plötzlich stand er nach 8 Jahren, kurz vor der Einschulung von Fiona, vor den Scherben seiner Ehe. Als er damals nach Hause kam, fragte ihn Maria, ob er am Mittwoch um fünf Zeit hätte, sie ginge zum Anwalt wegen der Scheidung. Er könne direkt mitkommen. Er war damals der Einzige gewesen, der das schleichende Ende seiner Ehe nicht bemerkt hatte.
„Und was wird aus unseren Urlaubsplänen?“, unterbrach sie mit genervter Stimme seine Gedanken. In knapp zwei Wochen sollte es schließlich in den Süden gehen.

Westhoven zuckte mit den Schultern und verzog dabei das Gesicht: „Sternchen, könntest Du Dich bitte weiter darum kümmern? Du findest schon das Passende“, sagte er und drückte Anne einen flüchtigen Kuss auf die Wange.

„Typisch, immer dasselbe, es bleibt wieder an mir hängen“, wandte sie sich resigniert von ihm ab und ging zurück ins Schlafzimmer.

Im Bad gingen ihm die üblichen Gedanken durch den Kopf. Es waren Überlegungen, die er sich jedes Mal machte, wenn er alarmiert wurde.
Wer war der Tote? Gab es Hinweise auf einen Tatverdächtigen? Gab es Zeugen? Würde sich jemand der Tat bekennen? Die Frage nach dem „Warum“.

Sein letzter Fall ging ihm durch den Kopf. Der 23-Jährige im letzten Sommer. Dieser hatte sich mit seiner getrennt lebenden Freundin aussprechen wollen, um sie für sich zurück zu gewinnen. So sagte er es jedenfalls in der Vernehmung.

Tatsächlich aber hatte er seine 19-jährige Freundin mit einer Gasexplosion heimtückisch getötet.
Bevor sie in sein neues Domizil, einen Caravan, einstieg, hatte er die Propangasflaschen im Abstellschränkchen bis zum Anschlag aufgedreht.

Ein paar Minuten später war er dann unter einem Vorwand ausgestiegen und öffnete unbemerkt die Türe des Abstellschränkchens. Das explosive Gas verteilte sich im Innenraum.

Als er einige Meter gegangen war, rief er sie auf ihrem Handy an. Nach dem ersten Klingelton kam es zur Explosion.

Der Rechtsmediziner meinte später, dass sie ihren Tod nicht mal mehr gemerkt haben dürfte. Ihre verbrannten und zerfetzten Überreste fanden sich später blutverschmiert unter den Trümmern des Wohnwagens.

Der Täter wurde bei der Explosion nur leicht verletzt. Nach ein paar Stichen hier und da, konnte er noch in der Ambulanz des Krankenhauses befragt werden.
Er faselte von Stimmen, die ihm befohlen hätten, ein großes Licht zu machen. Nur so könne er seine Freundin zurückbekommen.
Die gleiche Geschichte wiederholte er auch vor einer Psychiaterin. Aufgrund des psychiatrischen Gutachtens konnte er später vor der Schwurgerichtskammer des Landgerichts Köln nicht wie ein gewöhnlicher Verbrecher wegen Mordes oder Totschlags verurteilt werden. Stattdessen wurde er in eine forensische Klinik eingewiesen, wo man nach guter Führung die Aussicht haben kann, bereits nach zwei Jahren wieder entlassen zu werden.

Paul Westhoven hatte sich bei der Urteilsverkündung der Magen umgedreht, wenn er daran dachte, dass dieser angeblich Schizophrene wieder frei herumlief und sein nächstes Opfer suchen könnte. Der lachte sich doch innerlich über die Justiz in diesem Land kaputt.

Bevor Paul Westhoven das Haus verließ, ging er ins Schlafzimmer. Er nahm Annes Gesicht in seine Hände und drückte ihr noch einen Kuss auf die Wange. Mit knurriger Stimme wünschte sie ihm viel Spaß. Er nickte ohne ein Wort zu sagen. Auf keinen Fall wollte er sie zum jetzigen Zeitpunkt zu einem Streit reizen.

***

Durch die Dunkelheit ging er zur Garage und stieg in seinen alten Golf, der ihn noch nie im Stich gelassen hatte. Ihm war kalt, als er sich ins Auto setzte und so schaltete er als erstes die Heizung ein. Er wusste, dass das bei kaltem Motor nichts nützte, aber irgendwie war es beruhigend. Nachdem er den Schlüssel herumgedreht hatte, sah er, dass die Tanknadel im roten Bereich war. Gestern Abend hatte er keine Lust gehabt noch zur Tankstelle zu fahren. „Die paar Kilometer zum Präsidium werde ich schon schaffen", sagte er leise vor sich hin, ärgerte sich über sich selbst und fuhr aus der Siedlung heraus zur Bergisch Gladbacher Straße.
Beim ersten Halt an der Ampel schaltete er das Radio ein. Aus den Lautsprechern ertönte ein bekanntes Kölner Karnevalslied und so sang er lauthals mit: „Komm loss mer fiere...", so dass er putzmunter wurde. Aus dem Handschuhfach angelte er ein Stück der dort deponierten Schokolade.
Ein leichter Nieselregen setzte ein und er stellte die Scheibenwischer auf Intervall. Wenigstens hatte er um diese Zeit freie Fahrt. Auf dem Weg zum neuen Polizeipräsidium in Kalk fuhr er über die A4. Die neue Ausfahrt auf der Zoobrücke, führte ihn direkt bis vor das moderne Gebäude.
Er stellte sein Auto auf Ebene 4 des Parkhauses ab und ging schnellen Schrittes zum Haupteingang.

Ein Blick im Foyer nach oben zeigte ihm, dass im Geschäftszimmer des Kriminalkommissariates 11, kurz KK 11, schon Licht brannte.

‚Gut', dachte er, ‚hoffentlich ist schon frischer Kaffee aufgesetzt'. Kaffee durfte zur ersten Lagebesprechung nicht fehlen. Um wach zu werden, brauchte er immer eine starke Tasse Kaffee und eigentlich auch eine Zigarette.

Er stieg in den Aufzug und fuhr in die vierte Etage. Seine Kollegen Jochen Gerber und Heinz Dember saßen schon im Geschäftszimmer. Heinz musste auch eben erst gekommen sein, denn er hatte seine Jacke noch an.

Gerber war seit fast sieben Jahren beim KK 11 und stellvertretender Leiter der Mordkommission 6. Mit seinen 45 Jahren war er ein eher ruhiger Typ, der niemandem auf die Füße treten wollte. Seine Arbeit war stets professionell, sein Auftreten seriös. Darauf legte Gerber großen Wert.

Dember war erst seit zwei Monaten im Team. Er war auf eigenen Wunsch direkt nach der Ausbildung zum Kommissar zur Mordkommission versetzt worden. Er war 30 Jahre alt, ein netter und aufstrebender Beamter, der zu Widerspruch neigte, aber zumindest viel theoretisches Wissen mitbrachte.

„Morgen Männer", sagte Paul Westhoven, nachdem er den Raum betreten hatte. „Alles frisch?"
„Machst Du Witze, ich war noch gar nicht im Bett", antwortete Heinz Dember. Die dunklen Ränder unter seinen Augen sprachen Bände.
„Umso besser, dann musstest Du wenigstens nicht aufstehen", sagte Paul Westhoven in süffisantem Ton.
„Aber Scherz beiseite. Schuster hat mir am Telefon erzählt, dass jemand im Imbiss Yalla in der Keupstraße eine Kugel in den Kopf bekommen hat", lenkte er auf den neuen Fall. „Mehr weiß ich noch nicht."

„Der Tote heißt Ralf Baum, 35 Jahre, hat eine dicke Akte bei uns“, warf Gerber ein.
Das Telefon klingelte. Dember saß am nächsten dran und hob den Hörer ab.
„Mordkommission, Dember, guten Morgen.“ Er nickte zustimmend. „Richtig, in der Keupstraße. - Nein, mehr wissen wir noch nicht.“ - „Ja, der steht neben mir, ich reich den Hörer mal weiter.“

„Hier für Dich, Pressestelle“, er hielt Westhoven den Hörer entgegen.
„Westhoven“.
„Walter Schmitz von der Pressestelle. Grüß Dich, Paul. Kannst Du schon was Näheres sagen?“
„Hör mal Walter, wir sind zwar gut, aber wir sind keine Hellseher. Außer dass ein 35-jähriger Mann in einem türkischen Imbiss in der Keupstraße erschossen wurde, wissen wir noch nichts. Wir waren ja noch nicht mal am Tatort.“
Diese frühen Anfragen der Pressestelle nervten ihn immer wieder. Auch wenn er mittlerweile auf zehn Jahre Berufserfahrung als Todesermittler zurückgreifen konnte und ihm im letzten Jahr die Leitung der Mordkommission 6 (MK 6) übertragen worden war - ein Hellseher war er nicht.
Er vertröstete Schmitz auf später und sicherte ihm zu, dass er ihn informieren werde, sobald er einen Überblick über die Lage vor Ort habe.
Paul Westhoven spulte die Routine ab: den Erkennungsdienst alarmieren, den zuständigen Staatsanwalt informieren, seinen Direktionsleiter und den Kriminalinspektionsleiter in Kenntnis setzen. Dann machten sich die Mordermittler der MK 6 auf den Weg.

***

Paul Westhoven fuhr den Ford Mondeo, Dember und Gerber den VW Passat der MK-Bereitschaft. Zusammen trafen sie schon nach knapp sieben Minuten in der Keupstraße ein.

Blitzende Blaulichter erhellten die Straße. Es wimmelte von Streifenwagen und neugierigen Presseleuten. Aufgeregte Anwohner und Gäste standen in kleinen, zum Teil heftig gestikulierenden Gruppen trotz Regens auf der Straße.

Unter den wartenden Presseleuten war auch der Lokalreporter Dirk Holm. Er war überall dort, wo sich in Köln möglicherweise Schlagzeilenträchtiges tat. Paul Westhoven mochte ihn nicht. Holm schrieb für den Express. Er war mit allen Wassern gewaschen. Fakten und Tatsachen störten ihn nicht. Ein Wort zu viel zu ihm und man wurde am nächsten Tag im Express grotesk übertrieben zitiert. Das war Westhoven einmal passiert, ein zweites Mal würde es nicht geben. Seitdem ignorierte er Holms Fragen und verwies ihn stur an die Pressestelle. Dort würde Holm sowieso nur Informationen bekommen, die er zuvor abgesegnet hatte.

Uniformierte Polizisten hatten den Tatort rund um den Imbiss mit rot-weißem Flatterband mit der Aufschrift „Polizeiabsperrung" großräumig abgesperrt.

Paul Westhoven und seine beiden Kollegen stiegen aus ihren Fahrzeugen und gingen rasch hinter die Absperrung. Die Presseleute waren davon wenig begeistert und maulten. Hatten sie doch auf ein erstes Statement gehofft.

Der Regen war inzwischen stärker geworden. Westhoven klappte gegen den eisigen nasskalten Wind seinen Mantelkragen hoch.

Ein Beamter kam auf sie zu.

„Guten Morgen allerseits. Jochen Groß, Dienstgruppenleiter in der Polizeiinspektion Nordost. Wir waren zuerst am Tatort. Dem Kollegen von der Kriminalwache habe ich schon alles gesagt. Können wir abbrechen? Wir sind bis auf die Knochen durchnässt."

„Tut mir leid, aber das geht leider noch nicht“, antwortete Paul Westhoven in ruhigem Ton. „Du siehst doch, was hier los ist. Ihr müsst die Absperrung aufrecht halten. Ohne Absperrung können wir nicht vernünftig arbeiten. Wir sagen euch aber sofort Bescheid, wenn ihr abrücken könnt.“
Paul Westhoven sah den Kollegen von der Kriminalwache halbverdeckt unter seinem überdimensionalen Regenschirm vor dem Imbiss stehen. Er stellte sich dazu. Nach ein paar Sätzen wusste er, dass es einen Augenzeugen gab. Der Besitzer des Imbisses, Mustafa Yalla, hatte als mutmaßlichen Täter einen Hasen beschrieben.

Nachdem er sich Notizen gemacht hatte, ging er zum Imbiss hinüber, um sich einen Überblick über die Tatortsituation zu verschaffen. Das machte er immer so.
Der Imbiss befand sich im Erdgeschoss eines seit seiner Erbauung in der 50er Jahren nicht mehr renovierten Wohnhauses. Rechts vom Imbiss-Eingang befand sich die Haustür. Auf der Klingelleiste waren keine Namen verzeichnet. ‚Tolle Gegend hier’, dachte er sich. Die Leute, die hier wohnten, wollten wohl aus den unterschiedlichsten Gründen lieber anonym bleiben.
Über der beschlagenen Fensterscheibe des Imbisses war das Firmenlogo angebracht. Paul Westhoven fiel auf, dass die Leuchtreklame defekt war.

Als er die Tür zum Dönerimbiss öffnete, schlug ihm der typische Geruch von altem Frittenfett entgegen. Er blieb inmitten des Raumes stehen. Für einige Momente ließ er die Umgebung auf sich wirken. Der Spielautomat war eingeschaltet und machte in unregelmäßigen Abständen mit glucksenden und musikalischen Geräuschen auf sich aufmerksam.
Die Wände waren von Nikotin und Fettschwaden braun verfärbt. Westhoven stellte sich neben das Opfer und schloss für einen Moment die Augen. Dabei nahm er den eisenhaltigen Geruch menschlichen Blutes wahr. Für ihn roch es eigentlich immer gleich, wenn Blut

und Gehirnmasse aus dem Kopf getreten waren. Er blickte sich weiter um.
Der Tote lag rücklings auf dem klebrigen Fliesenboden. Sein Gesicht war aufgequollen und blutig verfärbt. Der Belag einer türkischen Pizza mischte sich mit Blut auf dem Gesicht.
Sein rechtes Auge war geplatzt, das linke weit aufgerissen.
Der Mann war groß und wirkte durchtrainiert.
Sein Gesicht war braun gebrannt. Die schulterlangen dunkelblonden Haare waren lockig, seine Kleidung ordentlich. An seinem linken Handgelenk befand sich eine teure Rolex mit schwarzem Armband. Er wirkte in diesem Raum wie ein Fremdkörper.

Michael Drees von der Spurensicherung betrat den Imbiss. „Können wir loslegen?“, fragte er.
„Na klar, ich wollte mir nur mal einen Überblick verschaffen.“
Westhoven verließ den Laden und instruierte seine Kollegen Gerber und Dember.
Sie sollten den Tatort aufnehmen. Er selbst bestellte sich den Imbissbetreiber für eine gründlichere Befragung zur Dienststelle im Präsidium.
Dort würde er bei ihm eine Schmauchspurensicherung durchführen lassen. Man konnte ja nie wissen. Schließlich war der Imbissbesitzer bislang der einzige Zeuge.

Mittlerweile war Staatsanwalt Walter Asmus eingetroffen. Westhoven kannte ihn als penibel und alles in Zweifel ziehend und nicht wenige Entscheidungen Asmus hatten ihn schon an den Rand der Verzweifelung getrieben. Westhoven schätzte allerdings dessen Durchsetzungsvermögen; wenn die Schuld eines Täters erwiesen war, wurde Asmus zum Hardliner und erreichte immer das höchstmögliche Strafmaß vor Gericht. Dies hatte ihm den Spitznamen „Der Terrier“ eingebracht. Westhoven wies ihn kurz in den Fall ein und fuhr dann mit ihm zusammen zurück ins Präsidium. Während der Fahrt spekulierten sie über mögliche Tatmotive.
„Was halten Sie von der Sache, Westhoven?“

„Ich weiß noch nicht, aber irgendwie beschleicht mich das Gefühl, dass dies hier geplant war.“
„Sie meinen eine Art Hinrichtung oder ein Exempel?“
„Ja, irgendwie so was in der Art. Wer steht denn schon seelenruhig im Imbiss und wartet darauf, dass jemand hereinkommt und ihn abknallt?“
„Ja, kann sein. Aber vielleicht war das auch ein Zufall. Vielleicht hat das Opfer den Täter provoziert oder so was. Wäre doch auch denkbar.“
„Dann schon eher ein Auftragsmord, Herr Staatsanwalt. Aber fragen wir erst mal den Imbissbesitzer. Vielleicht kann der uns ja was dazu sagen.“

***

Nach einer Weile war auch Mustafa Yalla im Polizeipräsidium angekommen. In Begleitung zweier Schutzpolizisten betrat er den Raum. Er stand sichtlich unter Schock und blickte abwesend ins Leere. Die Vernehmung gestaltete sich schwierig. Yalla sprach kaum Deutsch, trotzdem wollte Paul Westhoven nicht gerade jetzt auf einen Dolmetscher warten. Die ersten Eindrücke des Zeugen waren besonders wichtig und er sollte sie schildern, solange sie noch frisch in seinem Gedächtnis waren. Deshalb befragte er ihn nur und machte für sich ein paar stichwortartige Notizen.

„Herr Yalla, ich bin Hauptkommissar Paul Westhoven, das ist Staatsanwalt Asmus“, zeigte er auf diesen. „Können Sie uns bitte erzählen, was sie gesehen und gehört haben?“
„Ich versuchen, Herr Polizei.“ Mustafa Yalla war seine Angst anzumerken, Schweißperlen standen auf seiner Stirn. Aufgeregt und wild mit den Händen gestikulierend begann er zu erzählen: „Also, erschossene Mann kommt rein Imbiss Yalla. Dann bestellen eine Lahmacun. Hasenmann kommen rein und gehen zu Mann. Dann laute Knall und Mann umfallen. Ich erschrocken zu Tode, weißt Du Chefe. Dann Hasenmann rennen weg“.

„Hat der verkleidete Mann etwas gesagt, können Sie ihn beschreiben? Und womit hat er geschossen und in welche Richtung ist er geflüchtet?", bohrte Westhoven nach.
Mustafa Yalla antwortete nicht. Seine Augen klebten am Boden.
„Können Sie sich sonst noch an etwas erinnern?", hakte Paul Westhoven nach und musterte Yalla mit einem durchdringenden Blick.

Yalla hob seinen Kopf: „Moment bitte Chefe. Hasenmann reden ganz kurz zu erschossene Mann. Leise sprechen er. Ich nix verstehen. Dann Hasenmann schießen mit Revolver Mann direkt ins Gesicht. Einmal. In Gesicht. Dann weglaufen Mann. Wohin ich nicht wissen. Ich Angst haben, Hasenmann mich auch schießen, weißt Du. Ich verstecken hinter Theke. Hasenmann weg, dann ich Polizei rufen."
Mustafa Yalla verstummte so schnell wie er gesprochen hatte.
Westhoven spürte, dass es das Beste war, ihn jetzt erst zur Ruhe kommen zu lassen. Er stand offensichtlich zu sehr unter dem Eindruck des Geschehens. Er würde ihn später schriftlich vernehmen. Immerhin wusste Westhoven jetzt, dass der Mörder vor der Tat mit seinem Opfer gesprochen hatte.
Westhoven sah auf seine Armbanduhr. Mittlerweile war es 05:30 Uhr. Sein Magen knurrte und er dachte sehnsüchtig an ein Röggelchen mit einer dicken Scheibe mittelaltem Holländer.
Stattdessen setzte er frischen Kaffee in der Kommissariatsküche auf und kramte einen Riegel Schokolade hervor.

Die zwei Streifenpolizisten, die vor der Tür gewartet hatten, brachten den völlig aufgelösten Imbissbesitzer derweil nach Hause.

Die Tasse Kaffee in der Hand wählte Westhoven die Telefonnummer des Pressesprechers. Er informierte ihn und bat darum, zum Tatort zu fahren. Dort warteten noch immer viele Presseleute, die Antworten auf ihre Fragen haben wollten.
Staatsanwalt Asmus hatte sich inzwischen verabschiedet und war in sein Büro in der Luxemburger Straße gefahren.

Gegen 07:30 Uhr trafen sich Westhoven, Gerber und Dember im Besprechungsraum der Mordkommission. Sie besprachen das weitere Vorgehen und aßen dabei Brötchen aus der Kantine.
Westhoven berichtete zuerst von der Anhörung des Imbissbesitzers: „Yalla scheint als Zeuge glaubwürdig zu sein. Er hat angegeben, dass der Täter vor dem Schuss etwas zu Baum gesagt hat. Es könnte also eine Beziehung zwischen Täter und Opfer gegeben haben. Hat die Spurensicherung was am Tatort gefunden?"
„Weder eine Hülse noch eine Waffe", sagte Gerber.
„Und weitere Zeugen außer dem Imbissmann gibt es leider auch keine. Oder sie haben Angst", ergänzte Dember.
„Dann überprüfen wir Baums Vorleben. Ein paar Informationen haben wir ja schon. Wir klopfen sein persönliches Umfeld ab. Weiß schon jemand, ob er Familie hatte?", wollte Westhoven wissen.
„Verheiratet war er nicht, aber wir wissen aus unseren Unterlagen, dass er eine Schwester in Pulheim hat. Elke Schwarz", sagte Gerber.
„Okay, darum kümmert ihr euch bitte. Ich fahre in die Rechtsmedizin. Die Obduktion beginnt um 09:00 Uhr."

ZWEI

Paul Westhoven und Staatsanwalt Asmus trafen gleichzeitig auf dem Parkplatz der Rechtsmedizin am Melatengürtel ein. Gemeinsam gingen sie über die Ladezufahrt zum so genannten Lieferanteneingang, dem Hintereingang des Instituts.
Im Sektionsbereich des Untergeschosses mischte sich der süßliche Geruch von Leichen mit dem scharfen Geruch von Desinfektionsmitteln. Der hell gekachelte Sektionsraum strahlte eine sterile Kälte aus. Nach ein paar Minuten Aufenthalt dort nahm man jedoch zumindest den Geruch nicht mehr bewusst wahr.
Der fahle Körper Baums wurde vom Gehilfen des Gerichtsmediziners, dem Präparator Pahl, auf einer Bahre in den Raum geschoben und mit einem ächzenden Geräusch auf den Sektionstisch gezogen.

Dr. Elmer, der Gerichtsmediziner, diktierte die Sektionsnummer sowie die Personalien des Opfers in das Mikrofon seines digitalen Rekorders, welches von der Decke baumelte.
Dann folgte die detaillierte äußere Beschreibung des Toten: allgemeiner Eindruck, Bekleidung, Zustand, Gewicht der Leiche und die sichtbaren Verletzungen.
„Im Gesichtsbereich, linksbetont, Blutantrocknungen mit Abrinnspuren in Richtung Ohr sowie Schläfenregion. Eine ausgeprägte Blutanhaftung findet sich im Bereich des rechten Augenwinkels. Die rechte Augenpartie ist deutlich vorgewölbt und kräftig livid verfärbt."

Pahl spülte das bereits eingetrocknete Blut am Kopf mit einem Wasserstrahl ab. Der Pathologe diktierte weiter: „Auf einem Areal von gut 6 cm Durchmesser in Umgebung des rechten Lidspaltes finden sich unzählige stecknadelkopfgroße schwärzliche Hautverfärbungen mit oberflächlichen Hautdefekten, vermutlich Nahschuss.
Offensichtlich wurde ihm direkt ins Auge geschossen. Es ist aufgeplatzt und stark geschwollen."

Nach fotografischer Sicherung dieses Befundes drehte Pahl den Toten in die Bauchlage.

Dr. Elmer diktierte die weiteren Befunde: „Die linksseitige Hinterhauptregion ist mit einem fetzigen, gut 1,5 cm durchmessenden Kopfschwartendefekt bestanden. Dieser ist x-förmig gestaltet, mit Gewebsbrüchen in der Tiefe. In Umgebung die Kopfbehaarung, mit weißlichen, gehirnartigen Substanzantragungen."

Beim Wenden der Leiche entwichen ihr übel riechende Fäulnisgase, aus der Mundhöhle kam ein lautes Gurgelgeräusch. ‚Wer das nicht kennt, fällt vor Schreck bestimmt tot um', dachte Westhoven. Ihm selbst machte das normalerweise nichts mehr aus, aber nach so einer schlaflosen Nacht hatte er schon manchmal ein sensibles Gemüt und eine empfindliche Nase.

Dr. Elmer blieb jedoch unbeeindruckt und Pahl grinste verstohlen in seinen Mundschutz hinein.
Der Obduzent nahm sein Skalpell und begann mit der Öffnung des Leichnams.

***

Das frei stehende Einfamilienhaus in Pulheim-Sinnersdorf glich einer Festung. Um das Grundstück herum verlief ein Zaun, der über mehrere Videokameras an den Eckpunkten überwacht wurde. Dahinter döste scheinbar ein Furcht einflößender Rottweiler an einer langen Leine. Er fletschte die Zähne, als Gerber und Dember an das hohe Gartentor traten und klingelten.
Zwei Porsche Carrera, ein schwarzer Hummer und ein Mercedes Benz der S-Klasse mit getönten Scheiben standen glänzend in der offenen Garage.
„Die scheinen hier eine Menge Kohle zu haben“, meinte Dember zu Gerber, welcher zustimmend nickte.
Eine Frau um die Dreißig im Businessdress öffnete die Tür. Der dunkle Hosenanzug betonte ihre schlanke Figur. Lange, dunkelbraune Haare fielen ihr auf die Schulter.
„Sind Sie Elke Schwarz?“
„Ja, ganz richtig“, antwortete sie höflich. „Wer sind Sie, wenn ich fragen darf?“
„Mein Name ist Gerber. Das ist mein Kollege Dember. Wir sind von der Kripo Köln, Mordkommission. Dürfen wir vielleicht reinkommen?“
„Aber bitte, treten Sie näher“, sagte sie mit leiser Stimme. Elke Schwarz trat einen Schritt zur Seite und machte mit ihrer Hand eine Geste zum Eintreten.
Im Wintergarten, der die Größe einer Sozialwohnung übertraf, bat sie die beiden Beamten auf den exklusiven Korbsesseln Platz zu nehmen.

Gerber teilte ihr sachlich den Tod ihres Bruders und die Umstände mit. Elke Schwarz wurde aschfahl, ihr liefen Tränen über die Wangen.
„Haben Sie vielleicht eine Ahnung, wer einen Grund gehabt haben könnte?“, unterbrach Gerber die bedrückende Stille.
Elke Schwarz schüttelte den Kopf und ihr langes Haar blieb dabei an den feuchten Wangenknochen kleben: „Nein“, schluchzte sie.
Gerber reichte ihr ein Päckchen Taschentücher: „Erzählen Sie uns bitte etwas über ihren Bruder.“
„Was soll ich Ihnen denn erzählen?“, fragte sie verunsichert.
„Was war er für ein Mensch? Hatte er viele Freunde? War er verheiratet? Solche Dinge“, half ihr Gerber.
„Fangen Sie zum Beispiel bei Ihrer gemeinsamen Kindheit an.“
Elke Schwarz schloss für einen kurzen Augenblick die Lider, atmete tief durch und redete dann wie ein Wasserfall:
„Ralf hat es nicht leicht gehabt. Unser Vater starb, als er zehn war. Er hat sich erschossen. Unsere Mutter hat uns damals erzählt, dass sich Papa an der Börse verspekuliert hatte und dadurch mittellos geworden war.“
Gerber und Dember wechselten einen Blick. Das war nicht unbedingt das, was sie hören wollten. Aber es war sicherlich besser, sie einfach reden zu lassen.
„Ralf hat das nie verkraftet. Er wurde aggressiv und aufsässig, hat die Schule geschwänzt und auch später nichts zu Ende bekommen. Seine Lehre als Gerüstbauer brach er vorzeitig ab.“ Elke Schwarz schnäuzte sich und sprach weiter. „Das änderte sich, als er mit 19 Jahren Sandra Traupiz kennen lernte. Mit einem Mal hatte er wieder Freude am Leben.
Aber die Beziehung ging vor zwei Jahren plötzlich in die Brüche. Verstanden habe ich das nie. Sandra war von jetzt auf gleich aus der gemeinsamen Wohnung ausgezogen. Seitdem hatte ich nicht mehr viel Kontakt zu meinem Bruder. Aber mein Mann müsste Ihnen mehr dazu sagen können. Ralf und er waren lange Zeit gut befreundet.“

„Vielen Dank, Frau Schwarz. Das reicht fürs Erste. Wenn sich noch Fragen ergeben sollten, melden wir uns“, warf Gerber ein. Er hatte das Gefühl, dass die Befragung nichts brachte. Gerber zückte sein Portemonnaie und zog eine Visitenkarte heraus: „Unter der fettgedruckten Telefonnummer können Sie mich im Büro erreichen. Und sagen Sie Ihrem Mann bitte, dass wir ihn ebenfalls sprechen müssten.

***

Dr. Elmer machte mit dem Skalpell erst vom Hals bis zum Bauchnabel einen langen Schnitt, dann von Schulter zu Schulter. Nachdem er das Brustbein durchtrennt hatte, bog er beide Brusthälften auseinander.

In diesem Moment dachte Paul Westhoven, dass für eine zart besaitete Persönlichkeit das hier keineswegs der richtige Ort wäre. Trotz des flauen Gefühls im Magen musste er sich aber als Angehöriger einer Mordkommission zusammenreißen. Schließlich konnten nur durch die Obduktion der Leiche Rückschlüsse auf die Art der Tötung, den Todeszeitpunkt und ein mögliches Motiv gefunden werden. Paul Westhoven verdrängte das Gefühl im Magen. Als Profi musste er in der Lage sein, an den kalten stählernen Tisch heranzutreten, um sich aus nächster Nähe die Befunde anzuschauen.

Am Leichnam war unter der Hautschicht das maisgelbe, schwach ausgeprägte, etwa 2 cm dicke Fettgewebe zu sehen. Ralf Baum hatte eine prägnante Brustmuskulatur. Seine inneren Organe waren intakt gewesen und im Magen wurde eine breiige, teils unverdaute Masse mit Speiseresten gefunden. Westhoven stieg der Geruch von Alkohol und unverdauten Zwiebeln in die Nase.

Nachdem der Präparator die Kopfhaut gelöst und über das Gesicht geklappt hatte, sägte er das Schädeldach auf. Ein Geräusch und Anblick, welcher schon manchen jungen Kriminalisten aus dem Raum getrieben hatte.

Dr. Elmer benutzte zur Verdeutlichung des Schusskanals eine Sonde aus Metall und steckte sie dort hinein.
Von der Augenhöhle zum Hinterkopf hin, gestaltete sich eine lange Frakturlinie. Das Gehirn war blutig zerfetzt. In der fleischigen Masse lag ein Projektil. Es war stark deformiert.

Nach den makroskopischen Untersuchungen der inneren Organe wurde der Brustraum wieder zugenäht, der Kopf wieder geschlossen. Die Sektion war beendet.

„So meine Herren, Sie wollen jetzt bestimmt von mir die Todesursache wissen?", fragte Dr. Elmer.
„Deswegen sind wir hier", antwortete Staatsanwalt Asmus trocken.
„Also gut. Wie Sie ja beide sehen und auch von mir während der Befundaufnahme hören konnten, hat der Tote keine sichtbaren Abwehrverletzungen.
Lebensbedrohliche Krankheiten hatte er auch nicht. Im Gegenteil, er dürfte sich bester Gesundheit erfreut haben.

Todesursächlich ist auf jeden Fall die Kopfschussverletzung. Die Kugel hat ihm nahezu vollständig das Gehirn zerstört. Ich mutmaße, dass er den Aufprall auf den Boden nicht mehr gemerkt hat. Diese Verletzung war mit Sicherheit sofort tödlich."
Dr. Elmer nahm das Projektil, säuberte es und reichte es Westhoven.
„Für Ihre weiteren Ermittlungen."

„Danke, Dr. Elmer." Westhoven nahm das Projektil und verstaute es in einer kleinen Plastikdose. Er wollte es so schnell wie möglich beim Landeskriminalamt untersuchen lassen. Vielleicht könnte der Waffentyp oder sogar die Tatwaffe dadurch ermittelt werden.

Mit einem „Danke, ihre Arbeit war wie immer sehr aufschlussreich", verließen sie die Gerichtsmedizin.

Auf dem Parkplatz des Institutsgebäudes unterhielten sich Paul Westhoven und Asmus noch kurz über das Ergebnis der Obduktion.
„Und, Westhoven? Was halten Sie nun von der Sache?"

„Ich spekuliere nur ungern, aber wenn ich die Aussage von dem Imbissbesitzer und die Erkenntnisse aus der Obduktion betrachte, denke ich, dass wir es mit einer eiskalt geplanten Tat zu tun haben."
Staatsanwalt Asmus nickte zustimmend und schob dabei seine Unterlippe nach vorn. Dann verabschiedeten sie sich.
Es war jetzt 13.30 Uhr. Der Himmel klarte auf, und der Rest des Karnevalssamstags versprach schön zu werden.

***

Gerber und Dember saßen in ihrem Büro und schrieben an ihrem Bericht. Westhoven trat hinzu, erläuterte knapp das Ergebnis der Obduktion und zeigte ihnen das Projektil. Er beauftragte Gerber das Projektil mitsamt dem Antrag zur Kriminaltechnischen Untersuchungsstelle zu bringen.
Gerber nahm das Projektil und erzählte beiläufig von der fruchtlosen Befragung von Elke Schwarz.
„Vielen Dank, Jochen. Wenn Ihr nichts mehr habt, schlage ich vor, dass wir für heute Schluss machen und uns erst einmal ausschlafen."
„Gute Idee, Paul", gähnte Gerber.
„Ja, ich bin auch ziemlich am Ende", schloss sich Dember an.

Paul Westhoven ging zu seinem Golf, startete den Motor, nahm den obligatorischen Schokoladenriegel aus dem Handschuhfach und fuhr langsam los. Die Werbung im Radio nervte, er schaltete es wieder aus.
Nachdem er an der nächsten Tankstelle, der Esso am Rheinufer, voll getankt hatte, nahm er sein Handy und rief zu Hause an. Anne hatte sich über die Karnevalstage frei genommen und war deshalb da. Er sagte ihr, dass er in ungefähr 25 Minuten zu Hause sein werde.
Dann startete er den VW und fuhr gut gelaunt in Richtung Autobahnzubringer. Er freute sich auf seinen langen Feierabend mit Anne.

DREI

Als in der Mittagszeit ihr Kundentelefon klingelte, meldete sich Sanne von Ehlen mit ihrem „Künstlernamen“. „Hallo, hier ist Chantal, was kann ich für Dich tun?“, hauchte sie in den Hörer.
„Ja, also, ich würde gerne ein Date mit Dir vereinbaren“, sagte die männliche Stimme.
Sanne war die Stimme des Anrufers angenehm. Sie klang jung und doch männlich.
„Wann wäre ich Dir denn recht, Süßer?“, hauchte sie stöhnend in den Apparat.
„Geht es heute noch?“
Sanne sah in ihrem Terminkalender nach und antwortete: „Heute Nachmittag um sechs habe ich Zeit für Dich.“
„Da hab ich ja richtig Glück.“
Sie sagte dem Anrufer, dass er fünfmal kurz hintereinander den roten Klingelknopf drücken solle. Dann würde sie wissen, dass er es sei.
Nach dem Gespräch ging Sanne ins Badezimmer und machte sich frisch. Später würde sie sich noch ihre „Arbeitskleidung“ und die Kondome zurechtlegen. Eine Routineprozedur vor jedem Kunden.
Sie beschloss vor dem Treffen um 18:00 Uhr bei dem Chinesen um die Ecke noch eine Kleinigkeit zum Essen zu besorgen. Sie mochte die leichte asiatische Kost, am liebsten Curryhuhn mit Reis.

***

Zufrieden lehnte er sich zurück, legte das Telefon neben sich auf den Couchtisch und griff zur Schachtel Marlboro. Tief zog er den blauen Dunst in seine Lungen. Dabei starrte er zum Fenster. Für die Verabredung mit Chantal packte er seine kleine schwarze Handgelenkledertasche. Bis zum Treffen hatte er noch ein paar Stunden Zeit.

VIER

Paul Westhoven saß am Karnevalssonntag mit Anne beim Frühstück. Seine Gedanken kreisten um den neuen Fall. Sein Instinkt sagte ihm, dass daran irgendwas faul war. Während er seine Tasse Kaffee genoss, las er im Express die Schlagzeile:

„Mörderhase schoss"

Brutal liquidierte ein Unbekannter im Hasenkostüm den Gast eines Imbisses auf der Keupstraße. Die Polizei steht vor einem Rätsel und tappt im Dunkeln.

Paul Westhoven frühstückte immer sehr wenig. Ihm reichten eine Scheibe Vollkornbrot mit mittelaltem Gouda und eine Tasse Kaffee. Dafür nahm er sich auch nicht viel Zeit. In der Woche musste er stets hetzen und brauchte selten länger als zehn Minuten.

Als er das Haus verließ, wünschte er Anne „Viel Spaß beim Veedelszoch." ‚Wenigstens regnet es heute nicht', dachte er sich. Hoffentlich würde Anne sich gut amüsieren, während er arbeitete. Dass er auch heute zum Dienst musste, machte ihm eher wegen Anne als um seiner selbst etwas aus.

Auf dem Weg zum Polizeipräsidium rief er Staatsanwalt Asmus an:

„Guten Morgen, Herr Asmus. Westhoven hier. Wir müssen unbedingt einen richterlichen Beschluss für die rückwirkenden Verbindungsdaten des Opferhandys beantragen. Vielleicht hat er vor der Tat noch telefoniert."

„Daran habe ich auch schon gedacht, Herr Westhoven. Ich werde mich gleich um einen entsprechenden Beschluss beim Ermittlungsrichter bemühen."

Gerber und Dember trafen nahezu zeitgleich mit Paul Westhoven im Büro ein, als das Telefon von Gerber klingelte.

„Mordkommission", meldete sich Gerber.

„Haben Sie mit dem Erschossenen im Imbiss zu tun?", fragte der Anrufer.

„Ja. Und wie heißen Sie bitte?"

„Hier ist Manfred Schwarz. Meine Frau sagte mir, dass Sie mich sprechen wollen."
„Gut, dass Sie anrufen. Können Sie in der nächsten Stunde hier erscheinen?"
„So schnell schaffe ich das aber nicht. Geht es auch noch um 17:30 Uhr? Ich habe vorher noch Termine, die ich unmöglich absagen kann", entgegnete Schwarz.
„Also gut. Aber seien Sie bitte pünktlich. Melden Sie sich bitte unten im Foyer beim Pförtner an und sagen Sie, dass Sie zu mir wollen. Ich hole Sie dann ab."
„Mache ich. Bis heute Nachmittag, Herr Gerber", verabschiedete sich Schwarz.
Gerber informierte die anderen über das Telefonat mit Manfred Schwarz. Bis 17:30 Uhr war die Zeit ohnehin mit anderen Ermittlungsansätzen ausgefüllt.
In der Zwischenzeit, so bat Paul Westhoven, sollten sich seine Kollegen um Sandra Traupiz und um die Taxizentrale kümmern. Vielleicht hatte es ja doch eine Fahrt mit einem „Hasen" gegeben.

Endlich war auch die Kriminalakte über Ralf Baum eingetroffen. Paul Westhoven nahm sie an sich und ging damit in sein Büro. Es war Routine, Akten, wenn vorhanden, von Opfern und natürlich auch von Tätern, genauestens zu studieren. Manchmal ergaben sich gute Hinweise aus den Akten. Dies erhoffte er sich bei Baums Akte auch, zumal dieser so ein ausgedehntes Vorleben hatte.
Dember konnte im Polizeicomputer einiges über Sandra Traupiz herausfinden. Sie war 31 Jahre und wohnte in einem Mehrfamilienhaus in der Rolshover Straße in Köln-Kalk.
‚Prima', dachte er sich. ‚Das ist ja gleich um die Ecke.' Gemeinsam mit Gerber machte er sich auf den Weg zu dieser Adresse. Auf halber Strecke fing es wieder leicht an zu nieseln. Dember spannte seinen Schirm auf und bot Gerber an, mit darunter zu kommen.

Oben auf der Klingelleiste klebte ein weißes Schild mit der Aufschrift „Traupiz". Erst nach langem Klingeln wurde die Haustür endlich

aufgedrückt. Dem Klingelschild nach wohnte Sandra im Dachgeschoss. Es schien Gesetzmäßigkeit zu sein, dass aufzusuchende Personen immer mindestens im 5. Stock lebten und dass es entweder keinen Aufzug gab oder dieser nicht funktionierte.
Als die beiden Ermittler oben ankamen, stand ein ca. 40-jähriger, gut durchtrainierter Mann am Treppenabsatz. ‚So ein Angeber', dachte sich Heinz Dember, ‚da steht der Typ hier im Februar mit Muskelshirt und Boxershorts in dem zugigen Flur.'
Gerber hielt ihm seine Kriminalmarke vor die Nase und erklärte, dass sie von der Mordkommission seien und dringend eine Sandra Traupiz sprechen müssten, als diese neugierig im Türrahmen erschien.
Dember erklärte ihr, dass Ralf Baum erschossen worden war und sie in diesem Zusammenhang als Zeugin vernommen werden sollte.
„Was soll ich denn dazu sagen? Ich habe dieses Schwein seit gut zwei Jahren nicht mehr gesehen. Ich kann Ihnen nicht helfen. Lassen Sie mich in Ruhe, ich weiß eh nix", reagierte Sandra Traupiz impulsiv.
„Hören Sie, wir ermitteln in einem Mordfall. Und Sie sind vielleicht eine wichtige Zeugin. Wenn Sie bei uns keine Aussage machen wollen, dann lassen wir Sie vom Staatsanwalt vorladen. Da haben Sie dann nämlich keine Wahl mehr, sonst kommen Sie mit Ihrer Verweigerung in Beugehaft", reagierte Gerber bestimmt.
„Also was ist Ihnen lieber?", mischte sich Dember ein.

Sandra Traupiz zögerte noch einen Moment, dann aber willigte sie zähneknirschend ein, mit den beiden Ermittlern mitzugehen. Sie verabschiedete sich mit einem lang andauernden Zungenkuss von ihrem muskelbepackten Ramboverschnitt.
Nach ein paar Minuten Fußweg erreichten sie den Hintereingang zum Gebäude. Sie fuhren mit der Zeugin im Fahrstuhl in die vierte Etage. Gerber bot ihr einen heißen Kaffee an. Die Stimmung entspannte sich leicht.
Nachdem Dember die persönlichen Daten von Sandra Traupiz ins Protokoll aufgenommen hatte, begann Gerber mit der Befragung. Sie bestätigte die Angaben von Elke Schwarz. Es schien zu stimmen,

dass sie Ralf Baum vor gut zwei Jahren plötzlich verlassen hatte. Den Grund wollte sie aber nicht sagen. Das sei reine Privatsache.
„Sandra, hören Sie mal. Ich habe schon vorhin im Hausflur versucht Ihnen klar zu machen, dass es hier um Mord geht, verstehen Sie?! Also bitte! Arbeiten Sie mit uns zusammen, auch wenn es Ihnen schwer fällt. Sie helfen uns vielleicht mit Ihrer Aussage dem Täter ein Stück näher zu kommen“, versuchte Gerber sie zum Reden zu bringen.

***

In seinem Büro studierte Hauptkommissar Paul Westhoven bei einer Tasse Kaffee gründlich die Polizeiakte von Baum.
Seit frühester Kindheit war er immer wieder dem Jugendamt und der Polizei aufgefallen. Schon damals gingen unzählige Diebstähle und Einbrüche auf sein Konto. An zahlreichen Schlägereien war er beteiligt.
Mit 13 Jahren wurde er vor einer Grundschule festgenommen, als er vor den Kindern, die gerade auf dem Schulhof waren, masturbierte.

Danach kam Betrug und Hehlerei hinzu. Offenbar handelte er mit gestohlenen Computern. Nachzuweisen war ihm aber nicht viel. Die Hehlereigeschäfte über Auktionsbörsen im Internet waren gut getarnt. Größere Strafen hatte es deshalb nicht gegeben.
Jedenfalls ging aus der Akte hervor, dass Baum nie wegen einer Haftstrafe eingesessen hatte.
Die Ermittlungen gegen ihn waren entweder ergebnislos verlaufen oder wurden gegen Zahlung einer Geldbuße eingestellt. Seit gut zwei Jahren war kein neuer Eintrag hinzugekommen.
Dies konnte zweierlei bedeuten, entweder, dass Baum ein ehrlicher Mensch geworden war oder dass er seine Taten eben schlauer begangen hatte. Westhoven fand die zweite Variante am realistischsten.

FÜNF

Aus den Lautsprechern dröhnte „Alles neu" von Peter Fox, als es an der Tür des Appartements von Sanne von Ehlen klingelte. Sie hatte nicht mitzählen können, weil die Musik zu laut gewesen war. Sanne nahm den Hörer der Sprechanlage und hauchte hinein: „Komm hoch, ich warte schon." Gleichzeitig betätigte sie den Türöffner, ließ die Wohnungstür einen Spalt weit offen und ging zurück ins Wohnzimmer. Sie wechselte die Musik, leichte, klassische Musik durchflutete sanft den Raum.

Sanne hatte sich schwarze Dessous und Strapse angezogen, darüber trug sie ein durchsichtiges Negligé.

Ihre blonden Haare fielen ihr bis über die Schulter. Er betrat ohne zu zögern die Wohnung. Warme duftige Luft schlug ihm entgegen.

„Hallo Chantal, schön, dass Du Zeit für mich hast. Wie lange haben wir denn?"

„Eine Stunde, wie immer für 150 Euro, cash und im Voraus", sagte sie ihm näher kommend und fuhr langsam mit der Zungenspitze über ihre knallrot gefärbte Oberlippe.

Aus seiner Manteltasche zog er zwei Scheine, einen 100- und einen 50-Euro-Schein und hielt ihr diese hin.

„Willst Du es Dir nicht bequem machen? Fühl Dich wie zu Hause", sagte sie die Scheine nehmend und ging durch den kurzen Flur zum Schlafzimmer. Mit einer Geste forderte sie ihn auf, ihr zu folgen. Sanne zog die Nachttischschublade auf und steckte das Geld hinein.

Die Matratze auf dem Bettgestell war mit frischem lachsfarbenem Satin bezogen. Direkt über dem Bett hing unter der Decke ein großer Spiegel. Indirekte Beleuchtung schuf die notwendige Atmosphäre. Auf dem Nachttisch stand eine Gipsbüste, ein Abbild von Sanne.

Sie setzte sich mit gespreizten Schenkeln auf die Bettkante, zog ihn an sich heran und öffnete langsam seine Gürtelschnalle. Dabei fühlte Sanne die harte Schwellung in seiner Hose. Routiniert streifte sie ihm ein Kondom rüber. Ein wohliges Stöhnen entwich seinem Mund.

„Warst lange nicht mehr hier", sagte sie mit leiser Stimme.
„Stimmt. Mach schon, dreh Dich um. Ich will Dich von hinten", herrschte er sie plötzlich an.
Bereitwillig folgte sie seinem Wunsch, denn sie stand auf seine dominante Art.
Er riss ihren Slip herunter und drang mit einem Stoß tief in sie ein. Sanne stöhnte laut um ihn anzufeuern, denn sobald er gekommen war, würde sie ihn wieder los sein. Sie kannte ihn, er wollte niemals zweimal. Es war immer schnell verdientes Geld.
Vor gut vier Monaten war er zum ersten Mal ihr Kunde gewesen. Damals hatte sie sich gar nicht vorstellen können, dass er dominant sein konnte. Sah er doch mit seinen roten Haaren aus wie ein schüchterner Milchbubi. Jetzt aber hielt er sie mit beiden Händen fest an ihren Hüften und zog sie in immer heftiger werdenden rhythmischen Bewegungen an sich.
Dann griff er unbemerkt zu seiner kleinen schwarzen Handgelenktasche.

***

Gerber und Dember waren noch immer dabei, Sandra Traupiz zu befragen. Diese hatte zwischenzeitlich verlegen durchblicken lassen, dass sie Ralf Baum vor etwa zwei Jahren verlassen habe, weil er perverse Sachen über das Internet vertrieben hatte.
„Was meinen Sie denn damit?", fragte Dember.
„Das möchte ich nicht sagen, es ist mir peinlich", druckste sie herum.
„Sandra, muss ich Ihnen nochmals erklären..."
„Schon gut, schon gut, ich möchte es ja sagen, aber ich kann nicht. Mir kommt alles wieder hoch. Als wenn es gestern gewesen wäre", schluchzte sie und hielt sich die Hände vor das Gesicht. Sie konnte ihre Tränen nicht mehr zurückhalten.
Nach einer weiteren mühsamen Vernehmungsstunde wussten Gerber und Dember nur, dass Ralf Baum über das Internet dubiose Sexgeschäfte abgewickelt hatte.

Deswegen hatte sich Sandra Traupiz damals von ihm getrennt. Zu weiteren Angaben war sie nicht in der Lage. Sie wollte und sie konnte augenscheinlich auch nicht darüber sprechen. Gerber sah ihr das Entsetzen an, als sie an ihre Vergangenheit erinnert wurde und so beendeten sie die Befragung. Dember brachte sie mit dem Fahrstuhl nach unten. Im Foyer wartete schon ungeduldig ihr Freund.

Paul Westhoven schloss gerade ermüdet die Akte von Ralf Baum, als das Telefon klingelte. Der Pförtner teilte mit, ein Herr Schwarz sei da. Westhoven informierte Gerber und bat ihn, dass er zusammen mit Heinz auch noch diese Vernehmung durchführen sollte.
Dember fuhr wieder mit dem Aufzug nach unten und holte den Zeugen im Foyer ab. Schwarz trug einen dunklen Anzug, darüber einen Pelzmantel. Sein Gesicht war sonnenbankgebräunt und in den schulterlangen braunen Haaren leuchteten helle Strähnchen. Am kleinen Finger trug er einen massiven Siegelring.
Seine Vernehmung gestaltete sich sehr schwierig und nervenaufreibend.
Auf konkrete Fragen antwortete er ausschweifend und umfangreich. Die Aussagen waren größtenteils inhaltslos. Konkrete Fakten vermied er.
Gerber spürte, dass Schwarz dies absichtlich machte, weil er etwas verbergen wollte. Er musste einfach mehr wissen als er bislang ausgesagt hatte und er versuchte offenkundig sie an der Nase herumzuführen.
Zu seinen Computergeschäften befragt, machte er nur dürftige Andeutungen. Schwarz erklärte, dass er über seine Projekte zum Stillschweigen verpflichtet sei. Seine Auftraggeber bestünden darauf und die wollte er unter keinen Umständen namentlich preisgeben.
„Wann hatten Sie zum letzten Mal Kontakt zu Ralf Baum?“, führte Gerber die Vernehmung fort.
Schwarz überlegte einen Moment und antwortete dann: „Ich glaube, das ist noch gar nicht so lange her. An das genaue Datum oder den Tag kann ich mich aber nicht erinnern.“
„Und welcher Art war ihr Kontakt?“, bohrte Gerber nach.

„Moment. Lassen Sie mich kurz nachdenken." Schwarz rieb mit seiner rechten Hand an seinem Kinn hin und her. „Ich glaube, dass ich zuletzt mit ihm per E-Mail Kontakt hatte. Oder per SMS? Tut mir wirklich leid. Ich kann mich nicht erinnern."
„Und worum ging es dabei?", erhob Gerber seine Stimme.
Schwarz schüttelte den Kopf: „Weiß ich nicht mehr. Ehrlich. Keine Ahnung. Ich merk mir das nicht."
„Also schön, Herr Schwarz. Haben Sie sich denn wenigstens merken können, wo Sie in der Nacht von Samstag auf Sonntag gewesen sind?"
„Zu Hause. Im Bett natürlich. Wo denn sonst?", antworte er spontan.
„Kann das jemand bestätigen?"
„Fragen Sie doch meine Frau, Herr Kommissar. Die hat neben mir gelegen. Die wird das sicher bestätigen." Sein Gesichtsausdruck war starr.
Als er seine Vernehmung durchgelesen, an einigen Stellen handschriftlich korrigiert und unterschrieben hatte, war er bereits auf dem Weg zur Tür, als Gerber ihn noch fragte:
„Ach, Herr Schwarz. Eine Frage noch. Sie haben doch bestimmt ein Handy. Ich brauche noch die Nummer."
„Wozu brauchen Sie die denn noch? Ich habe alles gesagt und erreichen können Sie mich jederzeit in meiner Firma oder bei mir Zuhause."
„Die brauche ich, weil sich vielleicht Fragen auftun, auf die wir prompte Antworten von Ihnen brauchen."
Schwarz zückte sein Portemonnaie, zog eine Visitenkarte heraus und hielt sie ihm hin: „Hier. Da steht alles drauf. Sonst noch was, oder kann ich jetzt gehen?"
„Auf Wiedersehen. Wir melden uns bei Ihnen. Wenn Ihnen in der Zwischenzeit was einfällt, dann rufen Sie uns an. Sie wissen ja, wo Sie uns finden", antwortete Gerber kühl.
Gerber riss die Fenster auf. Der Zigarettenqualm und das aufdringliche After Shave von Schwarz lagen penetrant in der Luft.

Paul Westhoven hatte inzwischen mit der Mutter des Opfers telefoniert. Die 68-jährige Dame wusste aber nichts von den Geschäften ihres Sohnes. Sie hatte nur immer wieder schluchzend und weinend bekräftigt, dass Ralf ein anständiger Junge war. Sie wollte nicht wahrhaben, dass er nicht mehr lebte. Mit dem Telefonat wollte Paul Westhoven ihr eine Vorladung zur Dienststelle ersparen. Er versprach sich von ihr nun keinerlei Informationen mehr, die den Fall weiter vorantreiben würden.

Die Abschlussbesprechung fand gegen 21:30 Uhr bei offen stehendem Fenster in Gerbers Büro statt. Alle sahen im Gesicht zerknittert aus und waren mit ihren Kräften ziemlich am Ende. Die kalte Winterluft wirkte wie eine frische Dusche. Gerber gab kurzgefasst den Inhalt der beiden Vernehmungen wieder. Anschließend ergriff Paul Westhoven das Wort:

„Also, wenn ich eins und eins zusammenzähle, dann verdiente unser Opfer sein Geld mit irgendwelchen Schweinereien im Internet. Das müssen wir auf jeden Fall noch abklären. Für die Traupiz war die Vernehmung wohl eine Art posttraumatisches Erlebnis. Die machte einen völlig verstörten Eindruck, als sie hier wieder wegging.

Und dieser gelackte Schwarz betreibt seine Geschäfte ebenfalls im Internet und will uns darüber nichts erzählen. Männer, das stinkt gewaltig zum Himmel. Wir müssen diesen Schwarz unbedingt genauer unter die Lupe nehmen. Aber heute nicht mehr und morgen auch nicht. Da ist Rosenmontag und ich bin sicher, dass wir in Köln sowieso keinen brauchbaren Zeugen antreffen würden. Wir machen frei, das nehme ich auf meine Kappe. Da soll mal einer was sagen."

Gerber und Dember nickten zustimmend.

„Außerdem würde ich gern mit Anne zum Zug gehen. Ich wünsche Euch also einen schönen Fastelovend. Am Fastnachtsdienstag sehen wir uns Punkt 07:30 Uhr wieder", beendete Paul Westhoven die Ermittlungen an diesem Tag.

***

Auf dem Weg nach Hause freute Paul Westhoven sich schon, gemeinsam mit Anne den Rosenmontag gemeinsam verbringen zu können. Vielleicht würde der Zufall es ja wollen, dass er am Rosenmontagszug einen als Hasen verkleideten Mann mit einer Waffe sehen würde. ‚Wunschdenken, nichts als Wunschdenken', dachte er sich. Als Mordermittler in einem dubiosen Fall brauchte man schon eine gewisse Portion Optimismus.

Aber Anne würde sich jedenfalls darüber freuen, dass er nun doch Zeit hatte, mit ihr Karneval zu feiern. Voller Vorfreude fuhr er zügig nach Hause und parkte seinen Wagen vor der Tür.

Als er das Haus betrat, hörte er aus dem Badezimmer das leise Rieseln der Dusche.

Er ging zum Badezimmer und öffnete leise die Tür. Ein feuchter Luftschwall berührte sein Gesicht. Anne stand mit dem Rücken zu ihm unter dem Wasserstrahl. ‚Was für eine schöne attraktive Frau ich geheiratet habe', dachte er sich und betrachtete sie.

Anne Westhoven war einsachtundsiebzig groß und hatte blondes wallendes Haar und leuchtend graugrüne Augen. Ihre schlanke weibliche Figur faszinierte ihn. Sachte klopfte er gegen die Duschabtrennung.

„Hallo Liebling. Ich bin schon da. Hast du mich vermisst?"

Anne schreckte zusammen. Dann aber schob sie einen Teil der Duschabtrennung beiseite und grinste ihn lustvoll an. Dabei fuhr sie sich mit der Zunge über die Lippen.

Blitzschnell packte sie seinen Hemdkragen, zog ihn an sich heran und gab ihm einen langen Kuss zur Begrüßung. Wasser tropfte auf ihn herab. Er konnte ihre Lust deutlich spüren.

„Kommst Du?", fragte Anne.

„Und ob", grinste er. Selten war er so schnell aus Hemd und Hose.

SECHS

Paul Westhoven hatte trotz des schönen Abends mit Anne unruhig geschlafen. Um viertel nach fünf hatte er es im Bett nicht mehr ausgehalten und war vorsichtig aufgestanden. Er nutzte die

Zeit, um einen kurzen Überblick über das bisherige Ermittlungsergebnis zu Papier zu bringen. Dabei biss er genüsslich in eine Tafel Vollmilchschokolade wie in eine Scheibe Brot.
Kurz nach sechs hörte er das klappernde Geräusch des Briefkastendeckels und wusste, dass die Zeitung eben gebracht wurde. Er holte sie hinein und blätterte darin herum. Es war die Rosenmontagsausgabe.
Weil Anne so gerne frischen Saft zum Frühstück mochte, presste er ihr drei Orangen aus.
„Oh, Schatz. Das ist aber lieb von Dir", freute sie sich sehr über diese nette Geste und bedankte sich mit einem dicken Kuss bei ihm.
Nach einem ausgiebigen Frühstück mit Kaffee, Wurst, Marmelade und Rührei kostümierten sie sich als Lappenclowns.
Diese Kostüme hatten sie schon viele Jahre. Mittlerweile war es für sie zur Tradition geworden. Ein anderes Kostüm kam für beide nicht in Frage.
Sie ließen das Auto stehen und fuhren gegen Mittag mit der Linie 3 in die Innenstadt. Nur Touristen würden versuchen, an Karnevalstagen mit dem Auto in die Kölner Innenstadt zu fahren.
In der Bahn standen sie dicht an dicht, überall waren kostümierte Jecke.
Bei einigen war deutlich zu riechen und nicht zu übersehen, dass sie dem Alkohol schon mächtig zugesprochen hatten. Im hinteren Teil der Straßenbahn grölten angetrunkene Jugendliche kölsche Karnevalslieder.

„Pass bitte auf Dein Portemonnaie auf", flüsterte er ihr ins Ohr. „Das ist hier ein wahres Eldorado für Taschendiebe."
„Guck mal", lächelte sie und zeigte ihm, dass sie ihr Geld in ihrem neuen Brustbeutel um den Hals trug.
An der Severinstraße stiegen sie aus. Eine dichte Menschentraube spülte sie die Treppen hinauf zum Zugweg. In diesem Jahr hatten sie richtig Glück. Das Wetter war wieder besser, ein paar vereinzelte Tropfen konnten die sonnige Stimmung nicht trüben.

Die Menschenmenge um sie herum, der überwiegende Teil in den unterschiedlichsten Kostümen, schunkelte ausgelassen zur Musik, die aus den überall stehenden Lautsprechern dröhnte. Es herrschte eine fröhliche Stimmung während man „op dr Zoch“ wartete und den Karneval und sich selbst feierte.
Paul Westhoven stand hinter Anne und hatte seine Arme um sie gelegt, als die ersten Wagen vorbeizogen. Plötzlich spürte er ein Kribbeln. Es war der Vibrationsalarm seines Handys. ‚Hoffentlich nicht die Dienststelle', dachte er. Auf einen weiteren Fall hatte er überhaupt keine Lust. Wegen des vorbeiziehenden Musikcorps konnte er den Anrufer nicht verstehen und rief in den Hörer, dass der- oder diejenige in einer Stunde nochmals anrufen oder eine Nachricht auf der Mailbox hinterlassen sollte und drückte das Gespräch weg.

„Wird schon nicht so wichtig sein“, sagte er zu Anne und steckte das Handy wieder weg. Da es Ablenkung genug gab, machte er sich auch keine weiteren Gedanken.
„Hoffentlich“, antwortete Anne knapp und drehte sich wieder zum Zoch. Ausgelassen feierten sie weiter und bestaunten die Kostümierungen sowie die festlich geschmückten Wagen. Am Ende hatte Anne von der Kölner Hunnenhorde zahlreiche Bützjer und Strüßjer bekommen. Ansonsten hatten sie bewusst auf „Kamelle“ und „Scholädcher“ verzichtet, denn sie wollten anschließend nicht mit einem „Büggel“ voll Süßigkeiten durch die Kneipen ziehen.
Nachdem der Zug vorüber war, überprüfte Paul Westhoven sein Handy. Im Display blinkte das Symbol eines Briefumschlags. Er entschied sich, trotz energischen Protests von Anne, die Nachricht abzurufen und rief die Mailbox an.
Seine Gesichtszüge wurden zunehmend ernster. Anne ahnte schon, was Paul dort abhörte. Sie kannte seinen Gesichtsausdruck.
„Und, was ist passiert?“, fragte sie ihn, als er aufgelegt hatte.
„Anne, Schatz. Es tut mir fürchterlich leid, aber ich kann nicht mehr mit Dir weiter feiern. Sie haben eine Leiche gefunden und einen Tatverdächtigen festgenommen. Am besten fahre ich gleich ins Präsidium. Eine andere Jacke und Hose habe ich dort noch im Schrank.“

„Das ist nicht Dein Ernst, Paul!“, sagte sie ziemlich wütend. „Haben die denn keinen anderen? Bist Du etwa der einzige Mordermittler in Köln? Verdammt noch mal!“
„Es tut mir leid, Anne. Die anderen Kommissionsleiter sind krank, in Urlaub oder haben Kinder. Was soll ich denn machen?“, versuchte er sich zu rechtfertigen, küsste sie zum Abschied und eilte davon. Während er sich durch die Menge drängelte, war er in Gedanken schon bei der Arbeit.
„Dann geh doch und fang Deine Mörder. Ich bin gespannt, wann Du diesmal nach Hause kommst!“, rief Anne enttäuscht hinter ihm her. „Und ob ich dann da bin, wirst Du ja sehen.“ Paul Westhoven hatte sie schon nicht mehr hören können.

Nachdem er sich im Präsidium umgezogen hatte, fuhr er zum Tatort. Er lag im Belgischen Viertel in der Brüsseler Straße. Überall waren Jecken und knutschende Liebespaare. Aus den umliegenden Kneipen und Gaststätten dröhnte laute Karnevalsmusik.

Das Haus, in dem die Leiche gefunden worden war, war ein Altbau mit vielerlei Stuckverzierungen. Die einzige Modernisierung waren augenscheinlich die weißen Thermofenster. Die kaputte Haustür sah aus, als wenn sie jeden Moment aus den Angeln fiele.

Im Streifenwagen vor dem Haus sah er einen jungen Mann. Seine Hände waren auf den Rücken gefesselt. Darum würde er sich später kümmern. Zunächst wollte er sich informieren lassen und sich ein Bild vom Tatort machen.
Im Hauseingang begegnete ihm Schuster von der Kriminalwache.
„Schlimme Geschichte, Paul. Die Wohnung oben gehört Sanne von Ehlen. Die Neunzehnjährige ist wahrscheinlich auch das Opfer. Und der Typ im Streifenwagen heißt Julius Stolz. Er hat die Tote gefunden.“
„Warum hast Du ihn festgenommen?“
„Seine Angaben waren widersprüchlich und außerdem ist seine Kleidung blutverschmiert.“

„Na gut, wir werden sehen."

Paul Westhoven erkundigte sich, ob denn die Todeszeit und die Todesursache schon klar seien. Schuster verneinte.
Daraufhin versuchte Paul Westhoven Dr. Elmer mit dem Handy zu erreichen.
„Mist, der ist bestimmt beim Karnevalszug", sagte er vor sich hin.
„Dann versuch ich es eben noch bei Doris Weber. Die ist zwar neu in der Kölner Rechtsmedizin, aber vielleicht geht sie ja ans Telefon und hat Zeit und kann uns weiterhelfen."
Er schaute in sein Telefonverzeichnis und suchte die private Rufnummer von Doris Weber heraus.
Nach dem dritten Klingeln meldete sie sich. Paul Westhoven erklärte ihr, worum es ging und bat sie, schnellstmöglich zum Tatort zu kommen.
Sie ließ sich nicht lange bitten und versprach in einer knappen Viertelstunde da zu sein.
‚Man muss auch mal Glück haben', dachte er sich.
„Die Weber ist auf dem Weg hierher. Und dass mir vorher keiner die Leiche anfasst oder die Umgebung verändert!", sagte er bestimmend zu Schuster.
Gerade als Paul Westhoven zur Tatwohnung gehen wollte, kletterte Staatsanwalt Asmus aus seinem Wagen. Gemeinsam gingen sie nach oben.
Vereinzelt knarrte die eine oder andere Holzstufe unter dem Gewicht der Beiden. Aber wenigstens war das Geländer fest und sicher.
Bevor sie in die Wohnung gingen, ließen sie sich vom Erkennungsdienst zwei weiße Kapuzenoveralls und Schuhüberzüge geben. Zum einen, um keine Spuren zu legen, zum anderen, um sich nicht die Kleidung zu versauen, denn die Reinigung war teuer und die monatliche Reinigungspauschale deckten sowieso schon nicht die Kosten.
Dann betraten sie die Diele von Sanne von Ehlens Wohnung. Schon am Eingang stieg ihnen der faulig süßliche Geruch von Verwesung in die Nase. Es stank, Asmus rümpfte die Nase.

„Das riecht aber streng hier“, kam es ihm über die Lippen. Paul Westhoven bestätigte mit einem deutlichem „Mmh“. Kurz kam in ihm ein Übelkeitsgefühl hoch. Er beherrschte sich und atmete nur durch den Mund ein und aus.
Die spärliche Dielenbeleuchtung war eingeschaltet. Paul Westhoven fiel auf, dass zwei von drei Glühbirnen nicht leuchteten. Mit einem unguten Gefühl im Magen zwang er sich weiterzugehen.
Was Paul Westhoven und Asmus dann im Halbdunklen sahen, ließ sie den Atem anhalten. Es war erschreckend. Ein kalter Schauer des Entsetzens lief Paul Westhoven über den Rücken.
„Haben Sie so was schon gesehen, Herr Westhoven?“, kam es von Asmus.
Paul Westhoven war sprachlos. Er schüttelte verneinend den Kopf. Auf der weißen Raufasertapete war ein umgedrehtes Kreuz gemalt worden. Augenscheinlich mit blutverschmierten Fingern. Es war schon eingetrocknet.
Auf dem Dielenfußboden waren dicke schwarze vertrocknete Bluttropfen. Die Blutspur führte in Richtung Wohnzimmer. Paul Westhoven und Asmus durchquerten die Diele und blieben zunächst am Türrahmen stehen.
Das Wohnzimmer war modern eingerichtet, vor einer zweisitzigen weißen Ledercouch stand ein Couchtisch aus Glas. Die Jalousien vor den Fenstern waren herabgelassen. Vom Wohnzimmer hatte man einen freien Blick auf die Küchenzeile. Die Abtrennung, ein heller Vorhang, war zur Seite geschoben. Der Küchenblock war relativ geschmackvoll in Blautönen gehalten.
In der Spüle stand ein Teller mit den angegammelten Resten einer chinesischen Mahlzeit. Die vertrockneten Reiskörner und die verdorrten Fleischreste waren gut zu erkennen. Daneben stand ein Glas mit einer dunklen Flüssigkeit, welche schwach nach Pflaumen roch.
Vom Wohn-/Essbereich gingen sie weiter ins Schlafzimmer. Der faulige beißende, süßliche Geruch wurde immer stärker. Man konnte ihn richtig auf der Zunge schmecken.

„Hier sind es ja mindestens 25 Grad“, stellte Asmus fest. „Der Regler am Heizkörper steht ja auf fünf. Wer braucht denn so eine Hitze in der Wohnung. Ich jedenfalls nicht.“
Da sich die Heizung direkt neben der Tür befand, drehte Asmus den Regler auf Stufe eins zurück.
„Herr Staatsanwalt, bitte drehen Sie die Heizung so wie sie war. Die Rechtsmedizinerin wird gleich hier sein und sie will alles so vorfinden, wie in der Auffindesituation. Ansonsten werden die Werte verfälscht. Es ist schon schlimm genug, dass so viele Leute in der Wohnung waren, bevor sie endlich gesperrt wurde. Mir ist auch warm, aber die Feststellung der Todeszeit ist wichtiger als ein bisschen Hitze“, mahnte Paul Westhoven unmissverständlich.
„Entschuldigung Herr Westhoven, Sie haben natürlich Recht. Daran habe ich im Moment nicht gedacht.“ Peinlich berührt drehte Asmus das Thermostat zurück auf fünf.
Im Schlafzimmer gab es keine Deckenbeleuchtung, sondern Wandleuchten, in deren Fassungen sich Schwarzlicht-Glühbirnen befanden.
Als sich ihre Augen an die Dunkelheit gewöhnt hatten, konnten sie den Körper einer weiblichen, fast nackten Person erkennen. Das einzige was sie trug, waren schwarze Strapse und Strümpfe. Neben dem Bett lag zerknüllt ein Negligé.
Der Lichtschein aus dem Wohnzimmer warf eine schummrige Helligkeit auf den toten Körper der jungen Frau. Der Anblick war schockierend. Der Täter hatte den Körper seines Opfers mit aufgestellten, gespreizten Beinen hindrapiert. Der Blick fiel unweigerlich auf den zur Schau gestellten, unbekleideten, haarlosen Unterleib.
„Können Sie mal bitte zum Unterbauch leuchten, Herr Westhoven?“, bat Asmus.
Im Lichtstrahl der Mini-Taschenlampe erkannte man den Griff eines Messers. Die Klinge steckte bis zum Griff im Körper der Toten. Erneut wurde es Paul Westhoven trotz der hohen Zimmertemperatur für einen Moment eiskalt.
Er leuchtete langsam Körper aufwärts. Als er den Lichtstrahl auf den Kopf hielt, konnten sie sehen, dass der Schädel der Frau eingeschla-

gen war und dass überall verteilt weiße kleine Partikel herumlagen. Das Gesicht der Toten war nicht mehr zu erkennen. Es war blutverkrustet und entstellt. Betroffen schauten Asmus und Paul Westhoven sich an.

„Armes Mädchen“, räusperte sich Asmus.

Nur die langen blonden Haare, der attraktive Körperbau und die schwach ausgeformten Brüste ließen erkennen, dass es sich nicht um eine ältere Person handelte. Sie traten dicht an das Bett heran.

Aufgrund der hohen Raumtemperatur hatte der Verwesungsprozess der Leiche bereits begonnen. In den Augenpartien steckten Hunderte von Fliegenmaden, die sich durch das Gewebe fraßen. Das schmatzende Geräusch war deutlich zu hören. Asmus wich zurück und Paul Westhoven ging ihm schließlich hinterher.

„Ich überlege gerade, ob ich neben der Rechtsmedizinerin noch den Kriminalbiologen Dr. Benecke alarmieren soll“, sagte Paul Westhoven.

„Wofür brauchen wir ihn denn?“, wollte Asmus wissen.

„Vielleicht bekommen wir dann Hinweise auf die Tatzeit. Dr. Benecke ist in der Lage anhand der vorhandenen Maden und Insekten eine genauere Bestimmung des Todeszeitpunktes durchzuführen.“

„Eine gute Idee, Herr Westhoven. Machen Sie das.“

Paul Westhoven wählte die Rufnummer von Dr. Benecke und legte dann ohne ein Wort zu sagen, wieder auf.

„Was ist?“, fragte Asmus.

„Leider keiner da. Es läuft nur eine Bandansage, dass sich Dr. Benecke zurzeit zu einem Forschungsprojekt in Kolumbien aufhält.“

Routinemäßig ließ Westhoven die Tatortsituation auf sich wirken. Dabei fiel ihm der Deckenspiegel über dem Bett auf.

Auch die Kleenexpackung neben dem Bett und die Schüssel mit den unzähligen Kondomen, die auf dem Nachttisch stand, fielen ihm ins Auge.

„Sieht aus, als wenn hier eine Nutte ihr Ende gefunden hat“, dachte er laut. Abrupt wurde er in seinen Überlegungen unterbrochen.

Die Rechtsmedizinerin war eingetroffen und bereits von Schuster vor der Tür mit einem Schutzanzug ausgerüstet worden.

„Guten Tag, die Herren", kam sie freundlich herein.
Staatsanwalt Asmus und Paul Westhoven grüßten freundlich zurück. Die neue Rechtsmedizinerin machte einen dynamischen Eindruck. Paul Westhoven fand sie ziemlich hübsch, soweit er dies bei der Beleuchtung und dem weißen Overall beurteilen konnte.
„Es tut mir leid, Frau Weber. Ich wollte Ihnen Karneval nicht verderben. Aber ich konnte Dr. Elmer nicht erreichen", versuchte sich Westhoven bei ihr zu rechtfertigen.
„Kein Problem, Herr Westhoven, mir war sowieso nicht nach feiern zumute. Ist schon ok."

Doris Weber öffnete ihre Arzttasche und zog sich Gummihandschuhe an. Dann holte sie ein Thermometer heraus und stellte die Temperatur der Leiche fest. Sie trug die Ergebnisse in die Felder der speziellen Berechnungsskala ein.
Routiniert untersuchte sie die Leiche und beschrieb dabei die äußeren Verletzungen in ihr Diktiergerät.
Paul Westhoven und Staatsanwalt Asmus sahen und hörten ihr dabei aufmerksam zu. Nach einer guten halben Stunde war die Untersuchung beendet.
„Also, meine Herren. Vorbehaltlich weiterer Berechnungen, die ich noch im Institut vornehmen muss, gehe ich davon aus, dass die Frau schon mindestens 48 Stunden tot sein dürfte", präsentierte sie ein erstes Ergebnis.
„Können Sie sagen, ob der Stich mit dem Messer oder der eingeschlagene Schädel todesursächlich war?", fragte Paul Westhoven nach.
„Tut mir leid. Ohne Autopsie und weitere Untersuchungen kann ich dazu keine dezidierte Aussage machen", schüttelte sie den Kopf.
„Wann können wir mit der Obduktion rechnen?", wollte Asmus wissen.

„Ich denke, morgen früh gegen 09:00 Uhr. Bis dahin sind auch ein weiterer Pathologe und die Präparatoren im Dienst. Am besten telefonieren wir deswegen noch mal kurzfristig."
Doris Weber packte ihre Arzttasche und verabschiedete sich.

***

„Das war doch kein normaler Mensch. Wer das hier getan hat, muss schnellstens gefunden werden, " sagte Asmus voller Abscheu, als er allein mit Paul Westhoven war.
„Das sehe ich auch so. Nicht auszudenken, wenn der noch lange frei herumläuft. Aber erst müssen wir sicherstellen, ob die Tote tatsächlich Sanne von Ehlen ist. Erst dann können wir gezielt in ihrem Umfeld ermitteln. Und wer sagt uns denn, dass das hier wirklich die Tat eines Verrückten ist. Vielleicht will uns jemand nur glauben lassen, dass es so ist", erwiderte Paul Westhoven.
„Sie meinen das blutgemalte Kreuz?"
„Ja, aber als nächstes werde ich mich mal mit dem jungen Mann unterhalten, der die Tote gefunden hat. Bestimmt wird er uns mehr erzählen können. In der Zwischenzeit wird die Spurensicherung hier alles akribisch unter die Lupe nehmen."
„O.k, Herr Westhoven. Ich bleibe noch etwas hier in der Wohnung. Vielleicht fällt mir ja noch was ein."

Auf dem Weg zur Wohnungstür fiel Paul Westhoven auf, dass unter der Kommode in der Diele ein kleines rotes Notizbuch lag. Er hob es auf und steckte es in seine Tasche. Asmus hatte dies nicht bemerkt, denn er schaute noch sinnierend auf das Kreuz an der Dielenwand.
Sollte es hier wirklich einen Zusammenhang mit Satanismus geben, fragte sich Westhoven. So etwas kam in Köln zum Glück nicht häufig vor.

Paul Westhoven setzte sich zu dem jungen Mann in den Streifenwagen.

„Ich bin Kriminalhauptkommissar Westhoven von der Mordkommission. Und Sie heißen Julius Stolz?"
„Ja", kam es leise über die Lippen.
„Julius, Sie sind vorläufig festgenommen worden und müssen als Beschuldigter nichts sagen. Aber vielleicht könnten Sie mir dennoch sagen, wer das da oben ist?"
„Das ist Sanne von Ehlen", sagte er mit Tränen in den Augen.
„Ist… ich meine, war das Ihre Freundin?"
„Freundin? Ja, eine Freundin, aber nicht so, wie Sie meinen", stammelte er.
„Julius, ich muss Ihnen diese Frage stellen. Haben Sie was mit Ihrem Tod zu tun?"

Kaum hatte Paul Westhoven die Frage ausgesprochen, so bekam Julius Stolz einen wahren Tobsuchtsanfall.
„Wieso sagen Sie so was? Ich habe sie geliebt!", schrie er. „Kein Haar hätte ich ihr krümmen können. Suchen Sie lieber den richtigen Mörder. Einen von den Perversen, mit denen Sanne zu tun hatte!"
„Was meinen Sie damit? Einer der Perversen", unterbrach ihn Paul Westhoven in ruhigem Ton.
Julius Stolz hielt sich die Hände vor das Gesicht. Er war nicht mehr in der Lage, vollständige Sätze zu bilden. Bald war jedoch für Paul Westhoven klar, dass Sanne von Ehlen sich prostituiert hatte.
Paul Westhoven ließ sich von den Heulattacken nicht beeindrucken. Zu oft hatte er schon erlebt, dass Täter auf dramatische Weise einen Leidenden darstellen konnten, um den Verdacht von sich abzulenken. Es sprach einiges dafür, dass Julius Stolz der Täter sein konnte. Zu viele Aspekte waren ungeklärt. Daher entschied er sich, den Jungen vorerst nicht zu entlassen.
„Kann ich jetzt bitte nach Hause, Herr Kommissar?", flehte der.
Westhoven schüttelte verneinend den Kopf: „Tut mir leid, aber ich kann Sie jetzt nicht gehen lassen. Da sind zunächst einige Dinge abzuklären."
„Aber ich habe doch alles gesagt", schluchzte er.

„Tut mir leid, Julius. Es geht nicht anders. Außerdem müssen wir noch klären, wie das Blut auf ihre Kleidung kommt“, blieb Westhoven hart.
Er stieg aus dem Streifenwagen und bat die Schutzpolizisten, Julius Stolz zum Präsidium zu fahren. Dort sollte man ihn in einer separaten Arrestzelle unterbringen und seine Kleidung sicherstellen.

***

Paul Westhoven erinnerte sich wieder an das kleine Notizbuch und zog es aus seiner Manteltasche heraus. Er hielt es mit beiden Händen fest und blätterte gespannt die Seiten um.
Die Blätter waren in mehrere Spalten unterteilt. In der ersten Spalte standen zwei Großbuchstaben, jeweils mit einem Punkt dahinter.
Dann folgte in der nächsten Spalte der Eintrag „bar“ oder „Konto“.
In der dritten Spalte fand er ein Datum, vielleicht vom Kundenkontakt. Die vierte und letzte Spalte trug die Überschrift „Vorlieben“.

Anhand der Aufzeichnungen war offensichtlich, dass Sanne von Ehlen mindestens seit einem knappen halben Jahr angeschafft hatte. Die Einnahmen lagen bei bis zu tausend Euro am Tag.
Westhoven blätterte Seite für Seite langsam um. Auf der siebten Seite hielt er plötzlich inne. Der Eintrag in der Mitte dieser Seite erregte seine ganze Aufmerksamkeit. Seine Augen leuchteten auf.

Ralfi B., bar und Konto, 24.12.2009, teen

Paul Westhoven schoss die Vernehmung von Sandra Traupiz durch den Kopf. Hatte sie nicht davon erzählt, dass Ralf Baum illegal im Internet tätig war? Hatte das etwas mit käuflichem Sex zu tun? Sollte die Eintragung „Ralfi B.“ etwa Ralf Baum heißen? Und wenn das so wäre? Hatten die beiden Morde etwas miteinander zu tun? Paul Westhoven verspürte ein unbehagliches Gefühl in der Magengegend.

Die Frage nach dem Zeitpunkt des Todes wurde nun noch wichtiger für ihn. Er wählte noch einmal die Rufnummer von Doris Weber. Wieder hatte er Glück. Sie war schon zu Hause eingetroffen. Er schilderte ihr seine Vermutung und bat um schnellstmögliche Errechnung der Todeszeit von Sanne von Ehlen.
Nach dem Telefonat ging er zurück zur Tatwohnung. Asmus kam ihm auf halbem Weg entgegen.
„Und, Herr Westhoven? Was sagt der Junge?"
„Der war ganz schön durch den Wind. Stammelte was davon, dass Sanne von Ehlen eine Prostituierte war und so. Jedenfalls habe ich ihn nicht entlassen. Das war doch in Ihrem Sinne?"
Asmus atmete tief durch, bevor er antwortete.
„Herr Westhoven. Dass Sanne von Ehlen eine Käufliche war, habe ich mir auch schon gedacht. Wer sonst hat wohl so viele Kondome und eine Packung Kleenex neben seinem Bett stehen. Aber bitte tun Sie mir einen Gefallen. Halten Sie mich auf dem Laufenden, was Julius Stolz betrifft. Ihren Ehrgeiz in allen Ehren. Aber es hilft uns nicht, wenn wir womöglich den Falschen einsperren."
„Davon spricht hier auch keiner, aber können Sie anhand des bisherigen Ermittlungsstandes mit Bestimmtheit sagen, dass er nichts mit der Sache zu tun hat?"
„Natürlich kann ich das nicht. Ich verlasse mich ja ganz auf Sie. Ich wollte Sie lediglich darauf hinweisen."
„Vielen Dank, Herr Staatsanwalt", sagte Paul Westhoven in einem ablehnenden Unterton. Innerlich kochte er vor Wut. ‚Was bildet der sich eigentlich ein', dachte er sich. ‚Als ob wir hier alle blöd wären und irgendeinen, der uns über den Weg läuft, der Tat bezichtigen.'
„War es das, Herr Staatsanwalt?", fragte er etwas ungeduldig.
„Ich bin jetzt weg, Herr Westhoven. Wir sehen uns dann bei der Obduktion", verabschiedete er sich und drückte Paul Westhoven die Hand ohne die Miene zu verziehen.

***

Paul Westhoven wollte nun endlich seinem Instinkt nachgehen. In der Tatwohnung angekommen, rief er nach Drees vom Erkennungsdienst.
„Michael, wie weit seid ihr mit der Spurensicherung und der Durchsuchung?"
„Wir haben gerade damit angefangen. Zur Durchsuchung sind wir noch gar nicht gekommen", antwortete er.
„Dann komm ich noch mal rein und suche mit. Ich hab da so einen Verdacht und das kann nicht warten."
Westhoven zog sich erneut den weißen Schutzanzug und Latexhandschuhe über und ging dann zielstrebig ins Wohnzimmer.
Nach einer Weile war seine Suche erfolgreich. Unter einem Stapel alter Zeitschriften fand er einen Ordner mit zahlreichen Kontoauszügen.
Beim Durchblättern fiel ihm auf, dass alle Kontoauszüge nicht älter als ein halbes Jahr waren. Es gab viele Umsätze und die Habenseite hatte zurzeit immerhin 17.500 Euro zu verzeichnen.
Hastig suchte Paul Westhoven den Kontoauszug vom 24.12.2009. ‚Vielleicht hatte dieser Ralfi B. an diesem Tag Geld auf dieses Konto überwiesen', dachte er sich. Fehlanzeige! An den Folgetagen war auf den Kontoauszügen ebenfalls keine Überweisung von einem Ralfi B. eingegangen.
Paul Westhoven nahm sich vor, das Heft später Seite für Seite durchzulesen und steckte es zu dem Notizheft in seine Manteltasche. Dann ging er weiter ins Schlafzimmer.
Er erinnerte sich, dass gegenüber dem Bett ein geschlossener kleiner Schrank stand. Eine Art Kommode mit weißen Lamellentüren. Aus seiner Innentasche zog er einen Kugelschreiber heraus und öffnete damit eine der beiden Schranktüren, weil er keine Spuren verwischen wollte.
„Bingo", hörte er sich sagen. Er freute sich, dass er das richtige Gespür gehabt hatte. Dort stand eine Webcam, angeschlossen an einem PC. Das Objektiv war auf das Bett gerichtet. Seine Ahnung hatte ihn nicht getäuscht.

„Da staunst Du, was Michael? Unser Opfer hat ihr Taschengeld als Prostituierte aufgebessert."
„Wie bist Du darauf gekommen, Paul?"
„Die Äußerungen von Stolz und die ganzen Umstände hier. Das war mir irgendwie suspekt."
Drees nickte anerkennend mit dem Kopf und ging dann wieder an seine Arbeit.
„Sichert bitte auch die komplette Computeranlage und nehmt sie mit ins Präsidium. Damit werden wir uns später noch beschäftigen müssen. Wer weiß, was sie auf der Festplatte so alles gespeichert hat", erteilte Westhoven den Auftrag.

Anschließend ging er zu dem mehrtürigen Kleiderschrank und schob wiederum mit dem Kugelschreiber die linke Schranktür auf. ‚Und wieder auf der richtigen Spur', dachte er sich. Hier waren fein säuberlich die verschiedensten Kostüme gelagert.

Bügel für Bügel schaute er sich an. Jeder für sich stellte eine eigene Szene dar.
Auf einem fanden sich weiße Kniestrümpfe, ein kurzes gemustertes Röckchen, eine Bluse, schwarze Lackschuhe sowie eine Perücke mit Zöpfen. Die Zusammenstellung erinnerte ihn an eine Art Schulmädchenuniform.
Auf weiteren Bügeln hingen unter anderem ein Dirndlkostüm, ein Lederbody, auf dem Boden des Schrankes standen verschiedenste Stilettos und ein Paar schwarze Kniestiefel.

„Hier ist für jeden Geschmack etwas dabei. Unser Opfer muss eine richtige Verwandlungskünstlerin gewesen sein. Ich will von allem hier Fotos. Listet bitte alles ganz genau auf. Und..."
„Ja, ja. Und legt es mir ins Büro", sagte Drees vorausschauend.
„Richtig, Michael. Das ist vielleicht enorm wichtig für die weiteren Ermittlungen. Wir dürfen hier nichts übersehen", mahnte Paul Westhoven ihn.

Danach verließ er die Wohnung und klingelte beim unmittelbaren Nachbarn auf derselben Etage. Auf dem Türschild stand der Name Jakob Friese. Paul Westhoven hörte, wie jemand langsamen Schrittes zur Tür schlurfte.

„Wer ist denn da?", hörte er eine ältere Stimme fragen.

„Kriminalhauptkommissar Westhoven von der Kölner Mordkommission. Ich würde Ihnen gern ein paar Fragen stellen. Könnten Sie bitte die Tür öffnen?"

Einen Moment später hörte er Schlüsselrasseln aus der Wohnung. Kurz danach wurde die Tür einen Spalt geöffnet. In Augenhöhe spannte sich eine Sicherungskette.

Hinter der Tür stand ein etwa 70-jähriger Mann in einem braunen Bademantel.

„Zeigen Sie mir erst mal ihre Marke, junger Mann. Man kann ja nie wissen. In der Gegend hier treibt sich so allerlei Gesindel herum."

Paul Westhoven griff in seine rechte Hosentasche, zog die Kriminalmarke hervor und hielt zusätzlich seinen Dienstausweis daneben.

„Reicht Ihnen das, Herr Friese? Darf ich Ihnen jetzt ein paar Fragen stellen?", fragte er freundlich.

Der Alte schloss für einen Moment die Tür und es war deutlich zu hören, dass er die Sicherungskette abgezogen hatte. Danach öffnete Herr Friese die Tür und bat Paul Westhoven herein.

„Sie müssen schon entschuldigen, Herr Kommissar, aber in meinem Alter kann man nicht vorsichtig genug sein."

„Schon gut, Herr Friese. Sie handeln absolut richtig. Ich mache Ihnen ja gar keinen Vorwurf."

Der Alte führte Paul Westhoven in die Küche und bot ihm einen Platz am Küchentisch an. Wie selbstverständlich stellte er zwei Gläser auf den Tisch und goss Mineralwasser ein.

„So, Herr Kommissar. Jetzt trinken Sie erst mal einen Schluck und stellen dann Ihre Fragen."

Für Paul Westhoven wurde in dem darauf folgenden Gespräch schnell klar, dass der alte Herr seine Nachbarn regelrecht bespitzelte.

Er wusste über jeden etwas zu sagen. Zum Beispiel, wer wann das Haus verließ. Wer zu welcher Uhrzeit nach Hause kam. Und überhaupt.
Westhoven konnte sich des Eindruckes nicht erwehren, dass Jakob Friese der selbsternannte Hauswart war. Gesellschaft leistete ihm dabei sein zotteliger Rauhaardackel, der ständig versuchte, in Paul Westhovens Schuhe zu beißen.
„Wann haben Sie denn Ihre Nachbarin, also Frau von Ehlen, das letzte Mal gesehen, Herr Friese?"
Jakob Friese runzelte die Stirn, kniff die Augen zusammen und überlegte einen Moment: „Das war am letzten Samstag, Herr Kommissar. Da bin ich gerade mit meinem Hermann nach unten gegangen. Er musste mal raus. Da kam mir die von Ehlen im Treppenhaus entgegen."
„Ist Ihnen dabei irgendwas Ungewöhnliches aufgefallen?"
„Nee, die war freundlich wie immer. Aber sie hatte es eilig, weil sie heißes Essen dabei hatte, eine Tüte vom Chinaimbiss. Nee, also was Ungewöhnliches ist mir nicht aufgefallen. Aber so gut kenne ich die natürlich auch nicht."
‚So ein Heuchler', dachte sich Paul Westhoven. Aber er wollte gegenüber Herrn Friese nicht unhöflich werden.
„Wie spät war es denn, als Sie nach unten gingen?"
„Lassen Sie mich mal überlegen, Herr Kommissar. Das muss so gegen 17:15 Uhr gewesen sein."
„Ist Ihnen denn später zufällig noch was aufgefallen?", bohrte Westhoven nach.
„Ja, wenn Sie mich so fragen, Herr Kommissar. Rein zufällig habe ich auch noch gehört, wie es nebenan gegen 18:00 Uhr an der Tür geklingelt hat. Gleich mehrfach. Ich bin dann zur Tür gegangen und habe durch den Spion geschaut."
„Haben Sie jemanden gesehen?"
„Nein, leider war ich nicht schnell genug. Ich konnte nur noch sehen, wie jemand reinging. Der Statur nach war das ein Mann."
„Und dann?", hakte Paul Westhoven nach.

„Und dann hat es nicht lange gedauert, bis meine Nachbarin laut stöhnte. Das kam ziemlich oft vor in der letzten Zeit. Deswegen habe ich mir aber keine Gedanken mehr gemacht. Die Jugend von heute ist ja sehr locker geworden, was das betrifft. Aber das geht mich ja nichts an. Was ist denn mit ihr?"

„Sie ist tot, mehr kann ich Ihnen nicht sagen. Können Sie den Mann eventuell beschreiben, den Sie gesehen haben?"

Jakob Friese blieb der Mund offen stehen. Er war sichtlich entsetzt, dass in seinem Haus jemand ermordet worden war. Nach einem Moment der Überraschung antwortete er aber auf die Frage von Paul Westhoven.

„Das ging alles so schnell, Herr Kommissar. Aber warten Sie. Ja, ich erinnere mich, dass der Mann einen langen Mantel anhatte. Und helles Haar. Aber sonst? Nee, sonst fällt mir nichts ein", schüttelte er nachdenklich den Kopf.

„Herr Friese, Sie können mir alles sagen. Sie können Frau von Ehlen nur noch helfen, indem sie alles sagen, was Sie wissen. Wir wollen ihren Mörder finden!"

„Es tut mir leid, Herr Kommissar, ich würde gerne mehr erzählen können, aber ich weiß wirklich nix mehr."

Er schaute sichtlich verlegen zur Seite. „Oder doch. Mir ist es zwar ein bisschen peinlich, aber zufällig kann ich von meinem Balkon aus in ihre Wohnung sehen. Sie war ziemlich oft leicht bekleidet."

„Wie meinen Sie das, Herr Friese?"

„Ich meine, dass sie oft nur so fast durchsichtige Unterwäsche trug. Aber denken Sie jetzt nicht, dass ich ein Spanner bin!"

„Haben Sie denn gesehen oder gehört, wann der Mann die Wohnung wieder verlassen hat?"

„Nein, Herr Kommissar."

„Haben Sie denn später noch jemanden an der Wohnung gesehen oder klingeln gehört?"

Friese schüttelte den Kopf: „Nee, tut mir leid."

„Herr Friese, vielen Dank, dass Sie sich die Zeit genommen haben. Wir müssen Ihre Aussage später noch zu Papier bringen."

„Kein Problem. Wenn ich helfen kann."

„Ach ja. Und danke für das Wasser."
„Gern geschehen, Herr Kommissar."
Er hörte, wie Herr Friese die Sicherungskette wieder vorlegte.

***

Als Paul Westhoven das Haus verließ, standen wie üblich die Journalisten der lokalen Medien vor der Tür. Darunter war auch sein spezieller Freund Dirk Holm. Mit einer abwehrenden Handbewegung verwies er die Presseleute an die Pressestelle der Polizei, stieg in seinen Wagen und fuhr davon.
Mittlerweile war es 19:00 Uhr und völlig dunkel. Es war windstill und trocken. „Petrus" meinte es wieder gut mit den Jecken.

SIEBEN

Nachdem Paul Westhoven Anne zurückgelassen hatte, war sie nicht vom Karnevalszug direkt nach Hause gefahren, sondern durch die Innenstadt gebummelt und schließlich ins Friesenviertel gegangen, um sich alleine zu vergnügen.
Sie saß bereits seit einiger Zeit im Brauhaus Päffgen. Anne hatte versucht, sich den Frust mit einem Kölsch runterzuspülen. Karneval war schließlich nur einmal im Jahr.
Auf der Suche nach einem bekannten Gesicht schweifte ihr Blick im Lokal umher, denn ihre Freundinnen hatte sie telefonisch nicht mehr erreichen können.
Sie war wegen seiner Alarmierung ziemlich sauer und dachte gerade an Paul, als sie von hinten angesprochen wurde. Die Stimme war sehr laut, denn der Mann musste die Musik und die mitsingenden Leute übertönen.
Zum wiederholten Mal dröhnte das Karnevalslied „Da steht ein Pferd auf dem Flur" aus den großen Boxen.
„Hallo, blonder Engel. So allein heute? Darf ich Sie zu einem Kölsch einladen?"
‚So eine plumpe Anmache', dachte sie sich und reagierte nicht darauf.

„Wenn Sie mit mir kein Kölsch trinken wollen, dann kann ich Ihnen nicht die Beichte abnehmen“, versuchte er es weiter.
Anne drehte ihren Kopf und musterte ihn. Hinter ihr stand ein Typ im Mönchskostüm. Mit einem Blick sah sie, dass er ein paar Jahre jünger als sie selbst war.
„Sehe ich denn so aus, als wenn ich beichten müsste?“, fragte sie süffisant.
„Was für eine nette Stimme Sie haben“, schmeichelte er ihr.
„Danke“, grinste sie ihn an.
„Ich bin der liebe Mönch, trinkst du ein Kölsch mit?“, zwinkerte er ihr zu.
Anne zeigte ihm ihre rechte Hand und deutete mit dem linken Zeigefinger auf den goldenen Ehering.
„Ich bin vergeben.“
„Sind wir das nicht alle? Na und? Heute ist Rosenmontag, da wird gefeiert. Und außerdem, wo ist denn Dein Liebster?“, provozierte er mit einem grinsenden Lächeln.
Anne schluckte. Sie erinnerte sich daran, wie sie in schlechter Stimmung auseinander gegangen waren. Jetzt tat es ihr leid.
„Der musste vorhin plötzlich weg. Arbeiten.“
„Arbeiten? Plötzlich? An Karneval? Guter Gag“, machte er sich lustig und grinste sie dabei spöttisch an. „Komm schon, das kann ich gar nicht glauben.“
„Dann glaub es eben nicht, es ist aber so. Mein Mann ist bei der Mordkommission, da kann das schon mal passieren“, sagte sie in einem barschen Ton.
Anne spürte, dass ihr seine Gesellschaft unbehaglich wurde. Sie wollte ihn so schnell wie möglich loswerden.
„Wow! Dann ist er ja so ein richtiger Schimanski. Bestimmt musste er zu dem Nuttenmord“, sagte er mit bebender Stimme und leuchtenden Augen.
„Woher weißt Du denn, wer ermordet wurde?“, fragte sie überrascht.
„Äh. Das kam vorhin im Radio. Haben die vorhin gemeldet. Tja, die Nutten haben eben einen gefährlichen Beruf“, fügte er emotionslos an.

Annes ungutes Gefühl verstärkte sich bei dieser Antwort. ‚Was ist das denn für Kotzbrocken', dachte sie sich.

„Nur weil man einen gefährlichen Beruf hat, wird man nicht gleich deswegen umgebracht", konterte sie.

„Anscheinend doch", sagte er kühl und starrte ihr in die Augen.

„Ich muss jetzt mal grad für kleine Mädchen. Bin gleich wieder da", sagte sie und quetschte sich durch die Menge am Tresen.

Als sie kurz neben ihm stand, stellte sie fest, dass sie ein Stückchen größer als er war. Dann machte sie sich auf den Weg zu den Toiletten. Sie drängelte sich durch die vorbeiziehende Polonaise und verschwand auf dem Damenklo.

Auf der Toilette schaute sich Anne eilig um, ob es möglich wäre, aus einem Fenster zu klettern. Das ging aber nicht, weil keine Fenster vorhanden waren. Die Toilettenräume lagen innerhalb des Lokals.

„Verdammter Mist, verdammt", fluchte sie leise vor sich hin. Sie musste sich eine andere Möglichkeit einfallen lassen, den Typen alsbald loszuwerden. Als sie die Toilette wieder verließ, passte sie daher einen Moment ab, als er sich noch ein Kölsch bestellte und ihr dabei den Rücken zuwandte.

Vom Ausgang trennten sie nur ein paar Schritte und viele Leute. Sie duckte sich und drängelte sich abermals an den feiernden Leuten vorbei.

Als sie Draußen war, rannte sie ein paar Schritte und drehte sich um. Im gleichen Moment blickte er aus dem Fenster und ihre Blicke trafen sich.

Ihr schlug das Herz bis zum Hals. Deutlich sah sie die erstaunte Verärgerung in seinem Gesicht. Sein eiskalter Blick traf sie. Plötzlich sah Anne, wie er in Richtung Ausgang drängte und die anderen Gäste rücksichtslos aus dem Weg schubste.

Sie rannte zum Friesenplatz und hielt gestikulierend ein Taxi an. Gestresst befahl sie dem Fahrer sofort loszufahren. Erst danach nannte sie ihm die Adresse und ließ sich nach Hause fahren. Sie hatte es geschafft. Im Außenspiegel konnte sie sehen, wie der Typ auf die Straße rannte und versuchte, dem Taxi zu folgen. Vorsichtig drehte sie sich um und schaute durch die Heckscheibe. Die Entfernung zu ihm wurde immer größer.

Auf solch eine Bekanntschaft konnte sie getrost verzichten, ging es ihr durch den Kopf. Sie nahm sich vor, Paul kein Wort davon zu erzählen. Er würde ihr dann bestimmt wieder eine Predigt halten, wie gefährlich es in Köln sei. Für heute war Karneval für sie gelaufen. Das Gesicht des jungen Mannes ging ihr aber nicht so schnell aus dem Kopf. Sie fragte sich, wieso sie nur so ängstlich reagiert hatte.

***

Nachdem Paul Westhoven seine Befragung bei dem Nachbarn Friese beendet hatte, war er zur Dienststelle zurückgefahren.
Auf dem Weg dorthin hatte er sich bei McDrive einen Burger und einen Kaffee gegönnt, dazu einen Schokoladenmuffin.
Er musste schmunzeln, als er dabei an den selbst ernannten Hauswart Friese dachte, war aber dennoch froh, dass er einen so aufmerksamen Zeugen gefunden hatte.
Mit seinem Handy wählte er die Rufnummer von zu Hause. Nach mehrmaligem Klingeln schaltete sich der Anrufbeantworter ein und er hörte seine eigene Stimme. Nachdem die Ansage vorbei war und der Beepton ertönte, hinterließ er seine Nachricht:
„Anne, bist Du zu Hause? Anne, geh doch mal bitte ran. Sei doch nicht mehr sauer. Haalloo! OK. Ich habe noch etwas zu erledigen und komme danach nach Hause. So in ein bis zwei Stunden. Aber Du kannst mich auch gern vorher auf dem Handy anrufen. Bis gleich, Süße.“
‚Hoffentlich kriegt die sich bald wieder ein’, dachte er. Auf so einen blöden Streit, der sowieso zu nichts führen würde, konnte er gut verzichten.

Im Büro nahm er sich die Zeit Sannes Notizheft und die Kontoauszüge Seite für Seite durchzuschauen. Ihm fielen die Namen Günter Bach und Uwe Kind auf. Beide Namen standen gleich mehrfach auf

den Überweisungsträgern. Wenn Sanne von Ehlen ihre Eintragungen korrekt vorgenommen hatte, dann waren beide Männer auch Internetkunden bei ihr. Im Notizheftchen waren zudem noch die Bemerkungen Günnis Bach und Kindchens Uwe notiert worden.
Hinter Günter Bach stand zusätzlich die Bemerkung „eifersüchtige Ehefrau“ geschrieben.
Paul Westhoven überlegte hin und her, ob die beiden Morde miteinander etwas zu tun haben könnten.
Immer wieder ging ihm die Eintragung „Ralfi B.“ durch den Kopf. War das eine Abkürzung für Ralf Baum? War er tatsächlich Kunde bei Sanne? Und vor allen Dingen, wer hätte ein Interesse daran, gleich zwei Menschen aus dem Weg zu räumen?
Sein Bauchgefühl sagte ihm, dass er seinen Überlegungen nachgehen sollte.
Er ging ins Büro von Gerber und suchte unter den sichergestellten Gegenständen die Schlüssel zu Ralf Baums Wohnung. Ihm war zwar bewusst, dass sein Alleingang gegen sämtliche innerdienstliche Vorschriften verstoßen würde, aber er wollte es wissen. Wenn er Erfolg hätte, dann könnte er seinen Chef schon überzeugen, dass sein Handeln richtig gewesen war.
Er notierte sich Baums Adresse auf einen Klebezettel.

Westhoven ließ sich auch durch sein Gewissen nicht davon abbringen, die Wohnung von Ralf Baum noch heute Abend zu durchsuchen. Er hoffte, dort Hinweise finden zu können. Ein Blick auf die Uhr zeigte ihm, dass es mittlerweile 9 Uhr war.

ACHT

Im Uni-Center angekommen nahm er den Aufzug in die 23. Etage. Als er ausstieg, ging das Licht im Flur an und er suchte das Appartement 2309. Es lag am Ende des Flures auf der linken Seite. Die Tür stand offen. Westhoven fühlte sich unbehaglich. Schweißperlen bildeten sich in seinem Nacken und wurden von den Haaren aufgesogen. Wie gern hätte er jetzt von jemandem Rückendeckung gehabt.

Mit der linken Hand schob er seinen Mantel nach hinten, zog seine Dienstpistole, eine Walther 9mm, aus dem Holster und ging mit leisen Schritten zur Tür. Er stellte sich seitlich an die Wand und mit der linken Hand stieß er die Tür ein Stück weiter auf. Er blickte in eine dunkle Diele, verharrte einen Moment und lauschte, ob ein Geräusch aus der Wohnung zu hören war. Vorsichtig ging er hinein.
Nicht mal zwei Schritte war er gegangen, als er einen kräftigen Schlag im Nacken verspürte. Das letzte was er bemerkte, war eine Person in einem dunklen Mantel. Im Fallen drehte er sich um und sah sie gerade noch zur Tür herauslaufen, im Licht der Flurbeleuchtung blinkte etwas auf.
Dann wurde ihm schwarz vor Augen.

***

Als Anne Westhoven das Haus betrat, schaute sie wie gewohnt zum Anrufbeantworter in der Diele. Das rote Lämpchen blinkte.
‚Soll es blinken', dachte sie sich. ‚So eilig kann es gar nicht sein. Auf den Schrecken muss ich erst einen trinken.' Schnurstracks ging sie ins Wohnzimmer und öffnete den Barschrank.
Vor ihr stand eine große Auswahl von hochprozentigem Alkohol und Likör. In einem gesonderten Fach daneben befand sich eine Sammlung besonderer Weine. In aller Ruhe schaute sie sich einige Flaschen an und entschied sich schließlich für einen Chianti Riserva.
Als sie die Flasche betrachtete, erinnerte sie sich, wie sie diese Flasche auf ihrer Hochzeitsreise in der Toskana gekauft hatten. Sie hatten sich ein kleines Häuschen bei Siena gemietet. Die großen Olivenbäume spendeten ihnen Schatten. Von der Terrasse aus hatten sie einen fantastischen Ausblick auf die entfernte Hügellandschaft gehabt.
Bei ihren täglichen Ausflügen in die umliegenden Dörfer und Ortschaften hatten sie ein kleines Weingut entdeckt und waren dort eingekehrt.

Die Flasche, welche sie nun in Händen hielt, war die letzte von einer Kiste Wein, die sie bei dem netten toskanischen Weinbauern Enzo für einen guten Preis gekauft hatten.
Und diesen Wein wollte sie jetzt genießen. Sie nahm den ScrewPull-Korkenzieher, entfernte die Kapsel über dem Korken und zog diesen bedächtig heraus.
Sie goss sich ein Glas ein, setzte sich auf die Couch und nahm einen Schluck. Sie schloss für einen Moment die Augen und dachte an Paul.
Das Weinglas in der Hand, ging Anne zum Anrufbeantworter in der Diele und drückte auf Wiedergabe. Es war nur eine einzige Nachricht darauf.
Über die Nachricht erfreut, dass er bald nach Hause kommen würde, hob sie den Telefonhörer ab und wählte Pauls Handynummer.
Nach dem fünften Klingeln schaltete sich seine Mailbox ein und Anne sprach ihre Nachricht auf:
„Hallo Paul, tut mir leid wegen heute Mittag. Ich freu mich, wenn Du nach Hause kommst. Meld Dich doch noch mal. Küsschen."
Als Paul Westhoven nach einer halben Stunde noch immer nicht zurückgerufen hatte, wurde sie ungeduldig und nahm erneut das Telefon. Sie drückte die Wahlwiederholung. Nach dem dritten Klingeln dachte sie schon, dass sie ihn wieder nicht erreichen könnte und Enttäuschung machte sich in ihr breit. Doch plötzlich meldete sich Paul Westhoven. Seine Stimme klang fremd.

„Hallo, Paul Westhoven", sagte er benommen und schaute sich dabei suchend um. Er wollte wissen, ob er nun allein war oder ob ein weiterer Angriff bevorstand.
„Paul. Hier ist Anne. Deine Stimme klingt so anders. Ist irgendwas?", fragte sie besorgt.
Paul Westhoven überlegte schnell, ob er ihr jetzt erzählen sollte, dass er niedergeschlagen worden war. Er entschied sich, es nicht zu tun, um sie nicht zu beunruhigen. Erst zu Hause würde er ihr vielleicht davon erzählen.

„Alles ok. Ich bin hier in der Wohnung des Erschossenen vom Samstag. Es wird wohl noch ein paar Stunden dauern. Du brauchst aber nicht wach zu bleiben bis ich da bin."
„Dann weck mich aber auf, sobald Du da bist."
„Mach ich, mein Schatz. Bis später dann", sagte er, drückte das Gespräch weg und war froh, dass sie nicht weiter nachgefragt hatte. In Westhovens Kopf wetteiferte ein Presslufthammer mit einer Kreissäge. Die Schmerzen machten ihn benommen. Mit seiner rechten Hand strich er über den Hinterkopf und fühlte dort eine Schwellung, deren Berührung er bis in die Zehen spürte. Der Schlag hatte ihn wohl nicht nur im Nacken, sondern auch am Kopf getroffen. Sein Mund war trocken und die Zunge klebte am Gaumen. Er fühlte sich ziemlich angeschlagen. Sein größter Wunsch waren ein paar Paracetamol und viel kaltes Wasser.
Er griff instinktiv zu seinem Schulterholster. Es war leer. Die Walther P99 war nicht da. Es durchzuckte ihn wie ein Blitz. Noch verwirrt sah er sich um. Er war unendlich froh, als er die schwarzglänzende Pistole halbverdeckt hinter der Tür im hereinfallenden Licht des Flures liegen sah. Sie musste ihm bei diesem heimtückischen Angriff aus der Hand gefallen sein. Nicht auszudenken, wenn jemand mit seiner Waffe durch Köln gerannt wäre. Und erst recht der ganze Schreibkram, der dann zu erledigen gewesen wäre. Noch mal Schwein gehabt, ging es ihm durch den Kopf.
Er tastete nach einem Lichtschalter. Auf Knopfdruck erleuchtete der Halogenstrahler an der Decke augenblicklich den dunklen Raum. Westhoven konnte sich jetzt orientieren.
Die Pistole hielt er schussbereit in der rechten Hand.
Er wollte sich Gewissheit verschaffen, ob er jetzt wirklich allein in der Wohnung war. Im Uhrzeigersinn fing er an, die Räume zu durchsuchen. Bei jedem Schritt hatte er das Gefühl, als würde jemand in seinem Kopf gegen die Schädeldecke hämmern.
Die erste Tür in der Diele führte augenscheinlich zum Badezimmer. Sie war zugezogen. Er drückte den Lichtschalter neben dem Türrahmen, aber unter dem Türspalt konnte er keinen Lichtschein erkennen. Die Lampe im Badezimmer funktionierte nicht.

Westhoven schob die Tür einen Spalt weit auf. Vorsichtig, die Waffe im Anschlag, tastete er sich an der Wand entlang und schaute am Türrahmen vorbei, mit einem Auge in das Badezimmer hinein. Da niemand zu sehen war, betrat er den Raum.
Plötzlich erkannte er hinter der Dusche einen Schatten und zuckte vor Schreck heftig zusammen. Es handelte sich jedoch nur um einen dunklen Bademantel, der dort ruhig an einem Haken baumelte.
Westhoven konnte förmlich spüren wie der Adrenalinstoß fortwirkte. Sein Blut im Kopf pochte noch heftiger gegen die Schädeldecke, sein Herz schlug ihm bis zum Hals. Die Kopfschmerzen waren kaum noch auszuhalten. Das Bad war leer, aber die Anspannung blieb. ‚Jetzt noch die anderen Räume', dachte er sich.

Die nächste Tür führte zur Küche. Sie war übersichtlich. Durch das einfallende Licht aus der Diele konnte er erkennen, dass niemand drin war. In der Küche war augenscheinlich alles durchwühlt worden. Überall auf dem weißen Fliesenboden lagen zerbrochene Gläser und Geschirr. Der Inhalt der Regale und Schränke war auf der Arbeitsplatte und auf dem Boden verstreut.
‚Jemand hatte etwas ganz Bestimmtes gesucht', dachte er sich. Sogar der Kühlschrank und das Eisfach waren ausgeräumt. Die eingefrorenen Lebensmittel schwitzten Tauwasser, der Fliesenboden war nass.
Aus einem Haufen von Mayonnaise führten Schuhspuren aus der Küche in Richtung Wohnzimmer.
Mehrere der Schuhspuren sahen aus wie gemalt, fast wie ein futuristisches Kunstwerk. Das Profil würde sich sicherlich einem bestimmten paar Schuhe zuordnen lassen. ‚Da wird der Erkennungsdienst ganz schön rödeln müssen', dachte Westhoven.
Die Schuhspur führte zum angrenzenden Wohn-/Schlafraum. Auch hier konnte er auf einen Blick erkennen, dass niemand mehr im Raum war. Er schaltete das Licht ein und stand vor einem einzigen Trümmerhaufen.
Die Couch war umgestoßen und aufgeschlitzt, sämtliche Kissen zerfetzt. Die Bilder waren von den Wänden gerissen und lagen zerbro-

chen auf dem Teppich. Alles war gewaltsam zerstört. Aber warum, fragte er sich.

Die Musikanlage, der DVD-Player und der Flachbildfernseher lagen demoliert auf dem Teppich. Das französische Bett war an allen Seiten aufgeschlitzt worden, die Federn aus den Kissen lagen überall im Zimmer verteilt.

Einzig der Schreibtisch stand noch auf seinem Platz. Hier stand eine Computeranlage.

Die dazugehörigen DVD und mehrere USB-Sticks lagen um den Schreibtisch verteilt auf dem Fußboden.

Als Westhoven sich ganz sicher war, dass er allein in der Wohnung war, steckte er seine Waffe zurück, schloss die Wohnungstür und aß zu seiner Beruhigung das letzte Duplo, was er in der Jackentasche fand. Am liebsten aber hätte er jetzt eine Zigarette geraucht. Mit dem Handy wählte er die Telefonnummer von EKHK Arndt Siebert, da er Unterstützung für diese Durchsuchung haben musste. Ihm war klar, dass der Erste Kriminalhauptkommissar und Leiter des KK 11, sein Chef, nicht begeistert sein würde, weil er allein in der Wohnung des ersten Opfers war, aber er war sich sicher, dass er es ihm irgendwie plausibel machen konnte. Schließlich bestand die Möglichkeit, dass der Täter im Fall Ralf Baum auch Sanne von Ehlen ermordet hatte. Und diese Theorie duldete für ihn keinen Aufschub.

„Siebert“, meldete sich eine weibliche Stimme.

„Guten Abend, Frau Siebert. Entschuldigen Sie bitte die Störung. Hier ist Paul Westhoven vom KK 11. Könnte ich bitte Ihren Mann sprechen?“

„Einen Moment bitte, ich schau mal nach, wo er ist.“

Paul Westhoven hörte, wie sie den Hörer beiseite legte und dann nach ihrem Mann rief, der jedoch nicht zu antworten schien. Nach einer ihm scheinbar nicht zu Ende gehenden halben Minute, meldete sich Arndt Siebert am Telefon.

„Paul, was gibt es denn?“

„Hallo, Chef. Ich bin hier in der Wohnung von Ralf Baum. So wie es aussieht, ist hier eingebrochen worden. Jedenfalls brauche ich Unterstützung für eine gründliche Durchsuchung und Spurensicherung.

Ich habe nämlich den begründeten Verdacht, dass es zwischen den beiden Tötungsdelikten Baum und von Ehlen eine Verbindung gibt."
„Wo bist Du?", reagierte Siebert gereizt. „Jetzt sag mir bitte nicht, dass Du allein in der Wohnung von einem Opfer bist", brüllte er in den Hörer.
„Doch bin ich. Und erklären werde ich das später. Was ist jetzt mit den Leuten? Kannst Du mir helfen? Das duldet wirklich keinen Aufschub!", sagte Westhoven nachdrücklich. Er fühlte, wie ärgerlich er selbst über die Situation war.
„Paul, wir haben 21:40 Uhr am Rosenmontag. Ich hab nicht viel Hoffnung, aber ich versuche es. Bis gleich", antwortete Arndt Siebert und beendete das Gespräch. Er hatte sich wieder ein wenig beruhigt.

In der Zwischenzeit nutzte Westhoven die Zeit und fing schon mal mit der Durchsuchung an. Er wusste, dass es schwierig werden würde, in diesem Durcheinander überhaupt etwas zu finden. Der Einbrecher, der ihn wahrscheinlich auch niedergeschlagen hatte, hatte wirklich gründliche Arbeit geleistet.
Er zog sich Latexhandschuhe an, um selbst keine Fingerabdrücke zu hinterlassen.

Da Paul Westhoven im Wohn-/Schlafraum in einer Ecke am Schreibtisch einen PC gesehen hatte, fing er dort mit der Durchsuchung an.
Er stellte den umgekippten Schreibtischstuhl wieder hin, setzte sich und sah sich in aller Ruhe die auf einen Haufen geworfenen DVD und CD an.
Ihm brummte immer noch der Kopf, seine Kopfschmerzen wurden stetig schlimmer. Bestimmt hatte er eine Gehirnerschütterung. Aber davon wollte er sich jetzt nicht ablenken lassen. Er wollte unbedingt etwas finden, was ihn bei seinen Ermittlungen weiterbringen könnte.
Bei den meisten DVD handelte es sich um selbst gebrannte Exemplare, säuberlich beschriftet. Es waren in der Hauptsache Programme und Musik. Unten im Haufen stieß er auf eine einzige unbeschriftete DVD. Hatte er etwas gefunden?

Da er nicht der Versierteste in Sachen Computer war, sollte er eigentlich besser die Finger von fremden PCs lassen. Aber oft ging sein Ermittlungseifer mit ihm durch. Ein Fehler, der von seinem Kommissariatsleiter nur wegen seiner Erfolge verziehen wurde. Also startete er den PC und legte die DVD ein. ‚Hoffentlich bekomme ich die zum Laufen', dachte er angespannt. Zu seinem Glück startete die DVD von allein, nachdem das Schubfach geschlossen war.

Auf dem Bildschirm sah er zwei junge Frauen, die sich auf einem Bett räkelten. Beide waren nackt und liebkosten sich.

Westhoven erkannte das Bett, auf dem sich die Szene abspielte sofort. Es war das Bett, auf dem er vorhin die ermordete Sanne von Ehlen gesehen hatte. Die Aufnahmen stammten also aus ihrer Wohnung. Er bekam eine Gänsehaut. War die junge Frau, die sich da räkelte, tatsächlich Sanne von Ehlen?

Die ganze Sequenz dauerte gut fünf Minuten und schaltete sich dann aus. Im unteren Bildrand erschien ein Button, auf dem „weiter" stand. Paul Westhoven wollte ihn gerade drücken, als sein Handy klingelte.

„Westhoven", meldete er sich betont ruhig.

„Paul, hier ist Arndt. Wie ich es mir schon gedacht hatte. Ich konnte niemanden erreichen. Deswegen habe ich veranlasst, dass die Polizeiinspektion Südwest bis morgen früh die Sicherung der Wohnung übernimmt. Die Streife müsste gleich bei Dir sein."

„Danke. Und übrigens, Arndt. Meine Vermutung war gar nicht so falsch. Zumindest kann ich jetzt schon beweisen, dass Ralf Baum die ermordete Sanne von Ehlen gekannt hat".

„Woher weißt Du das?"

„Weil ich hier im Durcheinander eine DVD gefunden habe, auf der vermutlich Sanne von Ehlen und noch eine weitere junge Frau sich in ihrem Schlafzimmer auf dem Bett tummeln."

„Da hast Du zumindest schon mal einen Ansatzpunkt, mit dem Du arbeiten kannst. Also, bis morgen früh", verabschiedete Siebert sich und legte auf.

Westhoven widmete sich wieder dem Computer. Er wollte sich die DVD solange anschauen, bis die Streife eintreffen würde. Deshalb drückte er den Button, auf dem „weiter“ stand, und eine weitere Sequenz lief an.
Die junge Frau trug die Schulmädchenuniform, die er vorhin im Schrank bei Sanne von Ehlen gesehen hatte. Sie legte langsam Kleidungsstück für Kleidungsstück ab. Als sie nackt war, warf sie der Kamera noch einen Kuss zu und die Szene endete.
Anschließend erschien abermals der Button mit der Aufschrift „weiter“ im unteren Bildrand.

Paul Westhovens Aufnahmefähigkeit ließ nach. Der Schlag auf den Kopf zeigte Wirkung, ihm wurde kotzübel. ‚Hoffentlich bleiben der Burger und das Duplo wo sie sind’, dachte er bei sich und zwang sich weiterzumachen.

‚Wenn das wirklich Sanne von Ehlen war, was ist das für ein Mädchen gewesen?’ dachte er sich. Ob ihre Eltern Bescheid wussten, was ihre Tochter so trieb?
Schlimm genug, dass Sanne anschaffen ging, noch schlimmer, dass sie jetzt auf diese brutale Art und Weise ermordet wurde.
Ihm wurde mulmig, wenn er daran dachte, dass er es sein würde, der den Eltern die schreckliche Nachricht überbringen musste. Wie würden sie es wohl auffassen? An eine Hilfe zur Aufklärung der Tat mochte er noch nicht denken.

Gegen 22:15 Uhr klingelte es an der Tür. Westhoven machte das Licht aus, ging leise zur Tür und schaute durch den Türspion. Eine Unvorsichtigkeit am Tag war genug. Vor der Tür standen die Beamten der PI Südwest.
Erleichtert atmete er auf, öffnete die Tür und trat hinaus auf den Flur.
„Guten Abend“, begrüßte er sie.
„Hallo“, erwiderten sie einstimmig.

„Um was geht es hier eigentlich, Herr Westhoven?“, fragte einer der beiden.
„Es geht um die Mordsache in der Keupstraße. Das hier ist die Wohnung des Opfers.“
„Und was haben wir damit zu tun. Schließen Sie doch einfach die Tür zu und kleben ein Siegel drauf“, schlug der Streifenpolizist vor.
„Kollege, wenn es so einfach wäre, dann hätte ich nicht um Unterstützung gebeten. Leider musste ich aber vorhin feststellen, dass jemand hier eingebrochen ist und alles auf den Kopf gestellt hat. Ich muss ihn gestört haben und vielleicht hat er dadurch nicht das gefunden, was er gesucht hat. Ich kann nicht riskieren, dass er diese Gelegenheit noch mal bekommt“, klärte er die Kollegen auf.
Zugleich zog er die Tür ins Schloss und klebte zu seiner Beruhigung noch ein Siegel auf Türblatt und Rahmen, welches er aus der Innentasche seiner Jacke zu Tage förderte.
Dann wünschte er angenehmen Dienst und fuhr die 23 Etagen wieder nach unten.
Vom Uni-Center aus fuhr er auf direktem Wege nach Hause. Ein Blick auf seine Armbanduhr zeigte ihm, dass es kurz vor 22:30 Uhr war. Draußen war es ziemlich kühl. Die Straßen glänzten feucht als wäre es spiegelglatt.
Über die Deutzer Brücke fuhr er den Autobahnzubringer in Richtung Olpe. Für die relativ kurze Strecke brauchte er aber fast eine halbe Stunde. Schneller fahren ließ der Schmerz in seinem Kopf nicht zu. Sein Konzentrationsvermögen war fast erschöpft. ‚Hauptsache, irgendwie sicher zu Hause ankommen’, dachte er sich.
Vor der Fahrt hatte Paul Westhoven überlegt, ob er sich fahren lassen sollte. Doch in dieser Sache war er eigen, seinen Golf ließ er nirgendwo stehen. Er wollte zu jeder Zeit und zu jeder Gelegenheit mobil sein und bleiben.

Gegen dreiundzwanzig Uhr parkte er sein Auto in der Garage und ging jede überflüssige Bewegung vermeidend, die seinen Kopf erschüttern konnte, ins Haus. Anne war noch nicht zu Bett gegangen, sondern saß mit angezogenen Beinen auf der Couch und las ein

Buch. Auf dem Couchtisch stand die geöffnete Flasche Chianti und ein fast leeres Glas. Sie legte das Buch aus der Hand und kam ihm entgegen.
„Hallo, mein Schatz. Schön, dass Du endlich da bist. Ich hab mir schon Sorgen gemacht. Du hast so komisch geklungen am Telefon. Ist wirklich alles in Ordnung?", fragte sie und gab ihm ein Begrüßungsküsschen.
Westhoven setzte sich vorsichtig auf die Couch.
„Dir kann man aber auch nichts vormachen", erwiderte er und zeigte auf den schmerzenden Hinterkopf. Dann gestand er ihr, dass er hinterrücks niedergeschlagen worden war.
„Wie bitte?", reagierte sie völlig schockiert und legte ihm besorgt eine Hand auf die Schulter, während eine Träne an ihrer Wange entlang rollte.
„Ich lebe ja noch. Nur mein Kopf fühlt sich an, als würde jemand mit einem Presslufthammer darin arbeiten", versuchte er zu beschwichtigen.
„Du musst unbedingt zu einem Arzt und Dich untersuchen lassen. Nachher hast Du eine Gehirnerschütterung", sagte sie sorgenvoll. „Du musst Dich unbedingt schonen!"
„Das weiß ich auch so, dass ich eine Gehirnerschütterung habe. Dazu brauche ich keinen Arzt. Könntest Du mir bitte zwei Kopfschmerztabletten bringen?", bat er sie. „Aber schonen kann ich mich erst, wenn der Täter gefunden ist."
Er erzählte ihr von dem Mord an Sanne von Ehlen und von seiner Vermutung, dass die beiden Morde was miteinander zu tun haben könnten.
„Du bist unverantwortlich, Paul!", sagte sie fassungslos. Dann ging sie schweigsam aus dem Wohnzimmer und kam kurz danach mit einem Glas Wasser und den Kopfschmerztabletten zurück.
Als sie ihm das Glas gab, liefen ihr wieder Tränen über die Wangen.
„Was, wenn Du das dritte Opfer geworden wärst, Paul. Du bist aber auch verrückt", sagte sie mit belegter Stimme.
„Du hast ja Recht, Anne. Das war dumm von mir. Aber Du kennst mich. Wenn ich mir was in den Kopf gesetzt habe, dann muss ich das

auch durchziehen. Aber ich verspreche Dir, dass ich beim nächsten Mal so was nicht mehr allein machen werde“, antwortete er und drückte sie an sich. Mit einer zärtlichen Handbewegung wischte er ihr die Tränen aus dem Gesicht.
Sie verharrten noch eine Weile eng umschlungen auf der Couch und gingen dann zu Bett.

NEUN

Als Paul am nächsten Morgen um 06:00 Uhr von seinem Wecker geweckt wurde, war ihm, als wäre er gerade erst eingeschlafen. Er fühlte sich elend. Sein Kopf war kurz davor zu bersten und sein Puls schlug spürbar bis zum Hals. Trotzdem zwang er sich aufzustehen. Einen kurzen Moment war ihm schwindelig und er stützte sich am Türrahmen ab.
Gegen die starken Kopfschmerzen schluckte er eine weitere Schmerztablette. Für später steckte er sich noch ein paar in die Hemdtasche.

Pünktlich um 07:30 Uhr war Westhoven auf der Dienststelle. Seine Kollegen saßen in der morgendlichen Besprechungsrunde, die aktuelle Ausgabe des Express machte die Runde, als Arndt Siebert ihn aufforderte über die Fälle zu informieren.
Paul Westhoven versuchte sich nicht anmerken zu lassen, wie angeschlagen er war und berichtete ausführlich von den Morden an Ralf Baum und Sanne von Ehlen.
Von Arndt Siebert darauf angesprochen erzählte er auch von seiner nächtlichen Aktion im Uni-Center. Es war ihm äußerst peinlich und so vermied er es, auf Details einzugehen. Er wollte die Sache nicht unnötig dramatisieren.
Einige Kollegen schüttelten verständnislos den Kopf und Dember wies ihn zurecht: „Paul, Du bist kein Einzelkämpfer. In diesem Kriminalkommissariat wird im Team gearbeitet. Du kennst ja die Vor-

schriften zu Eigensicherung. Du gehst aber leichtsinnig los und wirst fast umgebracht."

Kommentarlos nahm er die Kritik hin, denn er wusste, dass diese absolut berechtigt war. Innerlich dachte er sich aber, dass er trotzdem Recht gehabt hatte mit seiner Vermutung und dass man eben ab und zu auch mal die Regeln außer Acht lassen müsste. Diesen Standpunkt behielt er aber in diesem Moment für sich.

Zwischenzeitlich war Staatsanwalt Asmus auf der Dienststelle eingetroffen. Paul Westhoven begegnete ihm nach der Besprechung auf dem Flur.

„Guten Morgen, Herr Westhoven."

„Hallo, Herr Staatsanwalt. Was verschafft uns so früh die Ehre? Möchten Sie auch einen Kaffee?"

„Ja gern", antwortete er, ohne auf die Anspielung zu reagieren.

Sie gingen in die Teeküche und Westhoven goss ihm und sich selbst einen Kaffee ein und hielt ihm die dampfende Tasse hin. „Milch und Zucker stehen da drüben." Westhoven zeigte dabei auf die Arbeitsplatte.

Beides war zwingend notwendig, denn der Kaffee beim KK 11 war eine Mischung aus heißem Teer und einem flüssigen Herzschrittmacher.

„Danke. Können wir uns gleich mal über die beiden Fälle und die weitere Vorgehensweise unterhalten, Herr Westhoven?" Asmus nippte vorsichtig am Tassenrand.

„Kein Problem, Herr Asmus. Die erste Besprechung würde ich aber gern mit meinen Kollegen allein durchführen, wenn Sie nichts dagegen haben. Es gibt da ein paar Personalia und Interna, die Sie bestimmt nur langweilen würden."

„Wie lange meinen Sie, wird das in etwa dauern?"

„Nicht länger als eine Viertelstunde, denke ich. Sie können in der Zwischenzeit gern meinen Stadtanzeiger haben, wenn Sie möchten."

***

Das Präsidium war eben sein Arbeitsplatz, hier wollte er bestimmen. Und außerdem war er der Meinung, dass einen Staatsanwalt Dienststelleninterna nichts angingen. Aber immerhin schön, dass der Staatsanwalt von Anfang an dabei sein wollte.

Asmus nahm seine Tasse Kaffee sowie den Stadtanzeiger und setzte sich im Geschäftszimmer in einen der Besuchersessel.
Er begrüßte die Angestellte und fragte, ohne es eigentlich wirklich wissen zu wollen, wie es ihr ging.
Westhoven ging in sein Büro, rief Dember und Gerber an und bat sie zu ihm zu kommen.

***

Als Dember den Raum betrat, konnte man meinen, dass er seit Tagen nicht geschlafen, sondern kräftig Karneval gefeiert hatte. Von seinem Elan keine Spur, unter den Augen hatte er dunkle Ringe und er war unrasiert. Seine dunkelblonden schulterlangen Haare sahen aus, als hätte er seine Bürste verlegt. Die dringend benötigte Tasse Kaffee zitterte in der rechten Hand.
„Na, Heinz. Wohl zu tief ins Glas geschaut? Kein Wunder, dass der Alte Dich nicht erreichen konnte“, sagte Paul Westhoven in vorwurfsvollem Ton.
„Danke, sehr mitfühlend“, war seine einzige Reaktion. Dember setzte sich übertrieben ächzend auf einen Stuhl.
Gerber hingegen machte einen wesentlich fitteren Eindruck. Er war wie immer: unauffällig.
„Guten Morgen, Jochen, welche Ausrede hast Du, dass der Alte Dich nicht erreichen konnte?“
„Jetzt mach aber mal einen Punkt, Paul. Es gibt auch noch ein Leben neben der Mordkommission. Außerdem hast Du selbst gesagt, dass wir uns heute erst wieder sehen. Deswegen hatte ich mein Handy ausgeschaltet und ich habe auch nicht die Mailbox abgehört. Ich konnte doch nicht hellsehen, dass Du Dir noch einen Fall an Land gezogen hast“, rechtfertigte er sich.

„Und um genau diesen Fall geht es jetzt“, sagte Paul Westhoven und wählte gleichzeitig die Telefonnummer des Geschäftszimmers. Die Angestellte meldete sich mit ihrer üblichen netten Begrüßung. Westhoven bat sie, Asmus in sein Büro zu schicken. Die Interna, die er besprechen wollte, waren erledigt. Er hoffte, dass seine beiden Kollegen nächstes Mal erreichbar waren.

Einen Augenblick später betrat Asmus das Büro und setzte sich auf einen freien Stuhl. Die Tasse Kaffee behielt er in der Hand, Westhovens Zeitung legte er mit einem dankenden Kopfnicken kommentarlos auf den Schreibtisch.

Ohne Umschweife begann Paul Westhoven mit dem Bericht der bisherigen Ergebnisse und Fakten:

„Gestern hat ein gewisser Julius Stolz die, wie wir mittlerweile meinen, 19-jährige Sanne von Ehlen ermordet in ihrer Wohnung in der Brüsseler Straße aufgefunden.

Da er ungereimte Angaben zur Fundsituation und zu seinem Verhältnis zum Opfer machte, habe ich ihn erst mal im Gewahrsam gelassen. Möglicherweise hat er ein Motiv für die Tat“, sagte er und trank einen Schluck Kaffee.

„Und dann habe ich noch eine interessante Entdeckung im Notizbuch der Ermordeten gemacht. Daraus folgt: Sanne von Ehlen war eine Prostituierte. Sie hat nicht nur angeschafft, sondern auch im Internet eine eigene Website unterhalten, unter der Voyeure sie via Internet-Webcam begaffen konnten.“

„Die typische Internet-Peepshow“, warf Asmus ein.

„Genau, aber das Beste kommt noch. In dem Notizbuch stehen wahrscheinlich die Daten der Kunden. Und jetzt kommt’s!“ Westhoven hielt einen Moment inne. „Eine Abkürzung lautete „Ralfi B.“ Da hab ich eins und eins zusammengezählt, mit dem Ergebnis, dass diese Bezeichnung ja auch für Ralf Baum stehen kann. Und genau aus diesem Grund hatte ich mir die Wohnungsschlüssel von Baum aus Eurem Büro geholt und bin zu dessen Wohnung gefahren.“

„Ist ja schön und gut, Paul“, bemerkte Gerber. „Aber wieso hast Du nicht erst Heinz oder mich angerufen?“

„Diese Vermutung ließ mir einfach keine Ruhe. Ich wollte das sofort klären“, rechtfertigte er sich. „Außerdem wart Ihr sowieso nicht zu erreichen.“
Paul Westhoven trank einen zweiten Schluck Kaffee und redete weiter, da keiner eine weitere Zwischenfrage stellte.
„Als ich dort ankam, stand die Wohnungstür auf und ich wurde niedergeschlagen, als ich die Wohnung betrat.
Später habe ich im Chaos der Wohnung eine DVD gefunden, auf der, so meine ich, Sanne von Ehlen zu sehen ist", schloss er seine Berichterstattung ab.

„Habe ich Sie da eben richtig verstanden, Herr Westhoven? Sie sind allein in die Wohnung eines Mordopfers gefahren und dann auch noch dort niedergeschlagen worden?“, fragte Asmus missbilligend.
„Ja, so war es. Leider.“
Er hatte nicht vor, seine Peinlichkeit bis ins Detail zu erzählen, und schon gar nicht Asmus. Westhoven konnte sich vorstellen, wie dieser innerlich vor Neugierde zerging. Äußerlich wirkte Asmus jedoch sehr zurückhaltend.
„Konntest Du sehen, wer Dich niedergeschlagen hat?“, wollte Gerber wissen.
„Leider nein. Im Fallen konnte ich nur schemenhaft eine Person erkennen. Und dann wurde es bei mir dunkel“, antwortete Westhoven knapp.
Genau diese Fragerei wollte er vermieden haben und um weiteren Nachfragen vorzubeugen, wechselte er abrupt das Thema. Er teilte seine Mitarbeiter für den heutigen Ermittlungsdienst ein:
„Kommt Leute, genoch verzällt. Lasst uns lieber den Ablauf für heute festlegen. Jochen, Du kümmerst Dich bitte um die Wohnung von Baum. Nimm Dir soviel Zeit wie nötig und stell mit dem Erkennungsdienst alles auf den Kopf. Wir müssen rausfinden, ob es einen konkreten Zusammenhang zwischen den beiden Taten gibt. Sobald Du etwas Interessantes findest, rufst Du mich bitte umgehend an.“
Danach wandte er sich Dember zu: „Heinz, so wie Du im Moment aussiehst, kann ich Dich nicht auf die Menschheit loslassen. Deshalb

fährst Du zur Obduktion von Sanne von Ehlen. Danach sehen wir weiter." Dember nickte zustimmend.
„Und frag unbedingt nach der Todeszeitbestimmung. Frau Weber war gestern Abend deswegen am Tatort und hat Messungen diesbezüglich durchgeführt. Ruf mich bitte sofort an, sobald Du etwas Genaueres weißt."

Nach der Besprechung verließen Gerber und Dember das Büro. Dember zog eine Schachtel Zigaretten aus seiner Hemdtasche und zündete sich eine an.
„Was glaubt der eigentlich, wer er ist?", fluchte er vor sich hin. „Lässt hier den Chef raushängen, kommandiert uns herum und beschwert sich auch noch über mein Aussehen. Das kann ich überhaupt nicht ab", regte er sich auf. Wütend zog er an seiner Zigarette.
„Jetzt mach mal halblang, Heinz. Paul ist der erfolgreichste Mordkommissionsleiter, den ich kenne, und der beste. Auch wenn er erst seit einem Jahr in dieser Position ist; Paul hat mehr Erfahrung als wir beide zusammen. Ich gebe ja zu, seine Methoden sind manchmal gewöhnungsbedürftig, aber er kommt fast immer zum Ziel. Wenn der sich in einen Fall verbissen hat, dann sitzt der Täter schon so gut wie im Bau. Und außerdem, Du bist noch keine drei Monate auf dieser Dienststelle und hast eben noch nicht den Überblick."
„Ja, aber...."
„Ich bin noch nicht fertig. Und guck mal in den Spiegel. Du siehst ja wirklich so aus, als ob Du nächtelang durchgemacht hast. An Deiner Stelle würde ich nicht so lautstark über Paul ablästern. Das ist nur ein gut gemeinter Ratschlag von mir. Liefere erst einmal gute kriminalistische Arbeit ab und zeig uns was du drauf hast. Am besten fährst Du einfach zur Rechtsmedizin und machst Deinen Job", wies Gerber ihn zurecht.
„Vielen Dank für die Unterstützung, Jochen", bedankte sich Dember in mürrischem Ton. ‚So ein Schleimer', dachte er sich, stapfte missmutig mit festen Schritten in sein Büro und zog seine Jacke an. Dann verließ er wortlos das Zimmer, ging zur Fahrwache und ließ sich ein Fahrzeug zuteilen.

Völlig verärgert fuhr er zur Rechtsmedizin am Melatengürtel. Dessen ungeachtet war er neugierig darauf, wie diese Doris Weber wohl aussehen würde. Paul hatte ja nichts über sie erzählt. Aber der hatte sowieso nur Augen für seine Anne, dachte sich Dember.

***

„Herr Asmus, bezüglich Julius Stolz schlage ich vor, ihn solange festzuhalten, bis das Ergebnis der Obduktion bzw. eine Todeszeitbestimmung vorliegt. Dann können wir immer noch entscheiden, ob er zum Haftrichter muss. In der Zwischenzeit veranlasse ich selbstverständlich seine Vernehmung“, schlug Westhoven vor.
„Das sehe ich auch so, Herr Westhoven, aber Entscheidungen hierzu treffe immer noch ich allein.“
Genau diese überhebliche Art war es, die Paul Westhoven im Laufe der langjährigen Zusammenarbeit an Asmus so störte. Aber im Moment ließ er sich nichts anmerken.
„Ich glaube, ich werde in der Zwischenzeit zu den Eltern der Ermordeten fahren und unsere Pressestelle eingehend informieren“, sagte Westhoven. „Die haben bestimmt noch zig Anfragen von den Medien.“
„Dann fahre ich zur Staatsanwaltschaft in mein Büro. Sie können mich dort erreichen oder gegebenenfalls über mein Handy. Die Nummer haben Sie ja. Halten Sie mich bitte auf dem Laufenden. Ich möchte nämlich nicht erst aus der Zeitung erfahren, dass Sie mal wieder jemanden eigenmächtig eingesperrt oder eine Wohnung durchsucht haben.“
Westhoven hörte geflissentlich über Letzteres hinweg.

***

Westhoven parkte direkt vor dem Haus der von Ehlens. Das moderne Einfamilienhaus stand am Ende einer Sackgasse in der Gartenstadt Nord in Longerich, einem gehobenen reinen Wohnviertel im Norden Kölns.

Die Fassade war maisgelb, rote Dachziegel rundeten das Bild ab. Vor den Sprossenfenstern im Erdgeschoss hingen halblange Gardinen. Der Vorgarten, eingefasst von einer kleinen Buchshecke, machte einen gepflegten Eindruck. Zwischen verschiedenen Sträuchern und Blumen lag eine dicke Schicht Rindenmulch.
Ein dunkelblauer Ford Mondeo, neuestes Modell stand in der offen stehenden Garage. Alles wirkte idyllisch friedlich.

Hoffentlich ist jemand zu Hause, dachte sich Westhoven. Er wollte diese unangenehme Aufgabe hinter sich bringen. Ihm war mulmig zumute. Sein Magen machte ihm zu schaffen. Das Merkblatt „Überbringen von Todesnachrichten" kannte er. Aber wie setzt man dies in die Praxis um? Wie sollte er das Gespräch am besten beginnen? Wie sagt man den Eltern, dass deren einzige Tochter ermordet wurde?
Fast vorsichtig drückte Paul Westhoven auf den Klingelknopf. Unmittelbar danach hörte er von drinnen einen dumpfen Gong.
Einen Moment später konnte er durch die Glaseinfassungen der Tür die Umrisse einer Person erkennen. Ein Mann öffnete die Haustür und fragte höflich: „Ja, bitte?"
„Guten Morgen, sind Sie Herr von Ehlen?"
Der Mann nickte zustimmend.
Westhoven fühlte einen Kloß in seinem Hals. Seine Zunge und seine Lippen fühlten sich trocken an.
„Mein Name ist Westhoven, Hauptkommissar Westhoven. Ich bin von der Kölner Kriminalpolizei", sagte er mit gedämpfter Stimme und zeigte routinemäßig seine Dienstmarke und den Dienstausweis. „Dürfte ich vielleicht hineinkommen?"
Herr von Ehlen führte ihn ins Wohnzimmer: „Herr Westhoven, was kann ich für Sie tun?"
Gemäß dem Merkblatt über „Das Überbringen von Todesnachrichten" antwortete Westhoven, sie sollten sich doch erst einmal setzen. Die beiden Männer saßen sich nun gegenüber. Paul Westhoven blickte im direkt in die Augen.
„Es tut mir leid, Herr von Ehlen. Ihre Tochter Sanne ist vermutlich tot. In der Wohnung Ihrer Tochter wurde die Leiche einer ermorde-

ten jungen Frau aufgefunden. Sie ist jedoch noch nicht eindeutig identifiziert. Leider muss ich sie darum bitten, dies zu tun."
Westhoven musterte den Vater von Sanne genau. Er war aschfahl im Gesicht und rührte sich nicht. Er saß wie versteinert.
Plötzlich brach es aus ihm heraus: „Nein, nein, das glaube ich nicht! Das kann nicht sein! Gisela, komm bitte, schnell!"
Noch das Butterbrot in der einen und das Schmiermesser in der anderen Hand kam Frau von Ehlen ins Wohnzimmer gerannt.
„Ernst, was ist? Wer ist dieser Mann?", fragte sie sichtlich verwirrt. Wahrscheinlich hatte sie ihren Mann selten so beunruhigt erlebt. Sie starrten sich nur an.
Im Raum herrschte für einen Moment Totenstille.

„Mein Name ist Paul Westhoven, Frau von Ehlen. Ich bin von der Mordkommission, " unterbrach er das Schweigen.
Er hatte noch nicht zu Ende gesprochen, als Frau von Ehlen einen Schreikrampf erlitt:
„Sanne, nein. Sanne, Sanne, mein liebes Kind. Du bist doch meine einzige Tochter!" An ein Gespräch mit ihr war zu diesem Zeitpunkt nicht zu denken.

Westhoven versuchte die beiden zu beruhigen und atmete innerlich auf, als der von der Leitstelle auf seinen Wunsch alarmierte Notfallseelsorger eintraf. „Wegen der Identifizierung werde ich mich bei Ihnen melden. Ich habe noch Fragen an Sie und Ihre Frau" sagte er, als er sich verabschiedete und Sannes Vater seine Visitenkarte in die noch immer regungslose Hand drückte. Er versuchte seine eigenen Gefühle hinter einem amtlichen Tonfall zu verbergen.
Als er das Haus verließ, hörte er noch das Schluchzen der Mutter im Wohnzimmer.

ZEHN

Es war kurz nach neun Uhr. Im Seziersaal war es kalt wie in einem Kühlschrank. Das kalte Licht der Neonröhren im fensterlosen Seziersaal der Rechtsmedizin verstärkte diesen Eindruck noch und ließ die Leiche Sanne von Ehlens blass-blau erscheinen. Nach der äußeren Leichenschau hatte die junge Rechtsmedizinerin Doris Weber mit der inneren Leichenbesichtigung, der Obduktion, begonnen. Heinz Dember stand auf der anderen Seite des stählernen Seziertisches und beobachtete Doris Weber. Mit seinen Gedanken war er jedoch nicht bei der Sektion.

„Schlimme Sache. Die armen Eltern", sagte sie beiläufig zu Dember.

„In solchen Momenten bin ich froh, dass ich noch keine Kinder habe", reagierte er spontan. „Haben Sie Kinder?", schaute er sie fragend an.

„Nein", antwortete sie knapp.

„Sorry, ich wollte Ihnen nicht zu nahe treten." Dember hatte irgendwie das Gefühl, dass er mit dieser Frage in ein Fettnäpfchen getreten war.

„Nicht nötig, dass Sie sich entschuldigen. Es war doch nur eine Frage", sagte sie kühl. „Fehlt eigentlich nur noch, dass Sie mich fragen, ob ich noch solo bin."

Dember war wie vom Blitz getroffen, genau das hatte er vorgehabt. Doris Weber gefiel ihm und er wollte alles bei ihr abchecken. Um aber nicht direkt wieder einen Fehler zu machen, lenkte er lieber das Thema auf die Sektion:

„Können Sie schon etwas Genaueres zum Todeszeitpunkt sagen?"

„Auf diese Frage habe ich gewartet. Ihr Chef hat mir deswegen gestern Abend schon ganz schön Druck gemacht. Hat sogar noch mal extra angerufen. So ganz genau kann ich das jedoch immer noch nicht sagen."

„Auch nicht ungefähr?"

„Also gut, weil Sie es sind. Wenn man einzelne Faktoren unberücksichtigt lässt, dann dürfte das Opfer am letzten Samstag in der Zeit zwischen 17.00 Uhr und 23.00 Uhr ermordet worden sein. Genauer geht es im Moment nicht, das können Sie Ihrem Chef mitteilen."

„Danke, Frau Weber."

Dember verließ den Sektionssaal und rief Paul Westhoven an.

„Westhoven."

„Paul, hier ist Heinz. Ich kann Dir was zur Todeszeit sagen."
„Ich bin ganz Ohr."
„Unter Vorbehalt hat die Weber gesagt, dass der Tod am letzten Samstag in der Zeit von 17.00 bis 23.00 Uhr eingetreten sein dürfte."
„Ist das sicher?"
„Ich kann Dir nur das wiedergeben, was sie mir gesagt hat."
„Ok. Sonst noch was?", hakte Westhoven nach.
„Ach ja. Das hätte ich fast vergessen. Sie hat in der Vagina der Toten ein Haar gefunden."
„Was für ein Haar?"
„Weiß ich doch nicht."
„Veranlass auf jeden Fall eine DNS-Untersuchung. War es das?"
„Vorerst ja."
„Danke für den Anruf, Heinz."
Dember steckte sein Handy wieder ein und ging zurück in den Sektionssaal.
Als er eintrat, beugte sich Doris Weber gerade über die Leiche. Ihr grüner OP-Kittel spannte etwas und betonte so den wohlgeformten Hintern, der sich Heinz Dember entgegen streckte.
Abrupt blieb er stehen und spürte, wie sein Blut sturzartig in die Lendengegend floss. Wie gern hätte er die Sektion für beendet erklärt und sich lieber mit ihr beschäftigt. In seiner Phantasie malte er sich aus, wie sie sich im Arztzimmer vor ihm auszog und dann an ihn schmiegte. Von seiner morgendlichen Trägheit war plötzlich nichts mehr übrig geblieben. Dieser entzückende Anblick hatte seinen müden Geist aufgeweckt und den Puls beschleunigt.

Seit knapp sechs Wochen war er solo und das bedeutete für ihn einen sexuellen Notstand. Seine Freundin hatte sich von ihm getrennt, weil er immer wieder andere Frauen angebaggert hatte. Sie hatte ihn „vollständig triebgesteuert" genannt. Und sie hatte Recht. Er konnte einfach nicht anders. Dafür gab es einfach zu viele schöne Frauen, an denen er nicht vorbeigehen konnte.
Er ging um den Sektionstisch herum und stierte sie weiter an. Sie stand noch immer über die Tote gebeugt, nur guckte er jetzt wie

gebannt auf ihre Brüste. Die Arbeit hatte er in diesem Augenblick gänzlich aus den Augen verloren. Er hatte völlig vergessen, wo er sich befand und weshalb er hier war.
Als sie sich wieder aufrecht stellte, konnte er deutlich ihre durch die Kälte im Raum erigierten Brustwarzen unter dem Kittel erkennen. Seine Fantasie ging langsam mit ihm durch, als er von ihr angesprochen wurde:
„Herr Dember. Hallo! Auf welchem Planeten sind Sie denn?", fragte sie süffisant. Sie war sich ihrer Ausstrahlung durchaus bewusst gewesen. Die forschenden Augen des Kommissars hatte sie förmlich auf ihrem Körper gespürt. Sie genoss es, wenn sie das Objekt männlicher Begierde war.
„Oh, Pardon. Ich war in Gedanken. Was gibt es denn?"
Jetzt auf keinen Fall rot werden, schoss es ihm durch den Kopf. Doris Weber verzog ihre Mundwinkel zu einem breiten Grinsen, bevor sie antwortete.
„Die Todesursache, Verbluten nach innen und außen in Verbindung mit zentralem Regulationsversagen", diagnostizierte sie.
„Danke. Und was heißt das auf Deutsch?", outete sich Dember unwissend.
„Ich will sagen, das Opfer ist höchstwahrscheinlich an den zahlreichen Messerstichen verstorben. Ob der vorher eingeschlagene Schädel oder die durchgeschnittene Kehle ebenfalls todesursächlich waren, lässt sich ohne weitere Untersuchungen jedoch nicht feststellen", erklärte sie ihm.
„Dankeschön, sehr aufschlussreich. Hätte ich nicht besser sagen können."
„Gern geschehen. Das endgültige Gutachten lasse ich tippen und Ihnen zur Dienststelle schicken", sagte sie und wollte gerade gehen, als Heinz Dember sie noch einmal ansprach.
„Haben Sie noch eine Sekunde Zeit für mich?"
„Soll ich Ihnen das mit dem zentralen Regulationsversagen doch noch mal erklären", fragte sie mit einem schelmischen Unterton.

Dember schüttelte den Kopf: „Nein, nein. Danke. Das hab ich schon verstanden. Sie haben es wunderbar erklärt. Ich möchte Sie was ganz anderes fragen."
Dember erkannte den fragenden Blick in ihren Augen.
„Es mag Ihnen zwar etwas plump vorkommen, aber ich würde Sie gern mal zum Kaffee einladen. Hätten Sie Lust?"
Doris Weber lächelte. Sie war sichtlich amüsiert, aber nicht überrascht.
„Nein", sagte sie mit ernster Stimme und grinste in sich hinein. Als sie Dember ansah, bemerkte sie seine Nervosität. Dann aber erlöste sie ihn und gab ihm ihre private Telefonnummer.
Schließlich fand sie ihn auch ganz nett, obwohl er aussah, als wenn er tagelang durchgemacht hätte. Aber sie stand auf solche Männer, diese verwegene Lässigkeit fand sie interessant. Krawattenträgern hingegen konnte sie nichts abgewinnen.
„Rufen Sie mich an, wenn Sie Zeit haben. Dann sehen wir mal weiter", verabschiedete sie sich.
Dember blieb noch einen Moment wie angewurzelt stehen und sah ihr nach. Wieder konnte er seinen Blick nicht von den Rundungen ihrer Figur abwenden. Er schaute ihr nach, bis die Tür des Umkleideraums geräuschvoll ins Schloss fiel.
Als er zu seinem Dienstwagen ging, bemerkte er kaum den Regen, der wieder eingesetzt hatte.
Auf dem Fahrersitz wischte er sich mit beiden Händen die Regentropfen aus dem Gesicht. Mit seinen Fingern ordnete er seine Haare und schaute dabei in den Rückspiegel.
Jetzt sah er noch schlimmer aus als heute Morgen, als Westhoven ihn auf sein Äußeres angesprochen hatte.
Die Telefonnummer von Doris Weber hielt er wie eine Trophäe in der Hand, als er sie in seinem Mobiltelefon speicherte. Zügig fuhr er zum Polizeipräsidium. Seinen Vermerk über die Sektion wollte er fertig haben, bevor Westhoven ihm den nächsten Auftrag aufs Auge drückte.

***

In der 23. Etage des Uni-Centers stiegen Gerber, Drees und zwei weitere Beamte des Erkennungsdienstes aus dem Aufzug.
Die Wohnung von Ralf Baum war nicht zu übersehen. Vor der Tür hockten zwei übermüdete uniformierte Polizisten auf dem Fußboden, die sichtlich froh darüber waren, dass sie nun abgelöst wurden.
Da Gerber seine Kollegen vom Erkennungsdienst schon auf der Anfahrt in den Fall eingewiesen hatte, begannen sie sofort gemeinsam mit der Spurensuche. Das würde sicherlich Stunden in Anspruch nehmen, dachte er sich. Gut, dass sie sich vorher ein paar belegte Brötchen und Kakao bei einem Metzger auf der Luxemburger Straße gekauft hatten.

***

Manfred Schwarz saß mit seiner Frau Elke am Frühstückstisch und blätterte im Wirtschaftsteil seiner Zeitung.
Elke schmierte sich währenddessen noch ein Brötchen mit selbst gemachter Holunder-Apfel-Marmelade.
„Was hast Du denn bei der Kripo erzählt?“, fragte sie ihn unvermittelt.
„Was soll ich denen schon erzählt haben. Ich weiß doch nichts“, antwortete er, ohne sein Gesicht aus der Zeitung zu nehmen.
Sie war für einen Moment durch diese Antwort ziemlich perplex.
„Aber, Manni. Das stimmt doch gar nicht. Du bist doch der Einzige, der noch Kontakt zu Ralf hatte. Hast Du denen das etwa nicht gesagt?“, sagte sie vorwurfsvoll.
Wütend faltete er die Zeitung zusammen und knallte sie auf den Tisch.
„Jetzt mach aber mal einen Punkt. Was soll das denn heißen? Ich wäre der Einzige, der noch Kontakt zu ihm hatte? Spinnst Du jetzt ganz oder was?“, schrie er gereizt und stieß dabei gegen seine Tasse, so dass der Kaffee überschwappte und die weiße Tischdecke einen hässlichen braunen Fleck bekam.
Elke Schwarz zuckte zusammen. Mit so einer heftigen Reaktion hatte sie nicht gerechnet.

„Schon gut. Ich frag ja schon nicht mehr", beschwichtigte sie ihn eingeschüchtert und fragte sich, was plötzlich mit ihrem Mann los war.
Sie nahm sich vor der Sache auf den Grund zu gehen. Mit einigen Bissen aß sie das Brötchen auf und plante bereits, sich später seine persönlichen Unterlagen und seinen PC genauer anzusehen. Vielleicht würde sie ja was finden, auch wenn sie jetzt noch nicht genau wusste, wonach sie eigentlich suchen sollte.

Nach dem Frühstück zog sich Manfred Schwarz wortlos seinen Mantel an. Er gab ihr routinemäßig einen flüchtigen Kuss auf die Wange, ging zur Garage, stieg in seinen Wagen und fuhr zur Firma im Belgischen Viertel.

***

Zur gleichen Zeit nahm seine Frau die Zeitung vom Tisch. Die Schlagzeile auf der Titelseite fiel ihr sofort ins Auge:

Zweiter Karnevalsmord

Studentin brutal in ihrer Wohnung ermordet!

Beim Lesen fiel ihr auf, dass vom Verfasser des Artikels gemutmaßt wurde, beide Karnevalsmorde könnten im Zusammenhang stehen.

ELF

Paul Westhoven war auf dem Rückweg von den Eltern der Sanne von Ehlen zum Präsidium, ungefähr in Höhe der korruptionsumwitterten Müllverbrennungsanlage in Niehl, als sein Mobiltelefon klingelte. Die billige Dienstfreisprechanlage klang blechern.

Die Sekretärin des KK 11 teilte ihm mit, dass gerade eine Uta Palanke angerufen hatte und mit dem Leiter der Mordkommission wegen des Studentinnenmordes sprechen wollte. Die Anruferin hatte ihre Telefonnummer hinterlassen, unter der sie die nächsten Stunden erreichbar wäre.

Paul Westhoven fuhr auf den Standstreifen, notierte sich die Telefonnummer und rief sofort die Zeugin an.

„Hallo? “ meldete sich leise eine weibliche Stimme.

„Frau Palanke? Hier ist Paul Westhoven von der Mordkommission. Mir wurde gesagt, dass Sie mich sprechen wollen.“

„Gut, dass Sie anrufen. Ich muss Ihnen dringend etwas im Zusammenhang mit dem Mord an Sanne erzählen. Bitte kommen Sie sofort“, flehte sie ihn an.

„Mal langsam, Frau Palanke. Ich fände es besser, wenn Sie ins Polizeipräsidium kommen würden. Dort könnten wir dann alles sofort schriftlich festhalten und Sie müssten nicht zweimal erzählen“, schlug Westhoven vor.

„Nein! Bitte kommen Sie her. Ich habe wirklich wichtige Informationen für Sie“, beharrte sie.

„Wo wohnen Sie denn?“, gab er schließlich nach.

„Ich wohne auf der Aachener Straße, direkt neben dem Millowitsch-Theater.“

Westhoven überlegte kurz, ob er noch einen Kollegen mitnehmen sollte, entschied sich aber dann doch, unmittelbar zu ihr zu fahren. Wahrscheinlich handelte es sich sowieso nur um eine hysterische Freundin, dachte er sich. Das würde also bestimmt nicht lange dauern.

„Was ist denn nun, kommen Sie?“

„Meinetwegen, ausnahmsweise. Bis gleich, Frau Palanke.“

„Einen Moment noch."
„Was denn?"
„Klingeln Sie bitte bei Sommer."

Kaum war das Gespräch beendet, klingelte sein Handy schon wieder. Auf dem Display blinkte der Name GERBER. Er rief aus der Wohnung von Ralf Baum an. Vielleicht hatte er etwas Wichtiges entdeckt?
„Jochen, hast Du was für mich?", fragte er interessiert.
„Nicht viel. Aber vielleicht interessiert es Dich, dass auf dem Anrufbeantworter ein Anruf von Manfred Schwarz ist."
„Wie bitte?", fragte Paul Westhoven erstaunt.
„Ja, Du hast richtig gehört. Ein Anruf von Manfred Schwarz. Und die Nachricht ist alles andere als freundlich. Die gespeicherte Zeit des Anrufs ist 22:58 Uhr."
„Danke für die Info, Jochen. Stell den Anrufbeantworter sicher. Wir brauchen den genauen Text. Ich fahre jetzt zu einer Uta Palanke, die angeblich wichtige Informationen im Mordfall von Ehlen für uns hat. Ich bin aber weiterhin über Handy erreichbar. Ruf mich bitte an, wenn Du noch was Interessantes findest", bedankte er sich.
„Mach ich. Bis später dann."

***

Klingeln Sie bei Sommer hatte sie gesagt. Westhoven war klar, dass dies ein Pseudonym für eine Prostituierte war, damit die Freier nicht aus Versehen woanders klingelten. Sommer konnte sich eben jeder gut merken. Bestimmt gab es dort auch ein Klingelschild mit dem Namen Winter, dachte er sich.
Nach einer knappen Viertelstunde hatte Paul Westhoven die dicht befahrene Aachener Straße erreicht. Die Zeiger auf seiner Armbanduhr standen auf viertel nach elf.
Auf der Aachener Straße war es um dieses Zeit unmöglich einen Parkplatz zu finden. Daher fuhr Westhoven direkt in eine der Seitenstraßen.

Er hatte Glück, ein roter VW Passat fuhr gerade aus einer Parklücke. Er hatte zwar das Schild „Parken nur für Anwohner" gesehen und wusste, dass hier regelmäßig kontrolliert wurde. Selbst das Schild „Kriminalpolizei im Einsatz", welches er eine Zeit lang hinter die Windschutzscheibe gelegt hatte, hatte nicht vor einem „Knöllchen geschützt. „Wer falsch parkt bekommt eine Knolle. Wenn es ein begründeter Einsatz ist, können Sie ja noch immer dazu Stellung nehmen" hatte ihm noch vor kurzem eine unerbittliche Politesse der Stadt gesagt, als er gerade zu seinem abgestellten Dienstwagen zurückkam.
In der letzten Zeit hatte schon mancher Kollege zahlen müssen, weil korrektes Parken in einem Parkhaus – mit anschließendem Fußmarsch – zumutbar gewesen wäre. Mit der Begründung „Mordfall" und „zeitliche Dringlichkeit" müsste es jedoch schon gut gehen.

Er stieg aus, nahm seinen Aktenkoffer vom Rücksitz und drückte die Fernbedienung. Das Plopp der Verriegelung und das Aufleuchten der Blinker wirkte wie ein „Bis gleich".

Westhoven ging das kurze Stück zur Aachener Straße zurück, wartete die kreuzende Straßenbahn Linie 1 ab und eilte auf die andere Straßenseite, am Millowitsch-Theater vorbei und schaute dann auf die Klingelleiste des nächsten Hauseingangs.
Die Namen auf den verschiedenfarbigen Schildchen neben den Klingelknöpfen lauteten Michelle, Sandra, Tamara. Auf der dritten Klingel von unten stand Sommer. Er drückte auf den Klingelkopf und wartete ein paar Augenblicke. Schnarrend gab der Türöffner die Haustür frei. Westhoven stieß sie auf und stand in einem düsteren und muffigen Hausflur. Durch die kleinen Fenster drang nur wenig Helligkeit hinein und die Glühbirne, die nackt von der Decke baumelte, schien auf ihr nahes Ende zu warten.
Das Haus war ähnlich wie jenes, in dem Sanne von Ehlen gelebt hatte.
Aus einigen Briefkästen ragten etliche Prospekte und Briefsendungen heraus. Auf dem Briefkasten Sommer stand ebenfalls der Name Pa-

lanke. Für einen Fremden erweckte es den Eindruck, dass dort zwei Leute wohnten.
Und als ob er es vorausgesehen hatte, stand auf einem der Briefkästen auch der Name Winter. Westhoven schmunzelte.

„In der dritten Etage", rief eine weibliche Stimme durch den Hausflur.
„Danke", antwortete er laut.
Als er leicht außer Atem vor Uta Palanke stand, wurde ihm augenblicklich klar, um wen es sich hier handelte. Fast hätte er sie nicht erkannt, denn jetzt trug sie eine schwarze Wildlederjeans und ein eng anliegendes T-Shirt und er kannte sie nur nackt. Aber Uta Palanke war eindeutig die junge Frau, die er mit Sanne von Ehlen auf der DVD gesehen hatte, als sich beide im Bett „vergnügten".

Paul Westhoven ließ sich nichts anmerken, denn obwohl er für Prostis nichts übrig hatte, war ihm klar, dass Uta Palanke verdammt gut aussah und eine sehr attraktive junge Frau mit dem gewissen Etwas war.

„Hallo, Frau Palanke. Mein Name ist Westhoven. Wir hatten vorhin telefoniert", stellte er sich vor.
„Kommen Sie bitte herein, Herr Westhoven und entschuldigen Sie die Unordnung. Ich bin sehr durcheinander, wegen dem was passiert ist."
„Kann ich gut verstehen", entgegnete er.
Sie führte ihn ins Wohnzimmer und bot ihm einen Platz auf der Couch an. Als sie ihm einen Kaffee anbot, nahm Westhoven das Angebot an und sie verschwand in die Küche.

Diese Gelegenheit nutzte er, um sich im Wohnzimmer ein wenig umzuschauen.
Auf der Anrichte standen mehrere gerahmte Fotografien. Eine zeigte Sanne von Ehlen und Uta Palanke auf einem Tretboot. Auf dem Bild

waren sie anscheinend um die 14 Jahre alt. Beide kannten sich also schon länger.
Auf dem Schreibtisch lag neben mehreren Zeitschriften ein Kontoauszugshefter. Leider würde die Zeit nicht ausreichen, um einen Blick hinein zu werfen.
Als Uta Palanke aus der Küche zurückkehrte, tat er so, als würden ihn vor allem die Fotografien interessieren. Auf dem kleinen runden Tablett in ihren Händen standen eine Glaskanne mit duftendem Kaffee, zwei Tassen und ein kleiner Glasteller mit Gebäck.

„Die Fotos sind aus meiner Schulzeit", erzählte sie und setzte sich dabei neben ihn auf die Couch. Sie goss den Kaffee ein und wurde auf einmal ernst.
„Herr Westhoven, was ich Ihnen jetzt erzähle, habe ich nie gesagt. Und vor allen Dingen würde ich das nie öffentlich wiederholen. Es hat mich schon etliche Therapiestunden gekostet, um überhaupt darüber reden zu können", sprach sie und beugte sich vertraulich zu ihm herüber.
Westhoven war überrascht und stutzte zunächst. Einen Moment später reagierte er auf ihre Äußerungen.
„Frau Palanke. Ich kann Ihnen beim besten Willen nicht versprechen, dass hier alles unter uns bleibt, was Sie mir erzählen. Das liegt nicht in meiner Macht. Darüber müsste ich dann erst mit dem Staatsanwalt sprechen." „Nein, bitte nicht. Genau das will ich eben nicht", unterbrach sie ihn.
„Und was machen wir jetzt? Sollen wir das Gespräch lieber verschieben und Sie denken noch mal darüber nach, was ich eben gesagt habe?", bot er ihr an.
Uta Palanke zögerte erst und schüttelte dann verneinend den Kopf.
„Mir wäre es lieber, wenn wir jetzt sprechen würden. Wer weiß, ob ich später noch den Mut dazu habe."
„Wie Sie meinen", antwortete Paul Westhoven und legte geschäftsmäßig einen Stift und Notizblock vor sich auf den Couchtisch.

***

Staatsanwalt Asmus diktierte gerade die Anklage in einem anderen, bereits geklärten Mordfall, als sein Telefon klingelte.
Die Nummer auf dem Display kannte er. Meist sah er sie nach der Festnahme wegen eines Tötungsdelikts. Er war jetzt schon genervt. Mit ernster Stimme meldete er sich:
„Asmus."
„Einen wunderschönen guten Tag, Herr Staatsanwalt Asmus. Rechtsanwalt Ommer hier", begrüßte ihn die bekannte Stimme des Anwalts, die ohne Unterbrechung fortfuhr:
„Wie ich gehört habe, halten Sie Julius Stolz, den Sohn eines meiner langjährigen Mandanten fest. Haben Sie etwa handfeste Beweise, welche diese Festnahme rechtfertigen könnten?"
„Ich wünsche Ihnen auch einen schönen Tag", konterte Asmus mit mehrdeutigem Unterton. Er konnte diesen penetranten Strafverteidiger nicht ausstehen.
„Ihr Mandant wurde am Tatort eines Verbrechens mit blutverschmierter Kleidung angetroffen. Reicht Ihnen das als erster Grund etwa nicht?"
„Herr Staatsanwalt", verfiel Ommer in einen blasierten Ton. „Wie Sie und ich wissen, war es Julius Stolz, der die Polizei angerufen hat. Welchen Grund sollte er haben dies zu tun, wenn er der Täter wäre?"
„Es wäre nicht das erste und auch nicht das letzte Mal, dass ein Täter die Polizei ruft, Herr Ommer", konterte Asmus erneut. „Aber zu ihrer Beruhigung. Wir erwarten alsbald eine Bestimmung der Todeszeit. Dann werden wir Gewissheit haben, ob wir den Sohn ihres Mandanten noch länger in Haft festhalten müssen."
Rechtsanwalt Ommer hielt einen Moment inne und antwortete dann:
„Also gut, einverstanden. Ich verlass mich darauf, dass ich umgehend informiert werde, sobald diese Bestimmung vorliegt und meinen Mandanten entlastet."
„Ich rufe Sie an, sobald ich dazu Zeit habe. Auf Wiederhören, Herr Anwalt."

Asmus notierte sich den Anruf auf der Schreibtischunterlage. Er wollte Westhoven anrufen, sobald er diese Akte zu Ende bearbeitet hatte. Aber das könnte noch bestimmt eine Stunde dauern.

So lange müsste Julius Stolz noch warten, es sei denn, Westhoven meldete sich vorher bei ihm.

Jedenfalls würde er sich von einem Anwalt keine Vorschriften machen lassen. Und erst recht nicht von diesem.

Er goss sich ein Glas Mineralwasser ein und diktierte weiter die Anklage.

***

Dember hatte den Vermerk über die Obduktion gerade ausgedruckt, als sich ein Mitarbeiter von Gerber meldete. Er war am gestrigen Abend noch zur Spurensicherung in der Wohnung von Sanne von Ehlen gewesen.

Er teilte Dember mit, dass auf dem Anrufbeantworter der Toten mehrere Anrufe einer Uta seien.

Diese habe besonders besorgt geklungen. Weitere Auswertungsergebnisse lägen aber aufgrund der vielen Spuren leider noch nicht vor. Man arbeite daran.

Dember notierte die Mitteilung und ging dann ins Geschäftszimmer.

Im Vorbeigehen drückte Arndt Siebert ihm die angeforderten Verbindungsnachweise von Ralf Baums Handy in die Hand.

„Hier, für Eure Kommission. Die Verbindungsdaten von Baum. Kannst ja schon mal einen Blick darauf werfen."

„Vielen Dank auch, Chef", nahm er den Stapel entgegen.

Als Dember gerade wieder an seinem Schreibtisch saß, klingelte wieder sein Telefon.

„Hallo, Heinz. Doris Weber hier." Als er ihre Stimme hörte war er überrascht und wie elektrisiert. Mit Mühe, fast stammelnd, antwortete er: „Hallo, schön, dass Sie, äh ich meine, Du anrufst."

„Hast Du heute Abend schon was vor?", fragte sie.

„Noch nicht."

„Jetzt schon. Was hältst Du davon, wenn wir uns heute Abend treffen?", schlug sie unvermittelt vor.
‚Die ist wirklich kein Kind von Traurigkeit', dachte Dember.
„Sehr gern, aber es kann spät werden."
„Das macht nichts. Ich gehe nie früh schlafen. Ruf mich an, wenn Du Feierabend machst."
„Mach ich. Ich freue mich." Dember spürte, dass sein Blutkreislauf schon wieder absackte und sich seine Gedanken nur noch um Doris Weber und den Anblick ihrer weiblichen Kurven drehte. Bei dieser Erinnerung ging seine Phantasie mit ihm durch. Er musste sie unter allen Umständen noch heute treffen.
Nach dem Telefongespräch behielt er den Hörer in der Hand und wählte die Rufnummer von Westhoven.
„Westhoven", meldete der sich in gewohnter Weise.
„Paul, hier ist Heinz. Ich wollte Dir nur mitteilen, dass jemand vom Erkennungsdienst hier angerufen hat. Demnach soll auf den Anrufbeantworter von Sanne von Ehlen eine Uta mehrfach draufgesprochen haben."
„Danke, Heinz. Ich kann augenblicklich nicht sprechen. Ich melde mich später", sagte er knapp und beendete den Anruf abrupt.
‚So ein selbstgefälliger ignoranter Blödmann', dachte sich Dember. ‚Na warte, das merke ich mir. Demnächst sage ich gar nichts mehr'. Dember war total verärgert, dass Westhoven das Gespräch einfach abgewürgt hatte.
Um sich zu beruhigen, steckte er sich eine Zigarette an und lehnte sich in seinem Schreibtischstuhl genüsslich zurück. Seine Füße legte er auf den Rand des Schreibtisches. ‚Hoffentlich kommt jetzt nicht der Chef rein', dachte er sich.
Kaum hatte er ein paar Züge gemacht, klingelte das Telefon schon wieder. ‚Verdammter Mist, heute ist wirklich nicht so ganz mein Tag', fluchte er in sich hinein und nahm den Hörer ab. Es war die Sekretärin aus dem Geschäftszimmer.
„Was gibt es denn, mein Liebelein?", meldete er sich.

„Wie bitte? Du verwechselst mich wohl. Ich übergebe Dir jetzt ein Gespräch. In der Leitung ist eine Frau, die was zu dem Mord im Imbiss sagen will“, teilte sie mit und übergab das Gespräch.

„Dember. Mordkommission. Mit wem spreche ich?“
„Jooden Daach, Här Dember. Isch ben et Oehmchens Katrin vum Taxi 1022 he en Kölle. Isch han en dä Zeidung vun däm Mord en dr Keupstroß in Möllem jelesse. Isch jläuv, isch han am Fastelovendssamsdach dä Haas jefahre. Interesseet üch dat?“
„Aber sicher. Sagen Sie mir noch mal Ihren Namen?“
„Minge Name is Oehmchen, Frau Katharina Oehmchen. Isch fahr dat Taxi 1022.“
Dember hatte Schwierigkeiten auch nur ein Wort zu verstehen, erstens sprach sie mit der Geschwindigkeit eines Maschinengewehrs, zweitens sprach sie kölsch und drittens war er Westfale.
„Frau Oehmchen, ich würde Sie gern näher dazu befragen und das was sie sagen, auch aufschreiben, soweit ich das kann. Können Sie ins Präsidium kommen, am Besten gleich?“
„Jo isch kumme jlisch. Es morje räsch?“
Dember drohte an einem uralten Übersetzungsproblem zu scheitern. Im Kölschen heißt „Isch kumme jlisch“, Isch kumme - ävver nit jetzt. Dember, als Westfale, meinte mit „gleich“ jedoch sofort.
„Nein Frau Oehmchen, ich meinte, ob sie sofort kommen können.“
„Kann isch dun. Worüm sagen Sie dat denn nit direck? Wo muss isch dann hin? Zum Waidmaat?“
„Nein, wir sitzen jetzt in Köln-Kalk. Kalker Hauptstraße, Ecke Walter-Pauli-Ring“, erklärte Dember.
Als Uhrzeit schlug Dember 14 Uhr vor. Frau Oehmchen antwortete: „Jo, zwei Uhr nohmeddaachs“.

Dember wollte vorher unbedingt noch in die Kantine, weil sein Magen knurrte. Er schaute auf die Uhr und stellte fest, dass es bereits kurz vor eins war. Statt nochmals den Versuch zu starten, in die Verbindungsnachweise von Ralf Baums Handy zu schauen, machte er sich lieber auf den Weg, um etwas zu essen. Beim Essen gingen ihm schon die Fragen durch den Kopf, die er Frau Oehmchen stellen wollte.

***

Auf das Foto mit Sanne angesprochen, hatte Uta Palanke Paul Westhoven ausführlich erzählt, wie sie und Sanne von Ehlen sich als 12-Jährige kennen gelernt hatten.

„Also, wenn ich Sie bis jetzt richtig verstanden habe, dann kannten Sie beide sich schon seit dem Gymnasium?", fasste Paul Westhoven zusammen.

Sie nickte mit dem Kopf, fing wieder an zu heulen. Tränen liefen ihr über die Wangen.

„Hier, bitte", sagte Paul Westhoven fast väterlich und hielt ihr ein Papiertaschentuch hin.

Uta Palanke versuchte vergeblich ein dankbares Lächeln hervorzubringen. Stattdessen klammerte sie sich plötzlich fest an Paul Westhoven.

„Ich habe so eine Angst, Herr Westhoven."

Ihr Gesicht vergrub sie dabei Trost suchend an seiner Schulter. Westhoven spürte, wie sich dabei ihr Brustkorb hob und senkte. Ihm war die Situation peinlich.

Als er die Überraschung überwunden hatte, versuchte er die Situation aufzulösen und ihr Mut zu machen.

„Ist ja gut, Frau Palanke. Beruhigen Sie sich bitte. Wir werden den Mörder schon finden."

Daraufhin löste er sich aus ihrer Umklammerung und sie setzte sich wieder neben ihn auf die Couch.

„Ich hoffe, ich habe mich jetzt nicht daneben benommen?", fragte sie mit einem Schluchzen in der Stimme.

Westhoven hielt einen Moment inne und gab ihr wortlos zu verstehen, dass es schon in Ordnung sei.

„Können Sie mir denn noch mehr über ihr Verhältnis zu Sanne von Ehlen und über diese selbst erzählen?", hakte er nach.

Sie nickte zustimmend, nahm aber erst noch einen Schluck Kaffee.

„Also, Sie erfahren es ja sowieso. Falls Sie es nicht eh schon wissen. Sanne und ich haben uns ein gutes Taschengeld dazuverdient. Sie wissen schon, mal hier und da den Männern einen Gefallen tun“, versuchte sie die Prostitution zu umschreiben.
„Erzählen Sie mir vor allem von Sanne!“, half er ihr weiter zu reden.
„Ihre Eltern griffen ihr finanziell, so gut sie konnten, unter die Arme und so war sie in der glücklichen Lage, sich eine kleine Zwei-Zimmer-Wohnung im Belgischen Viertel leisten zu können.“ Sie machte eine kurze Pause.
„Aber Sanne hatte ein teures Hobby. Sie war regelrecht gierig nach modischen Klamotten und wollte immer up to date sein. Davon getrieben hat sie diesen Weg eingeschlagen.“ Uta Palanke räusperte sich und schürzte ihre Lippen. „Es schien ihr der einzig mögliche Weg zur Erfüllung ihrer Wünsche, nein ihrer Kaufsucht. Sie wollte und konnte nicht verzichten. Maßlos verwöhnt von ihren Eltern konnte sie nicht zurückstecken. Sie war ein richtig verwöhntes Einzelkind.“ Als Westhoven die nächste Pause zu lange wurde, fragte er dazwischen:
„Ähem. Was wollte sie denn mit den vielen neuen Klamotten?“
„Angeben. Auffallen um jeden Preis. Nacht für Nacht spazierte sie mit ihren neu erstandenen Fummeln durch die teuren Clubs. Und sie war regelrecht geil auf die Blicke der Männer. Das machte sie an.“
„Ja, aber hatte sie das denn nötig?“, hakte Westhoven nach.
Sie schüttelte den Kopf. „Nein, eigentlich nicht. Aber von der Unterstützung ihrer Eltern konnte sie sich ihre Träume nicht erfüllen und so entschloss sie sich eines Tages, dem ältesten Gewerbe der Welt nachzugehen: der Prostitution.“ Uta Palanke schaute starr aus dem Fenster. „Sie nahm die Sache richtig ernst. Um sich körperlich fit zu halten, fuhr sie täglich mehrere Kilometer Fahrrad und ging drei Mal die Woche ins Fitnesscenter. Auf ihren mädchenhaften Gesichtsausdruck und ihr unschuldiges Lächeln fuhren die Männer förmlich ab.“ Sie blickte Westhoven an. Nach seinem zustimmenden Kopfnicken erzählte sie weiter.

„Ich selbst mache das schon längere Zeit, wissen Sie. Ich habe keine andere Wahl. Mir hilft niemand, ich muss es selbst tun. Zuhause bin ich ausgezogen, als ich gerade 16 war.
Und Kellnern oder so etwas ist einfach nichts für mich. Da kommt doch nichts bei rum und man buckelt den ganzen Abend in einer verrauchten Kneipe und muss sich blöde anmachen lassen. Und das für umsonst. Nee, Mann. Nicht mit mir. Da lasse ich mich lieber dafür richtig bezahlen.
Außerdem, was ist denn schon dabei, wenn man mit seiner Lust Geld verdienen kann? Sex ist seit der Kindheit ein Teil meines Lebens“, erzählte sie plötzlich ziemlich locker.

Eigentlich hatte Paul Westhoven nicht vor ihren Redefluss zu unterbrechen, aber an dieser Stelle tat er es doch und fragte nach:
„Wie muss ich das verstehen? Sex ist seit der Kindheit ein Teil ihres Lebens?“
Uta Palanke schwieg, um dann im nächsten Moment wie ein Wasserfall weiter zu reden.
„Tja, Herr Westhoven. Nicht alle Kinder wachsen in einem behüteten Elternhaus auf. Meine Mutter hatte viele Freunde, nachdem mein Vater sich von ihr getrennt hatte. Und einigen von denen gefiel ich halt. Meine Mutter, diese alte Schlampe, hat dagegen nie etwas unternommen. Sie wollte ihrerseits ihre Freunde nicht verlieren. Ach, ich glaube, die hat vor lauter Alkohol gar nicht mehr gepeilt, was da eigentlich abging.“
Uta Palanke machte eine kurze Pause, aß einen Keks und trank dazu einen Schluck Kaffee. Dann erzählte sie weiter:
„Ich war noch keine 12 Jahre alt, als so ein fetter Typ, ein Freund meiner Mutter, sie nannte ihn Rudi, eines Nachts in mein Kinderzimmer kam und mich aufweckte. Eine Hand hatte er zwischen meinen Beinen und spielte an meiner, na Sie wissen schon. Und die andere presste er auf meinen Mund. ‚Sei schön brav’, sagte er flüsternd, ‚die Mama schläft und soll das hier nicht mitkriegen. Das ist unser großes Geheimnis.’

Dann nahm er meine Hand und quetschte sie gegen seine Unterhose. Ich weiß noch heute, wie ich mich erschrocken habe. Es fühlte sich so hart und heiß an. Bis dahin hatte ich einfach keine Ahnung gehabt von diesen Dingen.
In der gleichen Nacht noch wurde ich von diesem Schwein gevögelt. Als er sich auf mich gelegt hatte, wurde ich fast von seinem Gewicht erstickt. Sein gewaltiger Körper begrub mich unter sich.
Als alles vorbei war, sagte er mir, wie toll ich gewesen sei und dass dies unbedingt unser Geheimnis bleiben müsste."
Paul Westhoven schüttelte fassungslos den Kopf. So authentisch hatte er eine solche Geschichte noch nie gehört.
„Das ist ja unglaublich. Wie lange lief das denn so? Das muss doch jemand gemerkt haben!"
„Irgendwann habe ich aufgehört zu zählen, wie oft er nachts zu mir gekommen ist. Jedenfalls ging das so bis ich 13 ½ Jahre alt war. Es hörte erst auf, als er sich wegen einer jüngeren Frau von meiner Mutter trennte.
Und heute kann ich nicht mehr glauben, dass meine Mutter davon rein gar nichts mitbekommen hat.
Sie hätte doch etwas merken müssen. Jedenfalls hat dieses Erlebnis meine Gefühlswelt völlig aus der Bahn geworfen. Ich hatte die Realität in Sachen Sex völlig verloren.
In der Schule wollten die Jungs auch nur mit mir ins Bett. Ich hab mitgemacht. Und wenn es vorbei war, dann war es auch mit dem Jungen vorbei. Das hat sich nie geändert. Nur, dass ich jetzt den Spieß umgedreht habe und damit Geld verdiene. Jetzt nutze ich die Männer aus."
„Frau Palanke. Auch wenn ich Ihnen möglicherweise damit zu nahe trete. Aber meinen Sie nicht, dass Sie Hilfe benötigen? Ich meine, Hilfe von einem Fachmann."
„Hab ich doch schon versucht. Meine Therapeutin hat sich an meiner Seele bestimmt schon eine goldene Nase verdient."
Uta Palanke hatte ihre Geschichte scheinbar gelassen erzählt. Aber Westhoven sah ihr an, wie sie litt. Vielleicht wäre unter normalen

Umständen, in einer normalen Familie, aus Uta Palanke etwas ganz anderes geworden, dachte er.

ZWÖLF

Dember kam gegen dreizehn Uhr von seiner Mittagspause zurück und stieg in den Aufzug. Als die Tür fast geschlossen war, sah er, wie sich plötzlich eine Hand von außen zwischen die sich schließenden Türblätter schob und sie wieder auseinander drückte.

Die Fingernägel waren pinkfarben lackiert und an jedem der Finger steckte mindestens ein goldener Ring. Um das Handgelenk baumelten zahlreiche Armreifen.

Die Hand war faltig und die Adern traten an einigen Stellen gut sichtbar hervor. Als die Tür wieder offen war, stieg eine Frau in den Fahrstuhl.

‚Was für eine Asi-Braut', dachte sich Dember und wandte seinen Blick von ihr ab. ‚Die will bestimmt zur Sitte, weil sie auf dem Straßenstrich überfallen worden ist.' Er schätzte die Frau auf Ende vierzig. Sie war sonnenbankgebräunt und hatte ihr Make-up eindeutig zu dick aufgetragen. Die dunkelroten Haare mit blonden Strähnchen hatte sie auf dem Kopf zu einer „Bergheimer Palme" hochgebunden.

„Künnt ihr mer sage, wo he de Mordkommission es?", sprach sie ihn an.

„In der vierten Etage", antwortete er und wunderte sich, wie diese Frau an dem Pförtner vorbei gekommen war. Normalerweise ließen die niemanden allein ins Gebäude.

„Zu wem wollen Sie denn, vielleicht kann ich Ihnen weiterhelfen. Ich arbeite nämlich auch da", bot er sich an.

„Isch han en Verabredung met nem Kommissar Dember. Kennt ihr dä?"

„Dann sind Sie bestimmt Frau Oehmchen."

Sie schaute etwas verdutzt drein und sagte dann lauthals:

„Un ihr sid dann bestemp dä Herr Dember!"

Er nickte ihr zu und sie musterte ihn von oben bis unten.

„Hätt isch ja nit jedach, dat su nette Käls bei dä Mordkommission arbeide“, versuchte sie ihm zu schmeicheln.
Dember ignorierte die Anspielung und bat sie, mit in sein Büro zu kommen. Die Tür zum Kommissariat öffnete er mit seiner Chipkarte.
Nach Aufnahme der Personalien begann er mit der Vernehmung von Frau Oehmchen.
Die Zeugin erzählte, dass sie in der letzten Samstagnacht Taxi gefahren hatte. Am Clevischen Ring hatte sie gegen 02.00 Uhr einen Fahrgast aufgenommen, der ein Hasenkostüm trug.
„Wohin wollte er denn?“, fragte Dember in die Erzählung hinein.
„Zom Breslauer Platz hingerm Bahnhoff, do es he usjestiege.“
„Können Sie mir irgendetwas zur Person sagen? Wie alt, welche Haarfarbe, Nationalität und so weiter?“
„Dat kann mer schläch sage. Dä wo jo maskeet. Die Hoore kunnt isch nit sinn. Dä Sproch noh wor et ne Deutsche, evver keene Kölsche. Un dat Alder? Jo, wie alt mach dä jewäse sin? So Medde veezich ov fuffzich Johr.“
„Würden Sie denn den Mann wieder erkennen, wenn er Ihnen gegenüber stünde?“
„Künt sin, künt ävver och nit sin, isch kann dat esu nit sage. Ävver isch kumme joh noch ens zo üch, Herr Dember“, sagte sie und blinzelte ihm zu.
Er ging auch diesmal nicht darauf ein, sondern dankte ihr für ihre Angaben und verabschiedete sich von ihr. Er brachte sie zum Fahrstuhl und hielt ihr die Tür auf.
„Falls wir noch Fragen haben, melden wir uns, Frau Oehmchen.“
„Jähn, Herr Dember. Sei han joh ming Telefonnummer. Rofen Se mich doch ens an“, sagte sie, bevor sich die Fahrstuhltür endgültig schloss.
Dember ging zurück in sein Büro und war froh, dass sie endlich weg war. Um den penetranten Parfümgeruch gegen frische Luft auszutauschen, öffnete er weit beide Fensterflügel. „Interessante Aussage. Paul wird sich freuen“, sagte er zu sich selbst.

Jetzt hatte er endlich Zeit, sich den Verbindungsdaten von Ralf Baums Mobiltelefon zu widmen.

***

Uta Palanke hatte gerade erzählt, wie sie ihren ersten Freier, einen Türsteher, kennen gelernt hatte. Eigentlich war es eher ein Zufall gewesen, wie sie zu ihrem Job kam.
Sie hatte im „Waschsalon“, einer Szenekneipe in der Friesenstraße, einen netten Typen getroffen und war gleich am ersten Abend mit ihm ins Bett gegangen, ein One-Night-Stand. Aber als er ging, legte er 100 Euro auf die Kommode und sagte, dass sie unglaublich gut gewesen sei. Sie könne noch Karriere machen. Er könne dies beurteilen.
Normalerweise wäre ein Mädchen ausgerastet, wenn jemand so etwas sagt, aber sie hatte es einst als Wink des Schicksals gesehen.
Von da an schlief sie nur noch mit Männern, wenn sie dafür zahlten. Etwas anderes wollten sie ja doch nicht von ihr und ihr machte es nichts mehr aus.
Dies war aber nicht die ganze Wahrheit. Vorsichtshalber verschwieg sie Westhoven, dass sie mit dem so verdienten Geld auch ihren permanenten Drogenkonsum finanzierte.
Da sie ihre Einnahmequelle nicht öffentlich machen wollte, zog sie sich aus ihren Bekanntenkreis zurück. Das änderte sich erst, als sie Sanne zufällig in einer Nobelboutique auf der Ehrenstrasse wieder traf.

„Sanne beschwerte sich darüber, dass ihr Geld vorne und hinten nicht ausreichte und dass ihre Eltern ihr aber nicht mehr geben wollten. Ob mir nicht eine Idee einfiel, wie man schnell zu Geld kommen könne“, erklärte Uta Palanke. „Als wir später im Cafe Spitz zusammen saßen, vertraute ich ihr mein kleines Geheimnis an. Sanne war begeistert und wollte alles ganz genau wissen. Sie hätten mal ihre glitzernden Augen sehen sollen, Herr Westhoven. Sie war sich sofort

sicher, dass sie damit bestimmt kein Problem haben würde, schließlich sei es nur ein Geschäft."
„Und haben Sie ihr das geglaubt?", fragte Westhoven.
„Ja. Ich hatte damals den Eindruck, dass Sanne absolut berechnend und geldgierig war. Und mit dieser Vermutung lag ich genau richtig. Sanne konnte gar nicht genug Kundschaft haben, um an Geld zu gelangen, um es sofort mit neuen Klamotten und teurem Schmuck zu verpulvern."

Uta Palanke erzählte auch davon, dass es einige Male vorgekommen war, dass sie sich beide zusammen für eine Nummer buchen ließen. Dies hatte ihr aber nie so gut gefallen, da die Freier mehr auf Sanne standen, die ihnen die scharfe Studentin vorgaukelte. Einige von Utas Stammkunden seien sogar abgesprungen und fortan lieber zu Sanne gegangen.
Sanne selbst hatte ja auch eine liebenswerte Art. Man durfte sie nur nicht näher kennen lernen. Ihr ganzes Getue diente nämlich nur dem Zweck, mehr Kohle zu machen.
„Sie war eiskalt und berechnend. Glauben Sie es mir. Mit ihren 19 Jahren war sie ganz schön abgewichst."
„Kannten Sie einen Ralf Baum?", wechselte Westhoven abrupt das Thema.
„Sie meinen das Schwein, das am Samstag im Imbiss Yalla erschossen wurde? Ja, den habe ich gekannt", und ihre Miene verfinsterte sich. Eigentlich wollte sie mit ihrer Tirade über Sanne fortfahren und nicht über diesen Mann sprechen.
Westhoven war nicht sonderlich überrascht, denn sein Spürsinn hatte ihm gesagt, dass auch zwischen Uta Palanke und Baum eine Verbindung bestanden hatte. Schließlich gab es diese DVD. Über die abfällige Äußerung war er allerdings erstaunt.
„Wieso Schwein? Was war denn mit ihm?"
Uta Palanke holte tief Luft und wurde dabei unsicher.
„Frau Palanke, erzählen Sie mir was über Ralf Baum", bohrte er nach.
„Ach! Das kann man in drei Worten zusammenfassen. Ralf Baum war ein pädophiles Schwein. Dieser Bastard stand auf kleine Mäd-

chen, zumindest auf welche, die sich für ihn so zurecht machten", antwortete sie aufgebracht. Ihr vorheriger Redefluss hatte sich schlagartig ins Gegenteil verkehrt.
„Möchten Sie mir das auch erzählen, oder hätten Sie lieber eine weibliche Kriminalbeamtin?", bot er ihr an.
„Nein, nein, ist schon in Ordnung. Sie sind doch ein erwachsener Mann und können die Wahrheit vertragen. Haben Sie Sanne schon einmal nackt gesehen?"
„Wie soll ich denn die Frage verstehen?", fragte er überrascht.
„Ganz einfach, wenn Sie Sanne schon einmal nackt gesehen hätten, dann wüssten Sie, dass sie ziemlich mädchenhaft wirkte. Und wenn sie sich dann noch entsprechend zurechtmachte, dann konnte sie für höchstens 13 bis 14 Jahre durchgehen.
Und darauf stand Baum. Er bestand sogar darauf, dass wir ihn dann Onkel Ralf nennen sollten. So richtig in Fahrt kam er, wenn er uns zwang, ihn beim Sex zu loben wie gut er sei."
Westhoven konnte ganz entgegen sonstiger Gewohnheit nicht mehr an sich halten und erklärte: „Also wenn ich ehrlich sein soll, dann habe ich auch Sie schon nackt gesehen. Ich habe nämlich in Baums Wohnung eine DVD gefunden, auf der Sie sich mit Sanne im Bett vergnügen."
Uta Palanke wurde rot im Gesicht. Damit hatte sie nicht gerechnet. Eigentlich war es ihr egal, wenn ein weiterer Mann sie nackt bei einer Lesbenszene gesehen hatte, aber bei Paul Westhoven war es irgendwie anders. Sie schämte sich regelrecht vor ihm.
„Das ist mir jetzt aber peinlich, Herr Westhoven. Das hatte ich nicht geahnt", sagte sie mit hochrotem Gesicht.
Westhoven blieb ruhig: „Keine Sorge. Das hat keine Auswirkung auf ihre Glaubwürdigkeit. Wann hatten Sie oder Sanne denn zuletzt Kontakt zu Ralf Baum?", fragte er nach.
Unpassender Weise klingelte in diesem Moment sein Mobiltelefon.
Im Display blinkte der Name ASMUS.

Bevor Uta Palanke auf die Frage antworten konnte, hielt er die Hand nach oben, um sie zu unterbrechen.

„Moment, das ist der Staatsanwalt. Ich muss das Gespräch annehmen."
Uta Palanke hatte verstanden und nickte wieder verständnisvoll. Dann deutete sie ihm an, dass sie in der Zwischenzeit ins Bad gehen würde.
Hier warf sie sich hastig fünf Beruhigungstabletten ein und ließ sich kaltes Wasser über die Unterarme laufen. Sie hoffte, dass Westhoven ihr nichts anmerken würde. Irgendwie mochte sie den Kommissar, es tat ihr gut, mal über alles zu reden. Und erst recht, wenn es jemand hören wollte.

„Herr Asmus, was kann ich für Sie tun?", fragte Westhoven, als sich Asmus meldete.
„Wissen Sie schon was in Sachen Todeszeitbestimmung? Der Anwalt der Familie Stolz sitzt mir deswegen schon im Nacken."
„Ich kann im Moment nicht so frei reden. Ich bin bei einer Zeugin, die was zu den Opfern und deren Beziehungen untereinander aussagen kann.
Nur soviel, Julius Stolz können wir, ich meine, können Sie getrost entlassen. Die Fundzeit ist nicht die Tatzeit. Aber wir benötigen auf jeden Fall eine Speichel-Probe für die DNA von ihm und sein Zimmer im Elternhaus muss noch durchsucht werden."
„Na gut, ich kläre das. Und dann brauche ich einen detaillierten Bericht, Herr Westhoven", brummte Asmus in den Hörer.
„Selbstverständlich, Herr Staatsanwalt. Und noch etwas, Herr Asmus. Routinemäßig sollten wir die Verbindungsdaten von Sanne von Ehlens Anschluss einholen."
„Daran habe ich auch schon gedacht. Auch das werde ich veranlassen." Dann verabschiedeten sie sich wieder.

***

Asmus wählte anschließend die Rufnummer der Rechtsanwaltskanzlei Ommer. Zu seinem Erstaunen nahm Ommer selbst und nicht dessen Sekretärin das Gespräch an.

„Guten Tag, Herr Ommer, Staatsanwalt Asmus hier."
„Guten Tag, Herr Asmus. Das ging ja schnell. Und wie sieht es aus mit Ihrer Entscheidung?"
„Sie können den Eltern sagen, dass sie ihren Filius abholen können. Ich werde gleich verfügen, dass er freigelassen wird", sagte er mit verärgertem Unterton.
„Hab ich Ihnen ja gleich gesagt! Der Junge war es nicht", sagte Ommer selbstgefällig.
„Aber da wären zwei Dinge, die noch zu tun sind."
„Und das wäre?"
„Wir brauchen von Julius Stolz eine Speichelprobe für einen DNA-Vergleich, um ganz sicher zu gehen." Dass er auch vorhatte, das Zimmer von Julius Stolz durchsuchen zu lassen, ließ er geflissentlich unter den Tisch fallen.
„Das kommt gar nicht in Frage", schnellte es aus Ommer heraus.
„Wie Sie wollen, Herr Rechtsanwalt. Dann bleibt der Junge eben doch noch so lange unser Gast, bis ich einen Richter gefunden habe, der den entsprechenden Beschluss erlässt", antwortete Asmus gelassen.
„Das wagen Sie nicht!"
„Sie kennen mich, Herr Ommer. Ich beliebe nicht zu scherzen. Und wenn, dann nur im Freundeskreis. Also, wie ist Ihre Entscheidung?"
„Also gut. Eins zu Null für Sie. Nehmen Sie Ihre Speichelprobe meinetwegen, wenn es Sie glücklich macht", resignierte Ommer.
„Na also, warum denn nicht gleich so?", verabschiedete sich Asmus.
Dass Ommer den Hörer wutschnaubend aufknallte, konnte er nicht mehr hören.
Asmus hingegen informierte Arndt Siebert über die noch durchzuführenden Maßnahmen.
Der machte darüber eine Notiz und legte diese in Paul Westhovens Fach.

***

„Was hat denn der Julius Stolz mit der Sache zu tun?", kam Uta Palanke fragend zurück ins Wohnzimmer.
„Kennen Sie ihn?", fragte Westhoven und war sich im Moment sicher, dass sie gelauscht hatte.
„Na klar. Der war doch ein Schatten von Sanne. Total verknallt. Aber die wollte nichts von ihm. Und wenn doch, dann höchstens seine Kohle."
„Dann war er also auch Kunde bei Sanne?"
„Jein. Julius traute sich nicht, Sanne in der Wohnung als Kunde zu besuchen. Er begaffte sie über das Internet. Bestimmt hat er sich dabei heimlich einen runtergeholt und glaubt noch heute, dass Sanne dies nicht wusste. Aber auf den Kontoauszügen war es natürlich eindeutig zu erkennen."
„Erzählen Sie mir was über Sannes Internetaktivitäten", forderte er sie auf.

***

Elke Schwarz schaute aus dem Fenster um ganz sicher zu gehen, dass ihr Mann das Grundstück auch wirklich verlassen hatte. Sie sah, dass er mit seinem Porsche in Richtung Ortsausgang davonfuhr.
Auf diesen Moment hatte sie gewartet. Die überzogene Reaktion ihres Mannes hatte sie irritiert und nun wollte sie Klarheit haben.
Sie ging ins Arbeitszimmer ihres Mannes und schaltete den Computer ein. Während des Hochbootens zog sie äußerst vorsichtig mit den Fingerspitzen die Schubladen des Schreibtisches auf. Um jeden Preis wollte sie vermeiden, etwas zu verändern. Er würde dies sofort bemerken, denn er war ein pedantischer Ordnungsfanatiker.
Als sie nebenbei zum Bildschirm schaute, sah sie, dass nach einem Passwort verlangt wurde. Dies hatte sie aber nicht, also versuchte sie aufs Geratewohl ein paar Kombinationen, die ihr so einfielen. Ihr Geburtsdatum, sein Geburtsdatum, seinen Spitznamen, aber sie hatte kein Glück. Das Programm ließ sich nicht starten, deshalb schaltete sie es wieder ab und widmete sich dem Inhalt der Schubladen.
In einem Schnellhefter lag ein zugeklebter, unbeschrifteter Umschlag.

Durch Ertasten konnte sie erahnen, dass es sich beim Inhalt um Fotos handeln müsste. Sie hielt den Umschlag gegen das Licht, aber sie konnte den Inhalt nicht erkennen.
Mit dem Briefumschlag ging sie in die Küche und mit dem altbewährten Trick, nämlich den Brief über Wasserdampf zu halten, öffnete sie ihn.
Nachdem Elke Schwarz die Lasche nach oben geklappt hatte, wurde es ihr heiß und kalt.
In dem Umschlag befanden sich ein Dutzend Farbfotos mit sich allesamt ähnelnden Motiven, eindeutig Pornobilder. Aber das allein war es nicht.
Sie erschrak vielmehr über das Aussehen der Mädchen auf den Fotos. Keines schien älter als 15 oder 16 zu sein, wenn überhaupt.
Diese Bilder standen jedenfalls in keinem Zusammenhang mit der Computerfirma. Schwerelosigkeit stieg in ihr hoch, sie hatte das Gefühl den Boden unter den Füßen zu verlieren.
Sie fühlte sich durch die Bilder als Frau gedemütigt. Stand ihr Mann etwa auf kleine Mädchen? War sie nicht mehr gut genug für ihn? Ihr wurde speiübel bei den Gedanken.
Mit zittrigen Fingern steckte sie die Fotos zurück in den Umschlag und verschloss ihn wieder.
Auf dem Weg zum Arbeitszimmer beschloss sie den Umschlag doch nicht zurück in den Schreibtisch zu legen, sondern ihn an einem sicheren Ort zu verstecken. Betroffen und völlig enttäuscht von den offensichtlichen Vorlieben ihres Mannes verließ Elke Schwarz das Haus und fuhr mit Tränen in den Augen zu ihrer Mutter ins Bergische.

***

Bei der Durchsicht der Verbindungsdaten von Ralf Baums Mobiltelefon achtete Dember besonders auf die registrierten Gespräche kurz vor dessen Ermordung.
Er markierte die angewählten Telefonnummern mit einem Textmarker. Die Anschlussinhaber würde er anschließend identifizieren las-

sen. Er erstellte hierfür eine Liste und faxte diese umgehend an die Telefongesellschaften.
In der Betreffzeile machte er unmissverständlich klar, dass es sich bei den Ermittlungen um einen Mordfall handelte und es somit sehr eilig war.
Das Übertragungsprotokoll tackerte er an die Liste und legte diese dann ins Eingangskörbchen, damit Westhoven sie später noch lesen konnte.
Anschließend sichtete er weiter die sichergestellten Kontoauszüge aus Sanne von Ehlens Wohnung. Dabei stellte er zu seiner Verwunderung fest, dass sämtliche Daten aufgedruckt waren - Namen, Tage und Uhrzeiten.
Dies würde die Ermittlungen erheblich erleichtern, denn die Banken beriefen sich im ersten Anlauf nur allzu gern auf ihr Bankgeheimnis. Ob es dabei um Mordermittlungen oder um die Bekämpfung organisierter Kriminalität ging, spielte für die Banken keine wesentliche Rolle.

DREIZEHN

Sannes Internetaktivitäten? Aber, Herr Westhoven, muss ich Ihnen wirklich erklären, was das bedeutet?"
„Bitte, Frau Palanke, glauben Sie mir, in Sachen Computer bin ich schon nicht der Beste, aber was das Internet angeht, das ist eine andere Welt für mich", flunkerte er.
Daraufhin erklärte sie ihm kurz, was eine Homepage und eine Webcam ist.
„Also, wenn ich das richtig verstanden habe, dann hatte Sanne von Ehlen eine eigene Homepage im Internet, über die man sie anwählen konnte?"
Sie nickte zustimmend. „Gut aufgepasst, Herr Kommissar", lächelte sie. „Ich selbst habe auch eine eigene Homepage. Wenn Sie noch Zeit haben, erkläre ich Ihnen alles weitere anhand meiner eigenen Internetseite."

„Das wäre sicherlich sehr aufschlussreich. Aber wäre Ihnen das auch bestimmt nicht unangenehm?"
„Ganz und gar nicht. Ist doch nicht schlimm. Außerdem bin ich nicht online zu sehen, sondern nur in kleineren Werbeblöcken. Also wenn es Ihnen nicht peinlich ist, sich mit einer Prostituierten gemeinsam eine Pornoseite im Internet anzuschauen, dann könnten wir anfangen."

Westhoven überlegte einen Moment. Sollte er sich wirklich mit einer Zeugin ihre Pornos im Internet anschauen? Was wäre, wenn die Aufnahmen seinen Hormonhaushalt durcheinander bringen würden?
„Nein, nein", sagte er zu sich selbst, „Westhoven, reiß dich zusammen. Du bist Ermittler und dies ist Ermittlungsarbeit." Dann wandte er sich mit einem charmanten Lächeln an Uta Palanke: „Es ist in Ordnung. Ich bin bereit für die Lehrstunde. Sie können anfangen."

Sie startete den Browser und war mit einem Klick auf ihrer Homepage. Unmittelbar danach erschien Uta Palanke in den verschiedensten eindeutigen Posen auf dem Bildschirm.
Das Angebot ließ keine Fragen offen, wenn auch im noch kostenfreien Portal der wesentlichste Teil immer abgedeckt blieb.
Dass es auch mehr gab, versprach der Link: hier registrieren.

Auf den ersten Blick hätte er sie jedenfalls nicht erkannt. Zum einen wegen der fehlenden Schärfe der Bilder, zum anderen wegen der verschiedenen Perücken und des übertriebenen Make-ups.
„Gefällt Ihnen, was Sie hier sehen, Herr Westhoven?"
„Ich habe bis jetzt alles begriffen. Sie sollten den Job wechseln und Computerlehrerin werden. Ich finde, dass Sie das Talent dazu haben", antwortete er sachlich.

„Das habe ich nicht gemeint", sagte sie, und führte dabei die Maus langsam über seinen linken Oberschenkel. Dabei schaute sie ihn durch ihre getuschten Wimpern mit leicht geöffnetem Mund an. Ihre Zunge glitt langsam über ihre Lippen.

***

Gerber war noch immer mit dem Erkennungsdienst in der Wohnung von Ralf Baum. Sie hatten gründliche Arbeit geleistet. Jedes Möbelstück war auseinandergeschraubt, jede Teppichleiste abgenommen worden.

Hinter einer klappbaren doppelten Rückwand des Wohnzimmerschrankes waren sie fündig geworden. Dort war nachträglich ein Fach eingebaut worden.

Darin lagen säuberlich aufgestapelt diverse Video-DVD und stapelweise so genannte Lolitafotos. Die meisten von wohl minderjährigen Mädchen. Im Hintergrund der Fotos war immer dasselbe Motiv zu sehen, ein Gemälde mit einem Frauenakt.

Ohne Zweifel waren die Fotos in dieser Wohnung gemacht worden, denn das Ölgemälde hing in Baums Schlafzimmer. Nur eine Kamera hatten die Spurensucher nicht gefunden.

Gerber wollte Westhoven ohne Zeitverzug über den Fund unterrichten und rief ihn an.

„Hallo Jochen“, meldete sich Westhoven. „Was gibt’s?“

„Hallo, Paul. Wir haben etwas gefunden, was Dich brennend interessieren dürfte.“

„Nun spann mich nicht auf die Folter.“

„Wir haben in einer Art doppeltem Boden im Schlafzimmerschrank stapelweise Pornofotos und Videos von anscheinend minderjährigen Mädchen sichergestellt. Das Komische ist nur, dass es hier in der ganzen Wohnung keine Kamera gibt.“

„Der Fund könnte uns bei der Motivsuche weiterhelfen, es passt ins Bild. Denk doch mal an die Vernehmung seiner Ex-Freundin. Die war doch wie traumatisiert, vielleicht hat sie davon gewusst und ihn deshalb verlassen.“

„Gute Arbeit, Jochen. Alles schön eintüten und mitbringen. Ich möchte mir die Sachen selbst auch noch ansehen.“

„Wird gemacht, kannst Dich darauf verlassen.“

„Weiß ich doch, Jochen. Also bis später“, sagte Westhoven und drückte das Gespräch schnell weg.

***

Westhoven wurde es warm und das lag nicht an der Heizung. Er musste aus dieser Situation heraus. Er hatte nicht vor, nur weil die Gelegenheit günstig war, alles auf Spiel zu setzen. Seinen Beruf und seine Ehe. Im Job galt Regel Nummer 1: Nie Sex mit einer Zeugin oder sogar Verdächtigen. Das Ermittlungsergebnis würde vor Gericht unbrauchbar. Regel Nummer 2: Kein Sex außer mit Anne. Sie litt schon genug unter seinem Beruf. Das würde er sich niemals verzeihen. Seine erste Ehe mit Maria war damals auch schon ohne Seitensprung gescheitert. Das brauchte er jetzt wirklich nicht.
„Hören Sie, Frau Palanke. Sie sind wirklich die Versuchung pur, aber ich bin verheirateter Kriminalbeamter und möchte das auch bleiben. Seien Sie vernünftig. Die Maus gehört auf das Mauspad, nehmen Sie Ihre Hand von meinem Bein.“
„Von mir erfährt keiner etwas“, versuchte sie ihn zu überreden und schob dabei ihre Hand mit der Maus weiter noch oben.
„Mag ja sein. Aber trotzdem, es bleibt bei nein.“ Westhoven fühlte, wie es ihm immer heißer wurde.

Sichtbar schmollend zog sie ihre Hand von seinem Bein und legte die Maus zurück auf das Pad. Noch hatte sie ihn aber nicht aufgegeben.
„Tut mir Leid, Herr Kommissar. Ich weiß gar nicht, was in mich gefahren ist.“ Ihr Blick strafte sie Lügen.
„Ist schon gut“, beschwichtigte er. „Könnten Sie mir denn noch anhand Ihrer Internetseite zeigen, wie die Kunden eigentlich bezahlen? Das würde mich sehr interessieren.“
Gleichzeitig fuhr ihm der Gedanke durch den Kopf, dass Uta Palanke ihn vielleicht reinlegen wollte. Aber weshalb? Sie war einerseits auskunftsfreudig, anderseits machte sie ihn an, so dass man meinen konnte, sie wolle von einem anderen Thema ablenken. Oder hatte sie etwa wirklich Interesse an ihm persönlich, was er jedoch nicht glaub-

te. Aber er würde schon noch dahinter kommen und bis dahin auf der Hut sein.
Sie klickte mit dem Mauszeiger auf den blinkenden Button neben dem Schriftzug „hier registrieren“. Es erschien ein Anmeldeformular, welches Namen und Vornamen verlangte. Weiterhin konnte hier gewählt werden, ob man per Kreditkarte oder Bankeinzug zahlen wollte.
„Die meisten meiner Kunden zahlen per Kreditkarte.“
„Hat das einen bestimmten Grund?“, hakte Paul Westhoven ein.
„Beim Bankeinzug könnte ihre Ehefrau etwas mitkriegen. Stellen Sie sich das mal vor: eine Kontobuchung mit dem Begriff Webcam oder ähnlich. Eine Kreditkarte ist viel anonymer und die Ehefrauen sehen die Abrechnungen meist nie.“
„Sie haben Recht, Frau Palanke. Vielen Dank für die Erklärung.“
„Keine Ursache, Herr Kommissar. Ich hoffe, es hilft Ihnen in Ihren Ermittlungen weiter.“
„Das denke ich schon. Übrigens, würden Sie mir einen solchen Kontoauszug mal zeigen? Mich interessiert sehr, welche Daten da aufgelistet sind. Und keine Angst, die Namen, die ich da lesen werde, vergesse ich sofort wieder.“
Sie zögerte einen Moment, zog dann aber eine Schublade ihres Schreibtischs auf und legte ihm ein Blatt zur Ansicht hin.
„Hier bitte. Aber der bleibt schön hier“, sagte sie lächelnd, aber bestimmt.
Er nahm den Auszug in die Hand und studierte ihn interessiert. Der Kontoauszug war ähnlich denen, die er in Sanne von Ehlens Wohnung gefunden hatte.
„Vielen Dank, Sie sind wirklich sehr hilfsbereit. Aber gestatten Sie mir noch die Frage, wann Sie oder Sanne Ralf Baum zum letzten Mal gesehen haben.“
Uta Palanke schaute ihn mit großen Augen an.
„Letzten Freitag war das. Er war hier bei mir.“
„Ist Ihnen irgendetwas aufgefallen an ihm? War er nervös oder aufgeregt? Hat er Ihnen was erzählt?“
„Nee, alles war wie immer“, sagte sie zögerlich.

„Und was heißt das?“
„Ich musste wieder das Girly mimen und er ist auf seine Kosten gekommen. Nee, der war wie immer, ein Arschloch eben.“
„Ich frage mich, warum hatten Sie den überhaupt noch als Kunden, wenn Sie ihn so widerwärtig fanden? Ich versteh das nicht.“

Sie wurde ganz still und biss sich auf ihre Unterlippe. Sie sagte kein Wort. Sie erinnerte sich an einen Tag kurz vor Sylvester. Sie hatte all ihren Mut zusammengefasst und Ralf Baum gesagt, dass Sie ihn nicht sehen wollte. Daraufhin war er ausgerastet und hatte sie so zusammengeschlagen, dass sie mehrere Tage nicht anschaffen konnte, geschweige denn ins neue Jahr feiern. Und dann hatte er sie noch brutal vergewaltigt und gedroht sie umzubringen, wenn Sie zur Polizei ginge.
„Er hatte eben überzeugende Argumente, Herr Westhoven. Mehr möchte ich dazu nicht sagen“, antwortete sie endlich.
„War er ihr Zuhälter?“, hakte er nach.
„Nein, war er nicht“, sagte sie entrüstet.
„Ok, ok. Ich frag nicht mehr weiter. Können Sie mir sonst noch was sagen, was uns in den Ermittlungen weiterbringen könnte? Wissen Sie, ob Sanne Feinde oder Streit mit jemandem hatte?“
Uta Palanke überlegte einen Moment. Sie hatte den Satz schon fast auf der Zunge, schwieg dann aber doch.

VIERZEHN

Nach kurzem Überdenken entschloss sich Uta Palanke die Information doch weiterzugeben.
„Ich weiß nicht, ob das von Bedeutung ist. Bestimmt hat er das nicht so gemeint. Schließlich ist er ihr Vater“, ließ sie Westhoven wissen.
„Was ist denn mit Sanne von Ehlens Vater?“, fasste er sofort nach.
„Ach nichts, außerdem ist das schon ein paar Wochen her“, versuchte sie zu beschwichtigen.
„Mit dieser Antwort gebe ich mich auf keinen Fall zufrieden. Frau Palanke! Bitte! Erzählen Sie mir, was zwischen Sanne und ihrem

Vater vorgefallen ist. Jedes noch so kleine Detail bringt uns vielleicht der Wahrheit ein Stück näher", redete er auf sie ein.
„Also gut. Aber das haben Sie nicht von mir gehört. Niemand außer mir weiß davon. Außer Sanne natürlich, aber die ist ja nun tot."
„Nun erzählen Sie doch!", drängte Paul Westhoven.
„Es war vor ein paar Wochen, ich glaube, es war ein Donnerstag. Sanne und ich warteten in ihrer Wohnung auf einen Freier, als es plötzlich viel zu früh an der Wohnungstür klingelte. Während Sanne zur Tür ging, habe ich mich schon mal aufs Bett gelegt und das Licht gedimmt.
Plötzlich hörte ich ein Geschrei in der Diele, als ob der Teufel los wäre. Ich erkannte die Stimme nicht sofort und bekam es mit der Angst zu tun. Dann wurde mir klar, dass es ihr Vater war. Ich dachte nur, ‚Scheiße'."
Da sie nicht weiter sprach, hakte Westhoven nach:
„Und was geschah weiter?"
„Sannes Vater war eigentlich nur zufällig in der Nähe gewesen und wollte mal Hallo sagen. Jedenfalls war er über die Aufmachung seiner Tochter sehr überrascht. Dazu kam noch, dass Sanne schon durch die geschlossene Tür gerufen hatte, dass er zu früh sei. Sie dachte ja, dass der Freier da stehen würde."
„Und weiter", trieb Paul Westhoven sie an.
„Was genau in der Diele passierte und was die Beiden miteinander geredet haben, konnte ich im Schlafzimmer nicht verstehen. Aber als die Beiden ins Wohnzimmer kamen, wurde es deutlich genug.
Der von Ehlen ohrfeigte seine Tochter und drohte ihr, sie eher umzubringen, als zuzulassen, dass sie eine dreckige Nutte sei. Er war völlig außer sich und schrie nur herum, was er denn für eine missratene Tochter habe."

Westhoven war nicht sonderlich überrascht, er hatte gleich ein seltsames Gefühl gehabt, als er bei den von Ehlens war. Das hatten die Eltern ihm natürlich nicht erzählt. Und er konnte es ihnen auch nicht übel nehmen.

Wer würde schon vor einem fremden Menschen gerne zugeben, dass er in der Erziehung total versagt hatte.

„Es ist gut, dass Sie es mir doch noch gesagt haben. Das muss aber nicht gleich heißen, dass Herr von Ehlen der Mörder seiner Tochter ist. Auf jeden Fall aber ist es ein wichtiger Hinweis."
„Aber bitte, Herr Westhoven. Halten Sie mich um Himmels Willen da raus. Ich will da nicht reingezogen werden", beschwor sie ihn.
„Ich werde sehen was ich tun kann, aber versprechen kann ich gar nichts. Das hängt von den weiteren Ermittlungen ab. Ich will diesen Fall aufklären."

Sie schluckte, sie war wütend. Hätte sie doch den Mund gehalten. Westhoven ging zur Tür. „Vielen Dank für die Hilfe, Frau Palanke, und für den Kaffee." Er war schon auf der Treppe, als sie ihm noch hinterher schaute.

Als er nicht mehr zu sehen war, drehte sie sich um und ging zurück in die Wohnung und sofort ins Badezimmer. Mit zitternden Händen füllte sie das Zahnputzglas mit Wasser und spülte die Beruhigungspillen herunter.

Westhoven fuhr zurück zum Polizeipräsidium nach Köln-Kalk. Es war inzwischen schon kurz vor sechzehn Uhr.
Als er aus dem Aufzug stieg, begegnete er seinem Chef, der gerade im Begriff war, nach Hause zu gehen.
„Hallo, Paul. Wie kommt Ihr mit den Ermittlungen voran?", wollte Arndt Siebert wissen.
„Es wird schon werden", antwortete Westhoven.
„Aber keine Alleingänge mehr!", mahnte ihn sein Chef.
„Versprochen. Schönen Feierabend", wünschte Westhoven, wobei ihm klar war, dass sein eigener Feierabend noch nicht in greifbarer Nähe war.
Dann begab er sich ins Geschäftszimmer und entnahm alle Belege aus seinem Fach.

Danach ging er zum Büro des Kollegen Dember.
„Hallo, Heinz. Hast Du Zeit?"
„Wofür denn?", wollte Dember wissen.
„Wir haben einen Spezialauftrag."
„Machs nicht so spannend. Was liegt an?"
„Der Staatsanwalt hat entschieden, dass Julius Stolz zu entlassen ist. Aber wir wollen ihn nicht eher gehen lassen, bevor wir nicht dessen Wohnung durchsucht haben. Ich möchte Dich bitten, mir dabei zu helfen."

Dember schaute demonstrativ auf seine Armbanduhr, denn dazu hatte er keine Lust mehr. Seine Gedanken drehten sich um das Treffen mit Doris Weber.
„Muss das wirklich heute noch sein? Kann das nicht bis morgen warten?"
„Sorry. Entlassen ist entlassen. Asmus hat nun mal so entschieden und wir sollten den Jungen nicht länger festhalten als unbedingt nötig. Nun komm schon, so lange wird es schon nicht dauern", versuchte Westhoven ihn zu motivieren.
Widerwillig zog Dember seine Jacke an. Westhoven ignorierte das Verhalten. Solche Mätzchen interessierten ihn nicht wirklich. Ihm ging es in erster Linie um die Aufklärung dieses grausamen Verbrechens und nicht um die persönliche Freizeitgestaltung seiner Kollegen. Das musste leider zurzeit hinten anstehen.

„Haben Sie den Mörder von Sanne denn immer noch nicht?", fragte Stolz vorwurfsvoll im Auto.
Westhoven und Dember schauten sich an. „Hör zu, Junge. In Deiner Situation würde ich die Klappe nicht so weit aufreißen. Nur weil sich der Rechtsverdreher mit dem Staatsanwalt geeinigt hat, dass Du freizulassen bist, heißt das noch lange nicht für mich, dass Du mit der Sache nichts zu tun hast. Aber da wir gerade dabei sind. Wie oft hast Du Sanne im Internet begafft?", beendete Westhoven seine Ansprache.

Stolz wurde plötzlich ganz rot im Gesicht und wusste nichts mehr zu sagen. Er presste seine Lippen so fest zusammen, dass sie wie dünne rosa Striche in seinem Gesicht aussahen.
„Na, was ist, Du kleiner Spanner? Hat es Dir etwa die Sprache verschlagen?“, meinte Dember hämisch.
Stolz schwieg bis zum Ende der Fahrt. Nach kurzer Zeit erreichten Sie den Wohnsitz der Familie Stolz. Der Bungalow war rundherum mit schwenkbaren Kameras gesichert.
Als Stolz die Haustür aufgeschlossen hatte, waren seine Eltern bereits zur Stelle. Sie hatten schon hinter der Tür gewartet.
„Machen Sie Ihre Arbeit und verlassen Sie dann bitte unser Haus“, begann Herr Stolz statt einer Begrüßung.
„Ich wünsche Ihnen ebenfalls einen schönen Abend! Auch wenn es Ihnen nicht gefällt, werden wir das Zimmer ihres Sohnes in Ruhe ganz genau unter die Lupe nehmen“, entgegnete Westhoven kühl. ‚So ein arroganter Fatzke’, dachte er sich.
„Kommen Sie, meine Herren. Mein Zimmer ist gleich dahinten“, beeilte sich Stolz zu sagen.

Zu dritt gingen sie über teuere Kaschmirteppiche durch den Flur, vorbei an Jagdtrophäen, die an der Wand hingen.
„Schauen Sie sich ruhig um. Ich habe nichts zu verbergen“, sagte er und zog die Tür hinter sich ins Schloss.
Westhoven und Dember teilten sich das Zimmer in zwei Zonen auf, bevor sie ans Werk gingen. Westhovens erster Blick fiel auf den Computer auf dem Schreibtisch.
„Entweder Sie schalten ihn ein, damit wir hier überprüfen können was drauf ist, oder wir nehmen ihn mit“, sagte er in einem befehlsartigen Ton.
Stolz überlegte einen Augenblick, seine Gesichtsfarbe wechselte wieder ins Rot. Dann machte er einen entschlossenen Schritt nach vorn und drückte den Einschaltknopf. Während des Hochbootens musste er ein Passwort eingeben.
Automatisch öffnete sich der Zugang zum Internet. Als Startseite erschien die Homepage von Chantal alias Sanne von Ehlen.

„Sie können das Gerät wieder abschalten." Hab ich mir doch gedacht, sagte er zu sich selbst. Die nächste Frage schoss ihm in den Kopf: „Wann haben Sie Sanne von Ehlen das letzte Mal im Internet begafft?"

Stolz setzte sich auf die Bettkante und vergrub sein Gesicht in seinen Händen.

„Letzten Samstag nach dem Frühstück", schluchzte er kaum hörbar.

Während Westhoven den Kleiderschrank durchwühlte, blieb Stolz teilnahmslos auf der Bettkante sitzen. Dember hingegen zog ein Buch nach dem anderen aus dem Regal und blätterte es durch.

Nach einer Stunde hatten sie das Zimmer regelrecht auseinander genommen, dabei aber nichts gefunden, was einen Tatverdacht gegen Stolz hätte erhärten können.

Ohne sich von dessen Eltern zu verabschieden, verließen die Ermittler das Haus und fuhren zurück ins Büro. Dort war mittlerweile auch Gerber eingetroffen, der gerade einen Schluck Kaffee trank.

Dember freute sich schon insgeheim auf den bevorstehenden Feierabend mit Doris Weber. Allein der Gedanke an sie ließ ihn noch durchhalten.

***

Es war an diesem Karnevalsdienstag gegen zwanzig nach sieben. Johanna Düster sah sich gerade im WDR die abendliche Zusammenfassung der Karnevalszüge in Ehrenfeld, Nippes und Kalk an, als das Telefon klingelte. Sie ging in die Diele und nahm den Hörer ab.

„Düster", meldete sie sich höflich.

„Hallo, ist Lisa da?", fragte eine männliche Stimme.

Johanna Düster war verärgert. Wieso nannten manche Anrufer ihren Namen nicht? Aber sie hatte es aufgegeben andere erziehen zu wollen und so antwortete sie trotzdem.

„Moment, ich hol sie."

Mit dem Telefon in der Hand ging sie zu Elisabeths Zimmer. Durch die geschlossene Tür hörte sie leise Musik. Sie klopfte an die Türe und rief hindurch:

„Elisabeth, da ist ein Anruf für Dich!"
„Wer ist denn dran, Mama?", kam es dumpf durch die Tür.
„Weiß ich doch nicht. Jedenfalls jemand ohne Manieren. Seinen Namen hat er mir nicht gesagt", sagte sie mit erhobener Stimme.
Die Tür ging auf und Elisabeth nahm ihrer Mutter den Hörer aus der Hand.
„Hallo. Hier ist Lisa", säuselte sie in nettem Ton.
„Hey, Lisa. Ist Deine Mutter genervt, weil ich mich nicht mit Namen gemeldet habe?" „Ja, sie ist selbst immer so korrekt und glaubt alle anderen müssten das auch sein."
Lisa schloss die Zimmertür hinter sich.
Nachdem sie schon eine Weile telefoniert hatte, klopfte es und gleichzeitig ging die Tür auf.
„Elisabeth", sagte ihre Mutter mit gedämpfter Stimme um das Telefonat nicht zu stören und tippte mit ihrem Zeigefinger auf ihre Armbanduhr. „Ich muss jetzt zur Arbeit. Bis später."
Elisabeth nickte und war froh, dass sie nun endlich völlig ungestört telefonieren konnte.
„Hör mal, Lisa. Wenn Du noch Zeit brauchst, dann ist das schon in Ordnung. Ich verstehe das", sagte der Anrufer.
„Ehrlich?", fragte sie erleichtert.
„Ja, ganz ehrlich. Ich will Dich nicht verlieren, nur weil ich Dich zu schnell zu dem einen gedrängt habe."

Schon nach dem ersten Treffen hatte er mit ihr schlafen wollen. Elisabeth hatte trotz ihrer einundzwanzig Jahre keinerlei Erfahrung im Umgang mit Männern. Ihre Familie war vor ungefähr einem halben Jahr aus dem Westerwald nach Köln gekommen, weil ihr Vater dort seine Arbeitsstelle durch die Pleite des Walzwerks verloren hatte. Die Familie Düster war Mitglied der dortigen protestantisch pietistischen Gemeinde. Sonntags fuhren sie noch immer zum Gottesdienst in den Westerwald. Die Eltern hatten Elisabeth streng im Sinne ihres Glaubens erzogen. Trotz des fast dreißigjährigen Altersunterschiedes trug sie wie ihre Mutter stets einen Knie bedeckenden weiten Rock, eine geschlossene Bluse, dazu im Winter eine Strickjacke. Ihre bis zur

Taille reichenden blonden Haare waren straff zu einem Zopf geflochten. Hierin unterschied sie sich von ihrer Mutter, deren Haar, welches schon graue Strähnen hatte, hinten zu einem Knoten geschlungen war. Nie hätte sie das Haus ohne Kopftuch verlassen. Alle Frauen in der Gemeinde hielten sich an diese Kleiderordnung.

Elisabeth konnte sich gar nicht vorstellen, dass jemand sie begehrenswert finden konnte. Immerhin war sie nicht gerade der Typ nach dem sich die Männer auf der Straße umschauten. Die altmodische Kleidung und ihre strenge Frisur hatten schon oft zu dummen Bemerkungen provoziert. Dass sie extrem schönes, langes blondes Haar hatte, bemerkte kaum jemand.

Ein One-Night-Stand kam für sie überhaupt nicht in Frage. Sie suchte die große Liebe.

Er hatte bestimmt schon Erfahrung mit anderen Frauen. Immerhin war er ein paar Jahre älter als sie. Trotzdem fühlte sie sich zu ihm hingezogen, obwohl er manchmal sehr bestimmend sein konnte.

„Das ist sehr nett von Dir. Weißt Du? Ich bin kein Mädchen für eine Nacht. Ich suche jemanden für eine feste Bindung und da spielt es doch eigentlich auch keine Rolle, dass man nicht gleich am Anfang miteinander schläft“, sagte sie erleichtert.

„Du bist eine tolle Frau, Lisa. Ich respektiere Deine Einstellung, aber lange halte ich es nicht mehr aus. Du kannst Dir gar nicht vorstellen, wie ich auf Dich stehe. Du hast für mich die schönsten Haare der Welt. Ich brauche Deine Nähe“, drängte er unmissverständlich.

Elisabeth wurde rot im Gesicht und war froh, dass er sie jetzt nicht sehen konnte. So ein Kompliment hatte ihr bisher noch niemand gemacht. Gerne glaubte sie ihm jedes Wort. Innerlich jubelte sie vor Freude.

„Du bist wirklich sehr nett, weißt Du. Aber ich brauche noch Zeit.“

„Und die wäre, wenn ich fragen darf?“

Elisabeth bemerkte die Schärfe in seiner Stimme und wurde unsicher.

„Dräng mich bitte nicht. Lass uns darüber sprechen, wenn wir uns das nächste Mal sehen. Bitte!“

Am anderen Ende der Leitung hörte sie ihn heftig atmen.

„Dann will ich Dich aber wenigstens gleich sehen!“ sagte er in einem Befehlston, dass Lisa erschrak.
„Also, wenn Du unbedingt willst. Wo sollen wir uns denn treffen?“, fragte sie verschüchtert.
„Ich hole Dich ab. Das heißt, ich klingele und Du kommst nach unten. Ist das ok für Dich?“
Lisa war völlig verunsichert, sie war in einer echten Zwickmühle. Eigentlich wollte sie nicht mehr nach draußen. Es war schon fast dunkel, aber sie wollte ihn auch nicht verlieren, obwohl sie ihn noch gar nicht richtig kannte.
„Ja, ist ok“, stimmte sie schnell zu.
Nach dem Telefonat ging sie ins Bad, öffnete ihr Haar und bürstete es durch. Dann durchsuchte sie ihren Kleiderschrank nach etwas Passendem zum Anziehen.

‚Blöde Kuh’, dachte er sich. ‚Der werd ich’s zeigen. Mich erst heiß machen und dann die Unschuld vom Lande spielen. Nicht mit mir, Lisa, nicht mit mir.’
Er steigerte sich immer tiefer in eine unkontrollierte Wut hinein. Hastig streifte er die schwarze Jeans und einen schwarzen Kapuzenpulli über. Als er die Wohnung verließ, nahm er seine schwarze Handgelenktasche mit.

Um 20:29 Uhr drückte er den Klingelknopf neben dem Namensschild DÜSTER, welches in Druckbuchstaben auf einen weißen Klebezettel mit schwarzem Filzstift geschrieben worden war. In diesem heruntergekommenen Haus aus den 60er Jahren wohnten mehr als 15 Mietparteien.
Der Hauseingang war nur spärlich beleuchtet, das schwache Licht der Straßenlaterne wurde von einer großen Eiche verdeckt.
Plötzlich wurde es hell im Hausflur und kurz darauf sah er die Umrisse einer Person durch die Glastür.
Als sich die Tür öffnete, war es nicht Elisabeth, sondern ein älterer Mann, der stehen blieb und ihn kurz ansah. Um nicht erkannt zu werden, drehte er sein Gesicht zur Seite.

„Kann ich Ihnen helfen, junger Mann?“, sprach der Mann ihn an.
Ohne ein Wort zu sagen, schüttelte er den Kopf, der andere ging ohne Kommentar weiter.
Bevor die Haustür ins Schloss fiel, stellte Elisabeths Rendezvous schnell einen Fuß in die Tür und drückte sie wieder auf. Drinnen stellte er sich neben den Treppenabsatz. Als die Beleuchtung erlosch, war er wegen seiner dunklen Kleidung kaum noch zu erkennen. Er sah aus wie ein Schatten.
Einen Augenblick später wurde in einer der oberen Etagen eine Tür geöffnet und wieder geschlossen. Die Hausflurbeleuchtung ging wieder an und Lisa kam die Treppen heruntergeeilt. Er blieb regungslos stehen.
Elisabeth erreichte die letzten Stufen und sah ihn sofort.
„Hallo, wie bist Du denn hereingekommen?“
„Ach, da war so ein Mann, der hat die Tür aufgelassen und da bin ich schnell hineingehuscht. Du siehst toll aus mit Deinen Haaren und dem blauen Schal. Gehen wir?“

Sie verließen das Haus und gingen Händchen haltend über die Vorgebirgsstraße in Richtung Volksgarten. Der kalte Wind pfiff ihnen dabei um die Ohren.
„Sollen wir durch den Park gehen, da ist es nicht so laut und wir können ungestört reden?“, schlug er vor, als sie an einem Zugang zum Park vorbeikamen. Um diese Uhrzeit zu dieser Jahreszeit würde sich wohl kaum jemand dorthin verirren.
„Aber da ist es doch so dunkel.“
„Hast Du Angst, Lisa?“, provozierte er sie.
„Ich weiß nicht“, sagte sie zaghaft.
„Komm schon, ich bin doch bei Dir“, überredete er sie.
„Na gut, ausnahmsweise.“
Als sie in der Dunkelheit verschwunden und von der Straße aus nicht mehr zu sehen waren, schaute er sich in alle Richtungen um.
„Was guckst Du?“, fragte sie und hatte dabei ein ungutes Gefühl. Sie war verärgert über sich selbst, dass sie sich um diese Zeit auf dieses

Treffen eingelassen hatte. Sie hätte lieber bis morgen damit warten sollen.

„Ich dachte, ich hätte da was gehört“, log er.

„Da ist niemand. Ich sehe jedenfalls keinen“, sagte sie.

Ohne es zu ahnen, hatte sie mit ihrer Antwort ihr eigenes Urteil gesprochen. Blitzschnell packte er die Enden ihres Schals und zog mit aller Kraft zu.

Sie versuchte noch zu schreien, aber der Versuch erstickte in einem Röcheln.

Ihre Augen traten langsam hervor. Mit ihren Händen versuchte sie panisch den Schal zu lösen. Vergeblich.

Kurz bevor sie die Besinnung verlor, lockerte er die Drosselung:

„Wenn Du schreist, bring ich Dich um“, zischte er.

Ihr liefen die Tränen über die Wangen, sie hustete und schnappte nach Luft.

„Warum tust Du das?“, krächzte sie, ihr Herz raste.

Ohne zu antworten zerrte er sie brutal zu einem Seitenweg in der Nähe des Biergartens.

Lisa konnte die dunklen schwankenden Lampions sehen. Sie warfen gespenstische Schatten auf den Weg.

„Umdrehen und hinknien, Du Schlampe“, herrschte er sie an und schlug ihr unvermittelt heftig mit der Faust ins Gesicht. Mechanisch folgte sie seinen Anweisungen. Darin sah sie ihre einzige Chance, diesen Albtraum zu überleben. Sie spürte die eisige Kälte des Bodens, als er ihr den Rock nach oben klappte. Ihr Herz pochte rasend schnell, während sie fast vor Angst umkam.

Sie zitterte am ganzen Leib und war vor Angst wie gelähmt. Es gelang ihr kaum noch zu atmen. In ihrer Todesangst war sie fest entschlossen alles zu tun, wenn er sie bloß am Leben lassen würde. Immer wieder schaute er sich in alle Richtungen um. Ihr weißer Slip leuchtete im Dunkeln.

Mit weit aufgerissenen Augen blickte sie ihn an. „Bitte, bitte bring mich nicht um“, flehte sie. „Ich mache alles was Du willst, aber lass mich am leben. Ich verrate Dich auch nicht“, schluchzte sie verzweifelt unter Tränen, während sie pausenlos dabei den Kopf schüttelte.

***

Die Beamten der Mordkommission 6 (Keup/Brüssel), die Namen suchte Paul Westhoven als Leiter der MK immer nach den Tatorten aus, trafen sich gegen einundzwanzig Uhr zu einer letzen Tasse Kaffee im Besprechungsraum. Die Zeiten, wo man dabei eine Flasche Kölsch trank, waren schon seit Jahren vorüber.

Nach der Aufforderung durch Westhoven trug Dember seine Ermittlungsergebnisse als Erster vor. Er berichtete von dem vorläufigen Obduktionsergebnis, der Todeszeitbestimmung, der Vernehmung der Taxifahrerin Katrin Oehmchen und seinen Recherchen hinsichtlich der Verbindungsdaten.

„Dann könnten wir ja den Julius Stolz im Prinzip vorerst als Täter ausschließen und ihn entlassen“, bemerkte Gerber.

„Gut mitgedacht, Jochen. Rate mal, wo wir gerade herkommen?“, sagte Dember.

„Sehr witzig.“

„Hast Du die Taxifahrerin gefragt, ob sie unseren Hasen in einer Gegenüberstellung wieder erkennen würde?“, hakte Westhoven ein.

„Also, so wie die aussah, weiß ich nicht, was ich von der halten soll, aber auf jeden Fall sollten wir es probieren. Und wenn wir schon dabei sind, dann sollten wir auch gleich den Imbissmann dazuholen.“

„Das sehe ich genauso“, stimmte Westhoven zu. „Aber zuerst müssen wir jemanden haben, den wir den beiden gegenüberstellen können. Gute Arbeit, Heinz. Bleib auf jeden Fall am Ball, auch was die Telefonnummern betrifft. Und was hast Du für uns, Jochen?“, wandte sich Westhoven an Gerber.

„Bei mir gibt es nicht viel zu erzählen. Ich war den ganzen Tag mit den Leuten der Spurensicherung in der Wohnung von Ralf Baum. Wie ich Dir ja schon am Telefon gesagt habe, waren in einer Art doppelten Boden im Schlafzimmerschrank zahlreiche Videos und Fotos von extrem jungen Mädchen versteckt, die allesamt in dieser Wohnung aufgenommen worden waren. Ich habe Dir übrigens einen ganzen Umzugskarton ins Büro gestellt, Paul. Ansonsten war die

Bude ziemlich gecleant. Der Einbrecher hat jedenfalls ganze Arbeit geleistet."

„Ja, vielen Dank, dass Du mich noch mal daran erinnerst, aber zumindest hatte ich die Idee, die Wohnung überhaupt zu durchsuchen", konterte Westhoven und verbarg seine Verärgerung über diesen Seitenhieb.

„Also, ich mach es auch kurz", begann Westhoven und legte sich seinen Notizblock zurecht. „Als erstes war ich heute Morgen bei den von Ehlens. Die waren ziemlich komisch, zumindest Herr von Ehlen wirkte so gefasst, als wenn er damit gerechnet hätte, dass ich jeden Moment komme. Ich kann mich natürlich irren, aber ich hatte danach eine sehr lange Unterredung mit einer Zeugin. Sie heißt Uta Palanke und ist ebenfalls Prostituierte. Sie war eine Freundin von Sanne von Ehlen." Westhoven erzählte in groben Abschnitten von ihren Aussagen. Zuletzt erwähnte er die Auseinandersetzung zwischen Sanne und ihrem Vater.

„Und noch etwas. In meinem Fach lag der Bericht der Spurensicherung aus Sanne von Ehlens Wohnung. So wie es aussieht, muss der Täter zumindest einmal seine Handschuhe ausgezogen haben, denn sie haben einen in Blut gelegten Fingerabdruck gefunden. Und der ist absolut tatrelevant. Diese Information ist aber absolut intern und darf auf keinen Fall nach Außen getragen werden. Zusammen mit dem in der Scheide gefundenen Haar könnten wir dadurch dem Täter einen guten Schritt näher kommen."

Dember und Gerber nickten beipflichtend.

„Dann werde ich gleich morgen früh die DNA-Analyse des Haares veranlassen", bot sich Gerber an.

Nach der Besprechung machten sich Westhoven und Gerber auf den Heimweg, während Dember wieder in sein Büro ging um Doris Weber anzurufen. Als er ihre Nummer im Adressbuch seines Handys suchte, war er aufgeregt wie ein 16-jähriger Schüler. Würde Sie heute Abend noch Zeit haben? Es klingelte einmal, zweimal, dreimal.

„Weber."

„Hallo, Frau Weber, hier ist der liebe Heinz Dember vom KK 11. Kennen Sie mich noch?“, sagte er euphorisch.
Einen Moment lang herrschte Stille in der Leitung, dann endlich hörte er ihre Stimme.
„Dember? Dember? Ach, der Dember“, witzelte sie. „Schön, dass Sie noch anrufen“ und schaute dabei auf ihre Uhr. Es war kurz vor Zehn.
„Es ist zwar schon spät am Abend, aber ich dachte, dass wir uns noch treffen könnten. Was meinen Sie?“
„Die Nacht ist noch jung, Herr Kommissar und müde bin ich sowieso noch nicht. Wollen Sie zu mir oder soll ich zu Ihnen kommen?“
„Also, wenn ich wählen kann, dann komme ich lieber zu Ihnen. Bei mir zu Hause herrscht das totale Chaos.“
„Prima, dann bis gleich“, sagte sie und beide legten auf. Erst dann fiel Dember auf, dass er ihre Adresse gar nicht kannte. Deshalb schaute er in den Alarmplan der Mordkommission, denn dort waren auch die Anschriften der Rechtsmediziner verzeichnet.
Er deponierte seine Dienstpistole samt Holster in seinem Waffenfach, zog seine Jacke an, löschte das Licht, verschloss die Bürotür und ging zum Aufzug. Draußen war es mächtig kalt, der angehende Frost schlich sich durch seine Jacke. Zum Glück hatte er es nur ein paar Schritte bis zu seinem Auto im Parkhaus des Präsidiums.
Auf der Fahrt zu ihr kaufte er an einer Tankstelle eine gekühlte Flasche Mumm-Sekt. „Es wird ihr bestimmt gefallen, dass ich nicht mit leeren Händen komme“, sagte er zu sich selbst.
Er fuhr vorsichtig, denn die Straßen waren glatt und er hatte als Großstädter nur Sommerreifen an seinem Fahrzeug.

Doris Weber ging ins Bad und machte sich zurecht. Sie öffnete ihr Haar, kämmte es und putzte sich die Zähne. Am Schluss legte sie einen zur ihr passenden Duft von LaComte auf.

Dember erreichte nach kurzer Zeit die Landmannstraße in Ehrenfeld. Seinen Audi TT parkte er vor der Tür, denn zu seinem Glück war dort eine Parklücke frei. Gerade groß genug für seinen Flitzer.

Er stieg aus, klemmte sich die Flasche Sekt unter den Arm, ging zur Haustür und schellte.
Im Laufschritt eilte er die Stufen nach oben bis zum Dachgeschoss. Die Wohnungstür war nur angelehnt. Dember klopfte leise gegen den Türrahmen.
„Kommen Sie rein, ich bin in der Küche", hörte er sie rufen.
Er schloss die Tür hinter sich und bemerkte den Duft ihres Parfums in der Luft. Als er in die Küche hineinblickte, bekam er große Augen.
‚Was für eine Frau', dachte er sich.
Doris Weber war gerade dabei, ein paar Schnittchen zuzubereiten.
„Hallo, da bin ich", begrüßte er sie und hielt dabei den Arm mit der Sektflasche noch hinter seinem Rücken.
„Und? Gut gefunden?"
„Klar doch", antwortete er sicher.
„Schön, dass Sie da sind. Ich habe ein paar Schnittchen vorbereitet. Sie haben doch Hunger?", fragte sie ihn lächelnd.
„Das ist eine super Idee. Schauen Sie, ich habe auch das passende Getränk dazu mitgebracht. Vielleicht können wir später mit einem Glas das SIE begraben."
„Vielleicht", schmunzelte sie.
Dember ertappte sich dabei, wie er sie anstarrte und er fühlte sich förmlich von ihr angezogen. Insgeheim hoffte er, dass der Sekt die Stimmung lockern und man sich näher kommen würde.

Doris Weber nahm das Tablett mit den Schnittchen und ging ins Wohnzimmer.
„Folgen Sie mir unauffällig, Herr Kommissar", sagte sie zu ihm und blinzelte ihm mit dem linken Auge zu.
Dember spürte, wie ihm bei ihrem Anblick heißer wurde. Er zog seine Jacke aus und schwang sie elegant auf den Garderobenständer in der Diele. Die Sektflasche stellte er derweil auf den Couchtisch.
Aus der Seite des Vitrinenschrankes nahm sie zwei Sektgläser und hielt sie ihm hin.
„Bitte, schenken Sie ein."

Gekonnt entfernte er die Agraffe und zog dann leicht drehend mit einem Plopp den Korken heraus. Die Gläser füllte er bis fast zum Rand.

„Wollen wir nicht auf Du anstoßen?", schlug er nochmals vor.

„Ich heiße Doris", lächelte sie.

„Ich bin der Heinz."

Sie stießen ihre Gläser leicht gegeneinander. Statt des romantischen Klingelns der Gläser kam jedoch durch die Kohlensäure des Sekts nur ein dumpfes Geräusch. Danach kreuzten sie ihre Arme ineinander und tranken einen Schluck.

Die Zeremonie besiegelten sie temperamentvoll mit einem Kuss. Der Lippenstift von Doris färbte seine Lippen. Heinz Dember stellte sein Glas auf den Couchtisch, schaute sie an, nahm ihr das Glas aus der Hand und stellte es neben seines.

Wortlos wussten beide, was sie von dem anderen wollten. Wie ausgehungert küssten sie sich, bis ihnen die Luft wegblieb. Dember fuhr ihr dabei mit seinen Fingern durch die Haare und mit der anderen Hand strich er ihr über den Po.

Sie schob eine Hand unter seinen Pullover und berührte zärtlich seinen Rücken.

Die Schnittchen waren längst in Vergessenheit geraten.

FÜNFZEHN

Westhoven schaute auf die Leuchtziffern seines Weckerradios. Es war 4:35 Uhr. Innere Unruhe ließ ihn nicht mehr einschlafen. Als das Telefon klingelte, sprang er aus dem Bett und eilte ins Wohnzimmer. Bevor sich der Anrufbeantworter einschalten konnte, meldete er sich: „Westhoven."

„Moin, Paul. Es ist Aschermittwoch und es gibt schlechte Nachrichten. Wir haben vermutlich einen neuen Mord."

„Was?", sagte er erstaunt. „Das gibt's doch nicht."

„Leider doch. Eine Zivilstreife der PI Mitte hat im Volksgarten die Leiche einer jungen Frau gefunden", informierte ihn Schuster.

„Ich komme sofort. Alarmiere bitte noch Dember und Gerber und sag ihnen sie sollen sofort zum Fundort kommen."
„Mach ich, Paul. Bis gleich dann."
Westhoven spürte einen schweren Stein in der Magengegend. Der dritte Mord in einer Woche.

Anne war mittlerweile aufgewacht.
„Ist schon wieder was?", fragte sie gereizt.
Westhoven nickte: „Im Volksgarten wurde die Leiche einer Frau gefunden."
„Und wann planen wir unseren Urlaub?", fragte sie resigniert.
„Anne! Müssen wir das jetzt diskutieren? Du siehst doch, dass ich dringend weg muss", antwortete er nicht gerade freundlich.
„Paul! Langsam reicht es mir. Wenn Deine Arbeit so wichtig ist, dann wunder Dich nicht, wenn ich Dich für den Urlaub nicht mit einplane", reagierte sie nunmehr gereizt.
Westhoven verzog sein Gesicht. „Anne, mach mir nicht so einen Druck", bat er sie.
„Mach ich nicht. Aber gibt es für Dich überhaupt noch ein Leben neben der Arbeit in der Kommission?"
Er antwortete nicht mehr, sondern verließ das Haus. „Auf diese Diskussion kann ich jetzt getrost verzichten", sagte er zu sich selbst. Draußen stieg er in seinen Wagen und drehte die Heizung auf volle Leistung. Es herrschten bestimmt fünf Grad Minus.
Er freute sich, dass er den Wagen in der Garage abgestellt hatte, sonst hätte er Eis kratzen müssen. Die Laternenparker würden später ihre Scheiben von der frostigen Schicht befreien müssen. Wie abwesend schob er sich einen Riegel Schokolade in den Mund.

***

Die Mobiltelefone von Dember und Doris Weber klingelten fast gleichzeitig. Sie wurden ebenfalls beide alarmiert, zum Fundort zu kommen. Während Dember sich im Bad fertig machte, setzte Doris Weber einen starken Kaffee auf, denn sie waren beide ziemlich fertig.

Um keine Gerüchte aufkommen zu lassen, fuhren sie nicht gemeinsam zum Fundort.

***

Als Westhoven an der Volksgartenstraße Ecke Vorgebirgsstraße ankam, bot sich ihm schon von weitem das übliche Bild eines Tatorts im Freien.
Alles war großräumig mit Flatterband abgesperrt worden, Streifenwagen mit eingeschaltetem Blaulicht standen nebeneinander und man wartete auf die Kollegen der Mordkommission 6 des KK 11. Und wie sollte es anders sein? Sein spezieller Freund, der Lokalreporter Dirk Holm, schlich ebenfalls schon dort herum.
Westhoven parkte seinen Wagen etwas abgesetzt an der Einmündung zur Kleingedankstraße und ging zurück zu den Streifenwagen. Arndt Siebert, sein Chef, war mit Willi Schuster von der Kriminalwache und zwei weiteren Personen, die er nicht kannte, im Gespräch vertieft. Schnell bemerkte er jedoch, dass es sich bei den ihm nicht bekannten Personen um die zivile Fahrradfahrstreife der Südstadtwache aus der Elsaßstrasse handelte.

„Guten Morgen, allerseits. Kann mir mal bitte jemand den Sachstand erklären", bat Westhoven, als er auf die Gruppe zutrat.
Schuster knüpfte an das Telefongespräch von eben an: „Wie ich Dir ja schon am Telefon gesagt habe, hat die zivile Radstreife die Leiche gefunden. Da es sich nur um ein Kapitalverbrechen handeln konnte, haben sie die Leitstelle informiert und dann bis zum Eintreffen weiterer Kollegen den Fundort abgesperrt."
„War jemand an der Leiche?", wollte Westhoven wissen.
„Nein. Sie sagen, dass sie den Fundort nicht verändert haben. Sie haben sich gar nicht getraut, die Leiche anzufassen", antwortete Schuster.
„Dann erzähl mir bitte noch was zur Fundsituation", verlangte Westhoven.

Schuster hielt ihm die Digicam hin. Das Display zeigte die letzte Aufnahme: „Hier. Der Fundort ist nicht weit entfernt vom See. Wie Du siehst, liegt sie nackt neben dem Hauptweg. Der Täter hat ihre Beine gespreizt und sie regelrecht zur Schau gestellt. Das erinnert mich stark an den Fall vom Rosenmontag. Also, wenn Du mich fragst, dann war das der gleiche Typ wie bei Sanne von Ehlen."

Westhoven sagte nichts zu dieser Vermutung. Er betrachtete stattdessen intensiv das Bild und hielt dann die Kamera seinem Chef hin: „Also, wenn Du mich fragst, Arndt, dann glaube ich nicht an Zufälle."

„Ich eigentlich auch nicht, aber abwarten, vielleicht ist es doch nur ein Zufall." Sein Ton klang besorgt. Beide wussten, dass ein Serientäter jederzeit wieder zuschlagen konnte. Westhoven hasste dieses Gefühl der Hilflosigkeit.

Zwischenzeitlich waren Dember, Gerber und der Erkennungsdienst eingetroffen.

„So, dann schauen wir uns jetzt mal gemeinsam den Fundort an", forderte Westhoven die übrigen auf und wandte sich zum Gehen.

„Ich zeige Euch den Weg dorthin", bot Schuster sich an.

Sie gingen den dunklen Fußweg entlang bis zum engeren Fundort. Es war kalt und dunkel. Ihr Atem bildete kleine Dampfwölkchen. Langsam kroch die Kälte durch die Kleidung. Westhoven fror trotz seiner gefütterten Lederhandschuhe und steckte die Hände zusätzlich in die Manteltaschen.

Nach knapp 100 m hatten sie die Fundstelle erreicht. Von der anderen Seite des Weges sperrte ein quer gestellter Streifenwagen den Zugang ab, unmittelbar in der Nähe des Fundortes stand ein frierender Kollege im Mondlicht, der sichtlich froh darüber war, dass er nun abgelöst wurde.

Wie immer sonderte Westhoven sich ab, um sich in Ruhe einen Überblick verschaffen zu können. Er schloss die Augen und hörte das Rauschen und Knacken der Äste. Den Lärm des einsetzenden Berufsverkehrs nahm er nur leise wahr. Hier war es einsam, gespens-

tisch. Eine völlig andere Welt als die, die man hier bei warmen Temperaturen fand.
Um diese Jahreszeit verirrte sich außer ein paar Hundebesitzern kaum jemand in den Volksgarten. Verglichen mit dem Trubel, den es hier im Sommer gab, war alles wie ausgestorben.
Dann blickte er auf den Körper der Toten. Für einen Moment kam Mitgefühl in ihm auf. Sie war noch jung gewesen. Was verband sie mit dem anderen Opfer Sanne von Ehlen?
Zwei Dinge fielen ihm auf. Die Art, wie der Täter sein Opfer präsentiert hatte, war genau wie bei Sanne von Ehlen. Die Frauen wurden dem Betrachter regelrecht dargeboten. Und beide hatten lange blonde Haare. Westhoven spürte, wie seine Betroffenheit wich und in ihm zunehmend ein Abscheu gegen den Täter heranwuchs. Noch aber hatte er es unter Kontrolle.
Er war sich fast sicher, dass dieser Mord vom gleichen Täter wie im Fall Sanne von Ehlen verübt worden war und fand sich schon innerlich damit ab, dass auch dieser Mord von seiner Kommission bearbeitet werden musste. Mordkommission „Karneval" ging es ihm durch den Kopf, sonst würde der Name langsam zu lang. Der dritte Mord über die Karnevalstage. Heute war wirklich ein ganz besonders trüber Aschermittwoch. Er war noch in Gedanken, als er eine vertraute Stimme hörte.
„Guten Morgen, Herr Westhoven."
Ohne sich herumzudrehen, grüßte er zurück, denn er wusste, wer hinter ihm stand: „Guten Morgen, Herr Staatsanwalt. Hätte nicht gedacht, dass wir beide uns mal im Volksgarten treffen würden", sagte er ironisch.
Asmus reagierte darauf nicht, sondern kam gleich zur Sache: „Wenn ich mir die Leiche so ansehe, dann habe ich das Bild dieser jungen Studentin vor Augen. Irgendwie ähnlich, finden Sie nicht auch?"
„Das habe ich auch gedacht, als ich hier vorhin ankam. Hoffentlich haben wir keinen irren Killer in der Stadt. Was meinen Sie, was dann für eine Panik unter der Bevölkerung ausbricht? Der Schmierfink Dirk Holm lauert hier auch schon herum. Würde mich wundern, wenn er die Situation nicht längst fotografiert hätte."

Staatsanwalt Asmus wippte zustimmend mit dem Kopf.
„Das können wir sowieso nicht verhindern, schließlich gibt es die Pressefreiheit. Also, warum sich über etwas ärgern, was man nicht ändern kann.“
„Tut mir leid, Herr Asmus. Die Meinung kann ich nicht teilen. Für mich ist auch Pressefreiheit noch immer an die Wahrheit gebunden. Bei Holm erkennt man oft seine eigenen Fälle nicht wieder“, konterte Westhoven. Er spürte aber, dass für weitere Erklärungen jetzt nicht der richtige Moment war.
„Ich muss wieder fort, Herr Westhoven. Klären Sie bitte diesen Fall schnellstens auf. Und halten Sie mich bitte auf dem Laufenden.“ So lautlos wie er gekommen war, verschwand er wieder im Dunkeln.

„Ihr habt gehört was unser Staatsanwalt gesagt hat. Also an die Arbeit, Kollegen. Sucht bitte akribisch alles nach Spuren ab. Es ist schwierig genug bei dem Licht und dem Wetter. Aber ab und zu soll uns Kommissar Zufall ja schon geholfen haben.“

Drees und seine Kollegen von der Spurensicherung begannen mit dem Abkleben der Leiche. Stück für Stück klebten sie eine Spezialfolie auf die Haut der Toten, um mögliche Faserspuren zu sichern. Sollten Fasern gefunden werden, die nicht dem Lebensbereich der Ermordeten zuzuordnen waren, so wäre dies ein erster Ermittlungsansatz. Die untersuchenden Textilingenieure des Landeskriminalamtes konnten sogar meist eine Aussage zur Art des Kleidungsstücks treffen.

Danach nahm Drees den Fingerabdruck des rechten Zeigefingers, um eine mögliche Identifizierung zu erreichen. Sollte sie nämlich zu irgendeinem Zeitpunkt einmal erkennungsdienstlich behandelt worden sein, so wären ihre Daten gespeichert.
Anschließend wurden die Schmutzpartikel unter jedem Fingernagel gesichert, um eventuell fremde DNA tragende Partikel für einen genetischen Fingerabdruck zu sichern.

Es war nie auszuschließen, dass sich dort Hautpartikel des Täters durch Abwehrhandlungen des Opfers befanden. Die Aufschlüsselung einer DNA würde jedenfalls eine Person eindeutig identifizieren.

Die beiden Ermittler Gerber und Dember wurden von Westhoven angewiesen, zunächst die Wege mit Lampen nach Hinweisen abzusuchen.

„Sucht bitte sämtliche Wege ab, die von der Straße aus zur Leiche führen. Und achtet auf alles. Holt Euch zur Unterstützung noch einige Kollegen von der Wache dazu."

Westhoven diktierte gerade den Text über die Tatortsituation und Umgebung in sein Diktafon, als die Rechtsmedizinerin Doris Weber eintraf.

„Guten Morgen, Frau Weber", begrüßte er sie freundlich.

„Guten Morgen, Herr Westhoven. Was haben wir denn für einen neuen Fall?"

„Eine schlimme Sache. Keine hundert Meter von hier liegt die Leiche einer jungen Frau", sagte er ernst.

Westhoven führte die Rechtsmedizinerin zur Fundstelle, an der Drees soeben die letzte Spezialfolie abgezogen hatte. Die Pathologin begann augenblicklich mit der Untersuchung.

„Die Frau ist wahrscheinlich an den zahlreichen Messerstichen verstorben. Die Körpertemperatur liegt gerade noch bei knapp 23 Grad Celsius. Und außerdem ist die Leichenstarre trotz der eisigen Kälte ziemlich ausgeprägt. Wahrscheinlich ist sie schon zehn bis zwölf Stunden tot. Genaueres kann aber erst eine Obduktion klären."

„Ist sie vergewaltigt worden?", wollte Westhoven wissen.

„Auch das kann ich so nicht sagen, aber was vermuten Sie, wenn Sie sie hier so liegen sehen?"

„Dass sie unbekleidet war, heißt für mich noch lange nicht, dass hier ein sexueller Hintergrund vorliegt. Es gibt viele Gründe, warum ein Irrer so was inszeniert", entgegnete er.

Nachdem die Rechtsmedizinerin ihre Untersuchungen abgeschlossen hatte, verabschiedete sie sich: „Ich bin hier jetzt fertig, Herr Westhoven. Meine Ergebnisse werde ich Dr. Elmer geben, denn er hat heute Obduktionsdienst. Ich fahre anschließend wieder nach Hause und lege mich ins kuschelige Bett."

„Na, dann vielen Dank und gute Nacht", verabschiedete er sie.

Westhoven nahm sein Diktiergerät wieder aus der Tasche und sprach weiter, als sein Chef plötzlich neben ihm stand um sich ebenfalls zu verabschieden. Er wollte schon zur Dienststelle fahren und dem Leiter der Kriminaldirektion den neuen Sachverhalt mitteilen.

Als er gerade dabei war den nächsten Satz zu formulieren, blitzte es auf. Westhoven wurde von einem auf den anderen Moment wütend, denn es war Dirk Holm, der es wieder einmal geschafft hatte, die Sperren zu umgehen. Am liebsten hätte er ihm den Fotoapparat um die Ohren geschlagen.

„Machen Sie, dass Sie hier wegkommen, sonst lasse ich Sie wegen Störung der Polizeiarbeit in Gewahrsam nehmen!"

„Jetzt regen Sie sich mal nicht so künstlich auf, Herr Westhoven. Schon mal was von Pressefreiheit gehört?", verhöhnte Holm ihn.

„Herr Holm, sollten Sie nicht innerhalb der nächsten Sekunden hier verschwinden, mache ich Ernst. Dann haben Sie jedenfalls nicht mehr die Gelegenheit, den Artikel rechtzeitig bei ihrem Redakteur abzuliefern. Wollen Sie es darauf ankommen lassen?", drohte er ihm.

„Sie können mich", erwiderte Holm trotzig, machte sich aber dennoch davon.

In den folgenden anderthalb Stunden war Westhoven noch mit dem Diktieren des Berichts beschäftigt, den er später im Schreibbüro abgeben würde.

Mittlerweile war es hell, seine Uhr zeigte viertel nach acht Uhr und die Durchsuchungsmaßnahmen rund um den Fundort der Leiche liefen noch auf Hochtouren.

„Jochen", rief Westhoven Gerber zu.

„Was ist?"

„Es ist schon spät. Die Obduktion fängt bestimmt wieder um neun Uhr an. Ich fahre noch schnell im Präsidium vorbei und dann zur Rechtsmedizin."

Gerber hob verabschiedend einen Arm und winkte.

Auf dem Weg zu seinem Auto klingelte Westhovens Handy.
„Westhoven“, meldete er sich.
„Ich bin es“, hörte er Annes Stimme.
„Was gibt's“, sagte er. „Ich habe es sehr eilig. Die Obduktion fängt gleich an und ich muss vorher noch am Präsidium vorbei.“
„Tut mir leid wegen vorhin“, sagte sie leise.
„Weißt Du? Es ist schon genug Stress. Da kann ich so einen Zauber zu Hause nicht auch noch gebrauchen“, sagte er immer noch verärgert.
„Ich wollte doch nur...“
„Ja, ja. Du wolltest nur. Du willst immer nur. Jedenfalls habe ich jetzt keine Zeit“, unterbrach er sie barsch. „Wir unterhalten uns später. Tschüss.“
„Tschüss“, sagte sie, aber er hatte schon aufgelegt.
‚So ein Ärger', dachte er. Der Stress mit Anne wegen seiner Arbeit ging ihm ganz schön nah. Es tat ihm jetzt schon leid, dass er das Gespräch so beendet hatte. Manchmal ließ er wirklich zu unbeherrscht Dampf ab.

SECHZEHN

Die Leiche der weiblichen Unbekannten wurde vom Sektionsgehilfen Pahl in den Obduktionsraum geschoben. Der Wiegezettel war am dicken Zeh des rechten Fußes mit einer einfachen Schnur festgeknotet.
„Vielleicht ein paar Leichen zuviel in den letzten Tagen, was Herr Kommissar? Ein richtig mörderischer Fastelovend würde ein Kölner sagen.“
„Lassen Sie diesen Begriff bloß nicht vor einem Reporter fallen, Herr Dr. Elmer“, kam es sauer zurück. Westhoven hatte sich angegriffen gefühlt, denn schließlich war es ihm noch nicht gelungen, den Täter dieser Serie zu fassen und niemand konnte sagen, wie der sich weiter verhalten würde.
Der Rechtsmediziner schaute ihn verständnislos an und sprach seine letzten Befunde ins Diktiergerät.

„Da wollte aber jemand auf Nummer sicher gehen“, lenkte Dr. Elmer Westhovens Aufmerksamkeit auf den Sektionstisch.
„Schauen Sie, Strangulationsmerkmale zirkulär um den Hals und Stiche im oberen Rücken. Ich bin gespannt, wie es innen aussieht.“
Westhoven machte sich wie immer Notizen, um seinen Kollegen für die Ermittlungen wichtige Fakten vor dem Eingang des endgültigen rechtsmedizinischen Befundes mitteilen zu können. Die lateinischen Begriffe fielen ihm nicht schwer, da er auf dem Gymnasium das große Latinum gemacht hatte, was er damals für absolut unnütz hielt. Da er in seinem Arbeitsgebiet immer wieder mit der medizinischen Fachsprache konfrontiert wurde, war es im Nachhinein gesehen gar nicht so nutzlos.

Die Sektion verlief relativ zügig und reibungslos. Gegen Mittag fasste Dr. Elmer das Ergebnis zusammen:
„Aufgrund der inneren Besichtigung und des Zustandes der Organe kann ich mit Sicherheit sagen, dass die Strangulation nicht todesursächlich war.
Vielmehr haben die zahlreichen Stiche im oberen Rücken das Herz und die Lungen regelrecht zerfetzt. Ich gehe davon aus, dass die Stiche mit enormer Gewalteinwirkung gesetzt wurden.“
„Wie viele Stiche haben Sie gezählt?“, wollte Westhoven wissen.
„41.“
„Ist sie vergewaltigt worden?“
„Ohne weitere Untersuchung kann ich das natürlich nicht mit eindeutiger Sicherheit sagen, aber die Verletzungen im Genitalbereich lassen die Vermutung durchaus zu.“
„Vielen Dank, Dr. Elmer“, bedankte sich Westhoven und machte sich auf den Weg zum Präsidium. Es war bereits Mittagszeit. Draußen wehte ein frischer Wind.
‚Wer sticht so oft zu?’, überlegte er. Was brachte einen Menschen dermaßen in Rage? Nach kurzer Fahrt durch den alltäglichen Berufsverkehr erreichte er die Zufahrt zum Parkhaus des neuen Polizeipräsidiums.

Er benutzte den Fahrstuhl im Gebäudeteil A und fuhr bis in die vierte Etage. Um in sein Büro zu kommen, ging er über die so genannte Seufzerbrücke. Von hier aus hatte man einen guten Ausblick in die innen liegenden Büros und das großzügige Foyer.
„Guten Morgen, Paul“, begrüßte ihn die Sekretärin, als er die Dienststelle betrat. „Du hast wohl die Serie.“
„Hallo, grüß Dich. Stimmt, aber das ist vorerst der letzte Fall. Meine Bereitschaft ging heute Morgen um halb acht zu Ende und außerdem habe ich in zwei Wochen Urlaub. Anne und ich wollen ein bisschen ausspannen und Sonne tanken. Bei dem Wetter genau das Richtige. Deshalb fliegen wir in den Süden.“
„Na, dann sieh mal zu, dass Du das alles schaffst.“
„Wem sagst Du das“, sagte er so leise, dass sie das nicht verstehen konnte. Dabei hatte er das enttäuschte Gesicht von Anne vor Augen.

***

Westhoven verließ das Geschäftszimmer und ging in sein Büro. Da Staatsanwalt Asmus heute Morgen verhindert gewesen war, informierte er ihn telefonisch über das Ergebnis der Obduktion. Anschließend ging er rüber zum Büro von Gerber und Dember.
Ohne anzuklopfen öffnete er die Tür zum Büro. Seine Kollegen waren nicht allein. Auf einem Stuhl vor Dembers Schreibtisch saß zusammengesunken eine Frau. Sie hatte gerötete Augen, Tränen liefen über ihre blassen Wangen, die sie mit einem zerknüllten Taschentuch wegzuwischen versuchte. Bevor er etwas sagen konnte, fasste Gerber ihn an der Schulter und schob ihn wortlos aus dem Zimmer.

Auf dem Flur erklärte er: „Das ist die Mutter der Toten. Sie kam zum Volksgarten, weil sie im Radio gehört hatte, dass die Leiche einer jungen Frau gefunden wurde. Ihre Tochter war nämlich seit gestern Abend nicht zu Hause und das war absolut ungewöhnlich. Ihr ungutes Gefühl hatte sie aus dem Haus getrieben.

Nach ihrer Beschreibung war mir klar, dass die Tote ihre Tochter war. Als ich ihr das Foto auf dem Bildschirm zeigte, brach sie fast zusammen."
„Die Frau tut mir leid. Wie heißt sie?"
„Düster. Johanna Düster. Und die Tote heißt Elisabeth Düster, 21 Jahre."
„Ok, Jochen. Ich will Euch nicht stören. Versucht sie, so gut wie es geht, zu vernehmen. Ich bin in meinem Büro und kümmere mich so lange um die beiden anderen Fälle." Gerber nickte und verschwand wieder im Büro.

Westhoven nahm sich auf dem Weg zu seinem Zimmer aus der Teeküche eine Tasse Kaffee mit. Diese würde er zusammen mit seinen Müsliriegeln, die er immer als Notreserve im Schreibtisch hatte, als Mittagessen zu sich nehmen. Für mehr war im Moment keine Zeit.
Nachdem er seinen Appetit ein wenig gestillt hatte, fing er mit der Auswertung der Spurensicherungsberichte an. Er war gerade mitten im Text, als sein Chef ins Büro kam und ihm die Verbindungsliste der Telefonbetreiber gab.
„Das ging aber diesmal schnell", sagte Westhoven erstaunt.
„Tja, wenn die im Betreff das Wort Mord lesen, will sich keiner querstellen. Da haben wir es besser als andere Dienststellen."
„Jedenfalls danke, dass Du sie mir vorbeigebracht hast."
„Paul, Du hast jetzt drei ungelöste Mordfälle und in den letzten Tagen kaum geschlafen. Geht's noch?"
Als Antwort erntete er nur ein kleines Lächeln von Westhoven. Dieses Lächeln kannte er. Es bedeutete, dass Westhoven gerade auf Hochtouren lief und an nichts anderes mehr denken konnte als an die Aufklärung der drei Morde. Er hob die Hand, winkte in seine Richtung und ging wieder.
Westhoven legte die Spurensicherungsberichte beiseite und widmete sich zunächst den Anschlussinhabern, die Sanne von Ehlen angerufen hatten. Die Telefongesellschaft hatte alle Gespräche in einer übersichtlichen Tabelle aufgelistet.

Die meisten Namen waren für ihn nichts sagend. Zwei jedoch hatte er schon auf den Kontoauszügen von Sanne von Ehlen mehrfach gelesen: Günter Bach und Uwe Kind. Er nahm sich das Notizheft dazu und suchte nach den Namen, denn er erinnerte sich daran, dass sie auch hier verzeichnet waren. Da standen sie: Günnis Bach mit dem Zusatz schreckliche Ehefrau und Kindchens Uwe.
Westhoven hatte das Gefühl, dass Sanne von Ehlen diese Namen spaßeshalber absichtlich gewählt hatte.
Um keine Zeit zu verlieren, wählte er die Telefonnummer von Uwe Kind. Er hatte Glück, am anderen Ende der Leitung meldete sich eine rauchige Männerstimme.
„Kind."
„Guten Tag, Herr Kind. Mein Name ist Westhoven. Ich bin von der Kölner Mordkommission und unter anderem für die Aufklärung des Mordes an der jungen Studentin im Belgischen Viertel zuständig. Sie haben sicher davon gehört."
Der Angerufene schwieg einen Augenblick. „Und was habe ich damit zu tun, wenn ich fragen darf?"
Westhoven hatte nicht vor, lange drum herum zu reden und kam direkt zum Thema: „Ihr Name taucht beispielsweise im Notizheft der Ermordeten auf."
Wieder schwieg Herr Kind für einen Moment, um dann eine patzige Antwort zu geben.
„Und was kann ich dafür?"
Westhoven war langsam genervt vom Gesprächsverlauf und atmete demonstrativ laut in den Hörer.
„Sie sind zunächst Zeuge für die laufenden Ermittlungen und deshalb lade ich Sie hiermit für 15 Uhr hier zur Dienststelle vor."
„Das geht heute absolut nicht. Ginge das auch morgen, zum Beispiel um 09:00 Uhr?"
„Ich frage Sie jetzt erst gar nicht, warum Sie nicht heute können. Also gut, morgen um 09:00 Uhr. Polizeipräsidium in Köln-Kalk. Fragen Sie beim Pförtner im Foyer nach Hauptkommissar Westhoven vom KK 11."
„Wird gemacht", antwortete Kind flapsig.

„Und seien Sie bloß pünktlich, sonst komme ich noch auf die Idee bei Ihrer Frau nachzufragen, wo sie bleiben", konterte Westhoven kühl.

Anschließend wählte er die Telefonnummer von Günter Bach. Auch diesmal hatte er Glück. ‚Das muss am Aschermittwoch liegen', dachte er sich.
„Günter Bach."
Westhoven sagte wieder seinen Begrüßungsspruch und spürte direkt, dass sein Gegenüber mit diesem Anruf alles andere als glücklich war.
„Ich kann jetzt nicht mit Ihnen darüber sprechen, Sie verstehen?", flüsterte er kaum hörbar.
„Dann hören Sie mir jetzt genau zu. Ich sage Ihnen meine dienstliche Telefonnummer und die Anschrift meiner Dienststelle. Ich erwarte Sie um 15 Uhr. Kriegen Sie das hin?"
„Ich komme", sagte er leise in den Hörer.

Nachdem er den Hörer gerade wieder aufgelegt hatte, merkte er, dass seine Frau die ganze Zeit hinter ihm gestanden hatte.
„Wer war das, Günter?", fauchte sie ihn an.
„Falsch verbunden", log er.
„Verarsch mich nicht. Das war bestimmt wieder dieses Flittchen, mit der Du dauernd rumbumst!", schrie sie ihn an.
Bach war völlig überrascht, denn damit hatte er nicht gerechnet.
„Da staunst Du was? Meinst wohl, ich bin zu blöd Dir auf die Schliche zu kommen. War es wenigstens schön mit Sanne von Ehlen?", schrie sie völlig außer sich.
„Hör zu, Ellen, es ist nicht so wie Du denkst", versuchte er zu beschwichtigen, doch damit machte er sie nur noch wütender.
„Dreckiges Schwein, du hast unsere Ehe ruiniert wegen einer Nutte. Hast Du denn überhaupt kein bisschen Anstand?", tobte sie, während sie ihm gleichzeitig die geballte Faust vor sein Gesicht hielt.
„Ellen, bitte...Schatz."
Ellen Bach ließ ihn nicht aussprechen, sondern steigerte sich in ihre Wut immer mehr hinein.

„Nichts, Ellen. Es ist vorbei, es hat sich ausgeschatzt. Ich will, dass Du Deine sieben Sachen packst und augenblicklich verschwindest!"
Jetzt verlor er die Fassung. Er packte sie mit beiden Händen an ihren Oberarmen. Sie versuchte, sich loszureißen.
„Sie ist tot, Ellen. Sanne von Ehlen wurde ermordet. Das war eben die Kripo am Telefon. Ich muss um drei ins Präsidium fahren", brüllte er sie an.
Mit einem Mal war es still, Ellen Bach ließ sich einfach auf den Sessel sinken. Sie war sprachlos. Er setzte sich ihr gegenüber und schwieg.
Plötzlich hörte er einen Satz aus dem Munde seiner Frau, der ihn erstarren ließ.
„Sie hat es verdient, niemand nimmt mir ungestraft was weg, was mir gehört. Ich hatte sie gewarnt, dass so etwas passieren könnte", sagte sie geistig abwesend.
„Was redest Du da? Ellen, hast Du irgendwas damit zu tun?", fragte er irritiert.
Sie antwortete nicht, sondern stand auf und ging wortlos ins Badezimmer. Hinter sich schloss sie die Tür ab.
Bach war völlig fertig. Er war von der Situation wie vor den Kopf geschlagen und hatte das Gefühl, dass er den Boden unter den Füßen verlieren würde. Gleich bei der Kripo würde er sich zusammenreißen müssen.

SIEBZEHN

Es war um halb zwei mittags, als seine Mutter das Zimmer betrat. Mit den Worten „Los, steh auf, Du fauler Sack. Wann gehst Du endlich mal arbeiten? Ich bin es leid Dich durchzufüttern“, wurde er von seiner Mutter unsanft geweckt.

Da er nicht reagierte, zog sie ihm die Bettdecke weg und sah, dass er vollständig angezogen im Bett lag. Seine schwarze Jeans war voller Matsch.

„Lass mich in Ruhe, ich bin müde“, reagierte er aggressiv und riss ihr die Bettdecke aus der Hand. Er zog sie sich bis über den Kopf und drehte sich herum. Zum Arbeiten hatte er heute keine Lust.

Schimpfend verließ seine Mutter das Zimmer.

***

Nach den Telefonaten widmete sich Westhoven wieder den Spurensicherungsberichten. Dabei fiel ihm wieder ein, dass Gerber eigentlich heute Morgen einen DNA-Beschluss bei Asmus anfordern und einen entsprechenden Untersuchungsauftrag für das Landeskriminalamt hatte fertigen wollen. Durch den neuen Mord war das natürlich nicht geschehen. Wann auch?

Deshalb trug Westhoven das Spurenmaterial selbst zusammen. Den in Blut gelegten Fingerabdruck, das bei der Obduktion gefundene Haar in der Scheide und die Speichelprobe von Stolz verpackte er wie gewohnt und beschriftete den Umschlag.

Anschließend schickte er den Antrag per Fax an Staatsanwalt Asmus. Es dauerte nicht einmal eine Stunde, bis er zurückrief, dass der Ermittlungsrichter den Untersuchungsbeschluss erlassen hatte und dieser zum Abholen bereit lag.

Um keine Zeit zu verlieren, nahm er den Umschlag und fuhr selbst zu Asmus ins Büro. Das Fahrzeug parkte er kurzerhand im Wendehammer zwischen Staatsanwaltschaft und Gericht und ging dann über den Fußweg zum Haupteingang.

Als er die Schleuse passierte, piepte es, denn er hatte seine Waffe dabei. Obwohl die Wachtmeister ihn kannten, musste er seinen Dienstausweis vorlegen. Dann durfte er passieren.
Er fuhr mit dem Fahrstuhl in die fünfte Etage. Hier oben war das Dezernat für Kapitaldelikte.
„Herein", rief Asmus, als Westhoven anklopfte.
„Hallo, Herr Asmus."
„Herr Westhoven, hallo. Das ging ja fix."
„Das hat auch einen Grund."
Staatsanwalt Asmus schaute ihn erwartungsvoll an.
„Ich werde selbst das Untersuchungsmaterial und den Beschluss nach Düsseldorf fahren, damit diese Untersuchung vorgezogen wird", erklärte er.
Asmus wünschte ihm eine gute Fahrt und viel Erfolg.

Westhoven fuhr zügig über die Innere Kanalstraße zur Auffahrt der A57 in Richtung Krefeld. Die Sonne schien und die Straße war trocken.
Die Geschwindigkeitsbeschränkungen ignorierend erreichte er das Landeskriminalamt in Düsseldorf gegen vierzehn Uhr.

Den Umschlag mit den Spurenträgern und dem Beschluss in der Hand eilte er zum Geschäftszimmer der Abteilung V des Landeskriminalamtes. Nach kurzer Erklärung ließ er alles dort und eilte wieder zum Auto. Es würde knapp werden. Bis zum Vernehmungstermin um fünfzehn Uhr würde er es wohl nicht rechtzeitig schaffen.

Durch den einsetzenden Berufsverkehr erreichte er um genau viertel nach drei das Präsidium. Er lief vom Parkhaus zum Hauptgebäude und fuhr mit dem Aufzug in die vierte Etage.
Im Warteraum neben dem Geschäftszimmer saß bereits der Vorgeladene.
„Sind Sie Herr Bach?", fragte er ihn.
„Ja."

„Ich bin Hauptkommissar Westhoven, wir haben telefoniert. Es ist etwas später geworden. Tut mir leid, dass Sie warten mussten."
In Wirklichkeit war es ihm gänzlich egal, dass Bach warten musste. Dieser Mann war ihm aufgrund des geführten Telefongespräches ziemlich unsympathisch geworden.
„Ich brauche noch zwei Minuten, dann hole ich Sie in mein Büro. Dort können wir uns ungestört unterhalten."
Günter Bach nickte nur und setzte sich wieder hin. Seinen Kopf stützte er mit seinen Händen ab.

***

„Frau Düster, Sie wissen nicht, wie der Freund Ihrer Tochter heißt?", fragte Gerber ungläubig.
„Nein", seufzte sie. „Elisabeth kannte doch gar keine Männer, außer ein paar Mitgliedern unserer Gemeinde und die auch nur aus dem Bibelkreis. Als gestern Abend ein Mann anrief und Elisabeth verlangte, war ich völlig überrascht. Das ist noch nie passiert. Wir haben darüber nicht mehr reden können. Sie hatte doch nie was mit Männern", antwortete Frau Düster unter Tränen.
„Wann war denn der Anruf, von dem Sie gerade sprachen?"
„Das war gestern Nachmittag. Ich hatte mich noch so darüber geärgert, dass er seinen Namen nicht genannt hatte."
„War es denn eine eher ältere oder jüngere Stimme?", bohrte Gerber nach.
„Also, ich würde sagen, eher jünger. So Anfang Dreißig", schluchzte sie.
„Hatte Elisabeth vielleicht ein Tagebuch oder so was ähnliches?", hatte Gerber die Idee.
„Ich glaube schon. Ja, bestimmt. Sie hatte es mal erwähnt."
„Dann schauen Sie bitte sofort nach dem Buch, wenn Sie gleich nach Hause kommen. Jede noch so kleine Information kann für uns wichtig sein."
„Werden Sie ihn erwischen?", fragte sie sorgenvoll und blickte Gerber an.

„Wir kriegen ihn, das verspreche ich. Aber Sie müssen uns helfen."
Sie ließ ihren Kopf nach unten sinken, ohne noch etwas zu sagen.

***

„Herr Bach, ich komme ohne Umschweife zum Thema. Wie war ihr Verhältnis zu Sanne von Ehlen?"
„Das möchte ich nicht sagen und außerdem, was hat das mit dem Fall zu tun?", entgegnete er abwehrend.
„Nun ja, wie ich Ihnen schon am Telefon gesagt hatte, habe ich Ihren Namen mehrfach in den Aufzeichnungen der ermordeten Sanne von Ehlen gefunden. Das macht Sie mindestens zu einem Zeugen. Sollten Sie sich aber weiterhin unkooperativ zeigen, so werde ich die Vernehmung abbrechen und Sie staatsanwaltschaftlich vorladen lassen. Vielleicht haben Sie ja Glück und schaffen es dann vor Ihrer Frau den Briefkasten zu leeren. Also was ist nun, Herr Bach?", sagte Westhoven anzüglich.
Bach wurde unsicher. Ellen wusste ja sowieso schon alles, aber er wollte nicht, dass Westhoven dies erfuhr. Er wollte zuerst in aller Ruhe und vor allen Dingen selbst darüber mit seiner Frau reden. Folglich entschied er sich, die Fragen des Kommissars zu beantworten.
„Sie setzen mich ganz schön unter Druck, Herr Westhoven. Aber bitte, stellen Sie Ihre Fragen", fügte er sich.

Westhoven war sich darüber im Klaren, dass seine Methode am Rande der Legalität war, aber er hatte schließlich einen Mord aufzuklären und da ging er auch schon mal eine gesetzliche Gratwanderung.
„Ich wiederhole meine Frage. Wie war Ihr Verhältnis zu Sanne von Ehlen?"
Bach erzählte, dass er im Internet ihre Seite gefunden hatte. Anfangs habe er sie nur über ihre Live-Cam auf dem Bildschirm beobachtet. Nach kurzer Zeit habe ihm das nicht mehr gereicht. Er wollte sie sehen, riechen, fühlen und, und…

„Und dann?“, wollte Paul Westhoven wissen.
„Dann habe ich ihr während einer Internetsitzung eine Mail geschickt, ob ich sie auch mal treffen könne. Zu meinem Erstaunen kam eine Antwort mit ihrer Handynummer. So fing das vor zwei Monaten an“, beendete er die Erzählung.
„Wie oft haben Sie sich mit Sanne von Ehlen getroffen, Herr Bach?“
„Zwei Mal in der Woche“, antwortete er prompt.
Westhoven zweifelte nicht an der Glaubhaftigkeit dieser Antwort. Dafür war sie zu spontan gekommen.
Details zu den Treffen ersparte sich Westhoven, die sexuellen Neigungen Günter Bachs waren im Augenblick unwichtig.
„Wann hatten Sie denn ihren letzten Kontakt zu ihr?“
„Letzten Freitag“, sagte er leise.
„Sie wissen, dass ich das anhand der Unterlagen überprüfen kann?“
„Tun Sie das, ich sage die Wahrheit“, antwortete Bach mit trotziger Stimme.
„Wo waren Sie letzten Samstag in der Zeit von 18:00 Uhr bis Sonntag 08:00 Uhr?“
„Da war ich zu Hause“, sagte Bach mit einiger Verzögerung, „bei meiner Frau.“
„Gibt es sonst noch jemanden, der das bezeugen kann?“
„Nein! Jetzt machen Sie aber mal einen Punkt. Glauben Sie etwa, dass ich sie umgebracht habe?“, fragte er in entsetztem Ton.
„Ich glaube gar nichts. Zum Glauben gehe ich sonntags in die Kirche. Hier zählen nur Fakten. Ihr Alibi werden wir überprüfen. Sie können dann jetzt gehen, Herr Bach. Und schöne Grüße an ihre Gattin“, beendete Paul Westhoven provokativ die Vernehmung.

ACHTZEHN

Als Johanna Düster zu Hause angekommen war, begann sie sofort das Zimmer von Elisabeth zu durchsuchen.
Wie in Trance zog sie die Schubladen heraus und schüttete alles in die Mitte des Raumes. Sie fand jedoch nichts. Dabei war sie sicher, dass Lisa ein Tagebuch geführt hatte. Nur wo hatte sie es versteckt?

Sie gab nicht auf. Nach zwei Stunden Suche wurde sie schließlich fündig. Ein kleines rotes Buch, so groß wie ein Taschenkalender mit einem winzigen Schloss klemmte zwischen Kleiderschrank und Wand. Der passende Schlüssel dazu fehlte.
Sie ging mit dem Buch in die Küche.
Da ihr geeignetes Werkzeug fehlte, schnitt sie einfach die Verschlussklappe durch.
Mit dem Buch setzte sie sich an den Küchentisch und blätterte es mit zittrigen Händen durch, bis sie zu den zuletzt beschriebenen Seiten kam. Der letzte Eintrag war auf Rosenmontag datiert. Als sie den Text las, liefen ihr Tränen über die Wangen.

„Liebes Tagebuch,
ich bin es wieder, Deine Elisabeth.
Du wirst es kaum glauben, aber heute habe ich eine besonders gute Nachricht für Dich. Ich habe einen Mann kennen gelernt, er gefällt mir und ich glaube, dass er mich auch mag.
Er trug ein Mönchskostüm und fragte mich, ob er mir die Beichte abnehmen soll. Dabei schaute er mich lächelnd an. Ich glaube, er ist ein gläubiger Mensch. Wir haben uns lange unterhalten und zum Abschied hat er mich dann auf die Wange geküsst und ganz fest umarmt. Als er nach meiner Telefonnummer fragte, war ich ganz glücklich. Jetzt hoffe ich, dass er mich jeden Moment anruft. Dann frage ich ihn, wie er richtig heißt. Bis jetzt habe ich ihn nur mit „lieber Mönch“ angesprochen.
Bis dann. Deine Elisabeth.“

Johanna Düster legte das Buch auf den Tisch und fixierte einen Punkt in der Küche, ohne ihn wirklich anzuschauen. Sie war nicht in der Lage, einen klaren Gedanken zu fassen. Dass ihre Tochter nicht mehr leben sollte, wollte sie nicht wahrhaben. Es kam ihr wie ein schlechter Albtraum vor, sie ließ ihren Kopf auf den Tisch sinken und bekam einen regelrechten Weinkrampf. Ihre Fingernägel bohrten sich verzweifelt in die Handflächen.

***

Mittlerweile war er aufgestanden. Sein Magen knurrte. In der Küche hatte ihm seine Mutter eine Notiz auf einem Zettel hinterlassen. Sie würde nicht vor Mitternacht nach Hause kommen und in der Mikrowelle stände ein Teller Suppe für ihn.
Er öffnete die Mikrowelle, um zu sehen, welche Suppe sie für ihn gekocht hatte. Vor ihm stand ein randvoller Teller Bohnensuppe mit Würstchen. Er schloss die Tür und stellte die Zeitwahlautomatik auf zwei Minuten.
Um die 18.00-Uhr-Nachrichten nicht zu verpassen, schaltete er das Radio ein.
Radio Köln berichtete ausgiebig über den Mord im Volksgarten. Das war sein Werk, wovon die Bevölkerung erfuhr und worauf er stolz war. Der Bericht ließ das Geschehene noch einmal wie einen Film vor seinem geistigen Auge abspielen. Er war so erregt, dass er vor der Mikrowelle stehend zu masturbieren begann.

Er freute sich schon auf die morgige Ausgabe des Express. Dann könnten auch alle sehen und lesen, was er getan hatte. Jetzt schmeckte die Suppe besonders gut.

***

Günter Bach fuhr auf direktem Wege nach Hause. Die Vernehmung hatte ihn aus dem inneren Gleichgewicht gebracht. Beim Ausparken war er so unkonzentriert gewesen, dass er einen Betonpfeiler übersah. Der hintere Kotflügel war eingedellt und hatte nun tiefe Schrammen.
Die Reparatur würde bestimmt wieder ein Vermögen kosten, dachte er sich. Ein Unglück kam eben selten allein. Als er die Wohnung betrat, war seine Frau noch immer oder bereits wieder im Badezimmer.
„Ellen, ich bin wieder da."
„Was willst Du hier, verschwinde", schrie sie durch die geschlossene Tür.

„Ellen, bitte. Wir müssen reden“, flehte er sie an.
„Es gibt nichts mehr zu reden“, sagte sie kalt, um sodann zu kreischen: „Nimm Deine Koffer und hau ab!“
Er verlor ebenfalls die Beherrschung. Er trat kräftig gegen die Badezimmertür, so dass das Schloss heraus brach und Holzsplitter durch den Raum flogen.
Ellen Bach bekam Panik und riss schützend ihre Arme hoch.
„Schlag doch, schlag mich doch“, schrie sie hysterisch.
„Ich will Dich nicht schlagen. Ich will mit Dir reden“, entgegnete er, packte ihre Handgelenke und drückte die Arme mit ganzer Kraft nach unten.
Er blickte in das verheulte, verzweifelte Gesicht seiner Frau. Ihre Augen waren dick angeschwollen und gerötet. Offenbar stand sie kurz vor einem Nervenzusammenbruch.
Er ließ sie los und gab ihr eine schallende Ohrfeige. Urplötzlich war es ganz still im Raum. Ellen Bach hörte auf zu schreien, um im nächsten Augenblick nur noch leise vor sich hin zu schluchzen.
Das „Du Hurenbock, Du verdammtes Schwein“ war kaum zu hören.
„Beschimpf mich ruhig, vielleicht habe ich es verdient, aber unschuldig bist Du daran nicht. Das neue Wasserbett ist ja das reinste Tote Meer. Wer ist es denn, der ständig sagt: „Ich habe keine Lust, ich will nicht oder ich habe Kopfschmerzen? Ich bestimmt nicht“, brüllte er sie verzweifelt an.
Mit einem Mal war sie ganz ruhig. Sie schaute ihn mit großen Augen an: „Irgendeine blöde Begründung findet ihr Männer wohl immer! Aber Du kannst eben nicht alles haben. Mein Entschluss steht fest. Ich reiche die Scheidung ein.“
Bach wollte es nicht darauf beruhen lassen.
„Ellen, die wissen anscheinend noch nicht, wer Sanne von Ehlen umgebracht hat. Ich musste denen sogar sagen, wo ich zur Tatzeit gewesen bin.“
„Und?“, fragte sie herablassend. „Wen interessiert das?“

„Ich habe einfach erzählt, dass ich mit Dir zu Hause gewesen bin. Aber das stimmt nicht. Das heißt, ich war zwar zu Hause, aber Du nicht.“
Mit großen Augen blickte sie ihn an.

***

Westhoven, Dember und Gerber setzten sich in den Besprechungsraum, um ihre Ermittlungsergebnisse auszutauschen. Ihre Gesichter waren von Anspannung und Ermüdung gezeichnet.
„Habt Ihr am Fundort von Elisabeth Düster noch etwas festgestellt?“
„Leider nicht viel, Paul. Nur einen Abdruck von einem Turnschuh“, antwortete Gerber.
„Abwarten. Vielleicht ist es ja derselbe wie in von Ehlens Wohnung. Dann hätten wir schon mal eine Verbindung. Hat die Mutter noch was erzählt?“
„Eigentlich nicht. Die war völlig fertig. Ich habe ihr gesagt, wenn sie in der Wohnung ein Tagebuch findet, soll sie uns benachrichtigen. Möglicherweise hat sie eins geführt und es steht etwas drin, was uns weiterhelfen könnte“, informierte Gerber.
„Ok. Ich war ja heute Morgen bei der Obduktion. Dr. Elmer hat insgesamt 41 Einstiche gezählt und übrigens ist der Fundort auch der Tatort.“
„Ist sie vergewaltigt worden?“, fragte Dember nach.
„Wie es aussieht ja. Sie ist im Genitalbereich ziemlich verletzt. Wenn Dr. Elmer noch eine verwertbare Spur entdecken sollte, dann lassen wir sie untersuchen. Apropos, ich war auch in Düsseldorf beim Landeskriminalamt und habe das Spurenmaterial vom von Ehlen-Tatort und von Julius Stolz dort hingebracht.“
„Danke, dass Du das für mich übernommen hast, Paul. Tut mir leid, dass ich es nicht selbst geschafft habe“, bedankte sich Gerber.
„Kein Problem. Du hattest genug andere Dinge um die Ohren.“ Westhoven fuhr fort: „Außerdem habe ich mir, während Ihr Frau Düster angehört habt, die Telefonlisten und die Kontoauszüge von

Ehlen vorgenommen. Da sind mir zwei Namen aufgefallen, die besonders häufig auftauchten. Günter Bach und Uwe Kind. Mit denen muss sie viel zu tun gehabt haben."

Westhoven berichtete von dem Telefonat mit Kind und der Vernehmung von Bach.

„Auch wenn es Günter Bach nicht in den Kram passt, sollten wir seine Ehefrau unbedingt befragen. So könnten wir auch herausfinden, was der Zusatz ‚schrecklich' zu bedeuten hat", schlug Gerber vor.

„Einverstanden. Übernehmt Ihr das? Ich werde mir inzwischen den Vater von Sanne von Ehlen mal genauer unter die Lupe nehmen."

„Heute noch?", fragte Dember und hatte dabei nur seine Rechtsmedizinerin im Kopf.

„Was ist das denn für eine Frage?", fragte Westhoven völlig überrascht. „Schau mal auf die Uhr, gerade mal 18:30 Uhr", entgegnete Westhoven grimmig und verließ den Raum. Er wollte nicht mit einem Neuling darüber diskutieren, wie er die Ermittlungen zu führen hat.

„Komm, lass gut sein, Heinz. Reg Dich nicht auf, aber diese Frage hättest Du Dir auch verkneifen können", beruhigte Gerber seinen Kollegen. „Willst Du etwa, dass sich der Bach mit seiner Frau abspricht?"

Westhoven wählte die Telefonnummer der von Ehlens und hatte gleich nach dem zweiten Klingeln Claus von Ehlen am Apparat. Er erklärte ihm, dass er noch dringende Fragen an ihn hätte und bat ihn darum, umgehend zur Dienststelle zu kommen. Ohne nachzufragen willigte von Ehlen ein.

***

Gerber und Dember indes machten sich auf den Weg zu den Bachs. Draußen war es bereits dunkel geworden und die Straßenlaternen warfen nur dürftiges Licht auf die Fahrbahn. Das Wetter war ziemlich ungemütlich.

„Ich muss mal eben telefonieren“, sagte Dember.
Gerber nickte nur, ohne etwas dabei zu sagen. Ihn interessierte nicht, wen Heinz anrufen wollte. Hauptsache er würde mit dem Telefonat fertig sein, wenn sie am Ziel angekommen waren.
„Weber?“, meldete sich eine vertraute Stimme.
„Hallo, ich bin es. Ich wollte nur Bescheid sagen, dass ich noch arbeite“, säuselte er in den Apparat.
„Das ist aber nett, dass Du Dich meldest. Willst Du später noch vorbeikommen?“
„Es kann aber sehr spät werden.“
„Ist doch egal, trotzdem können wir es uns gemütlich machen und uns befummeln“, reizte sie ihn.
„Ich kann jetzt nicht reden, aber ich freue mich auch schon. Bis gleich dann“, sagte er schnell und drückte das Gespräch weg.
„Neue Flamme?“
„Jau“, räumte Heinz ein.
„Und? Kenn ich sie?“
„Ich glaube nicht“, log er, denn er wollte nicht, dass diese Beziehung jetzt schon bekannt würde und alle Kollegen ihn damit hänselten.

Nach kurzer Fahrt erreichten Sie die Waldecker Straße in Köln-Buchheim. Die Bachs wohnten im Dachgeschoss eines Achtfamilienhauses.

***

Es war noch keine neunzehn Uhr, als der Pförtner Westhoven anrief und meldete, dass Herr von Ehlen da sei und zu ihm wolle.
„Danke, ich komme sofort runter und hole ihn ab. Er soll solange im Foyer Platz nehmen.“
Westhoven musste einen Moment auf den extrem langsamen Aufzug warten. Im sonst leeren Foyer saß Claus von Ehlen alleine an einem Tisch. Westhoven ging zielstrebig auf ihn zu.
„Guten Abend, Herr von Ehlen. Schön, dass Sie Zeit haben“, begrüßte er ihn.

„Was gibt es denn so Eiliges, Herr Kommissar?“, erkundigte er sich besorgt.
„Kommen Sie erst mal mit in mein Büro. Dort erkläre ich Ihnen alles Weitere.“
Westhoven ging vor und gemeinsam fuhren sie mit dem Fahrstuhl in die vierte Etage. Im Büro bot er ihm den Stuhl gegenüber dem Schreibtisch an. Westhoven setzte sich ebenfalls und belehrte ihn als Zeugen und insbesondere darüber, dass man sich nicht selbst belasten müsse.
„Wie soll ich das verstehen? Mich nicht selbst belasten?“, fragte von Ehlen misstrauisch.
„Jetzt regen Sie sich bitte nicht auf. Diese Belehrung erfolgt standardmäßig. Im Moment gehe ich nur einer Spur nach und die führt nun mal zu Ihnen“, erklärte er schlicht.
„Ich verstehe nicht ganz. Was für eine Spur meinen Sie und was führt zu mir?“, fragte er in scharfem Tonfall und erhob sich dabei von seinem Stuhl.
Es war nicht Westhovens Art um die Sache herumzureden. Daher kam er gleich zum Punkt.
„Herr von Ehlen, stimmt es, dass Sie gewusst haben, dass sich Ihre Tochter prostituiert hat?“ Dabei beobachtete er sein Gegenüber ganz genau. Keine Gemüts- oder Gefühlsregung sollte ihm entgehen. Alles könnte wichtig sein.
„Was reden Sie da für einen Unsinn. Meine Tochter war keine Nutte. Wer erzählt denn so was?“, sagte er entrüstet, während er sich wieder hinsetzte.
„Dafür gibt es genügend Beweise, Herr von Ehlen“, sagte Westhoven kühl. „Also, haben Sie es gewusst? Ja oder Nein?“, bohrte er nach.
„Nein, verdammt noch mal!“, reagierte von Ehlen wütend. „Herr Westhoven, ich warne Sie. Ziehen Sie meine Tochter nicht durch den Schmutz, sonst werden Sie mich von einer ganz unfreundlichen Seite kennenlernen“, versuchte er zu drohen und schlug dabei mit der flachen Hand auf den Schreibtisch.

„So wie Ihre Tochter, als Sie sie verprügelt haben, nachdem Sie herausgefunden hatten, dass sie anschaffte?“, konterte Westhoven abermals.
Von Ehlen sprang wie von der Tarantel gestochen auf und schlug abermals mit der flachen Hand auf den Schreibtisch. „Fällt Ihnen nichts Besseres ein, als anständige Bürger zu beschuldigen?“, schrie er ihn an.
Westhoven war unbeeindruckt und rührte sich nicht einen Millimeter von seinem Platz weg, denn auf so eine Reaktion war er vorbereitet, er hatte sie geahnt.
„Ich beschuldige niemanden, ich gehe nur einer Spur nach. Das habe ich aber schon gesagt, Herr von Ehlen. Und jetzt setzen Sie sich besser wieder hin“, sagte er bestimmend und fixierte ihn dabei mit seinem Blick.
„Was treiben Sie für ein Spiel mit mir, Herr Westhoven?“
„Gar keins, ich habe nicht vor, mit Ihnen zu spielen. Ich will lediglich ein paar Antworten, damit ich mir ein besseres Bild von der Sache und auch von Ihnen machen kann.“
Von Ehlen hielt einen Augenblick inne. Dann kapitulierte er. Mit feuchten Augen erzählte er, dass seine Tochter in ihrer Wohnung angeschafft hatte und fing dabei an zu weinen.
„Wissen Sie, Herr Westhoven. Da tut man, was man kann...und am Ende reicht es dann doch nicht“, fügte er resignierend hinzu.
Westhoven wusste, dass er ihn jetzt weich gekocht hatte und die weitere Befragung leichter sein würde.
„Noch mal, Herr von Ehlen. Waren Sie bei Sanne in der Wohnung und haben Sie sie geschlagen?“ Westhoven war sich bewusst darüber, dass er von Ehlen vor dieser Frage eigentlich als Beschuldigten hätte belehren müssen, aber er wollte dessen Redefluss nicht unterbrechen.
Mit knirschenden Zähnen und weinerlicher Stimme gab Herr von Ehlen es schließlich zu.
„Haben Sie ihr auch gedroht, sie umzubringen, weil sie nicht tatenlos ansehen wollten, wie sie ihren Körper verkaufte?“, hakte er nach.

„Ja, aber das habe ich doch nicht ernst gemeint. Das sagt man doch schon mal im Affekt. Ich hätte Sanne nie etwas antun können. Sie war doch meine Tochter“, rechtfertigte er sich.
„Nichts antun können?“, meinte Westhoven zweifelnd und fügte gleich den nächsten Satz an: „Sie müssen selbst damit leben, wenn Sie etwas mit dem Tod von Sanne zu tun haben. Ich bin nur daran interessiert, den Fall aufzuklären.“
„Dann fassen Sie das Schwein, das es getan hat!“, brüllte von Ehlen plötzlich.
„Meine Kollegen und ich werden alles Menschenmögliche tun, Herr von Ehlen. Aber um ganz sicher zu gehen, dass Sie die Wahrheit gesagt haben, brauche ich eine Speichelprobe von Ihnen.“
„Wozu das denn?“, fragte er ungläubig.
„Damit lassen wir Ihren genetischen Fingerabdruck bestimmen und vergleichen ihn mit den Spuren, die wir am Tatort gefunden haben“, klärte er ihn auf.
„Sie können so viele Speichelproben von mir haben, wie sie wollen. Ich habe nichts zu befürchten.“
Westhoven holte das Wattestäbchen aus der Hülle, rieb die Watte an der Innenseite der Wangen von Claus von Ehlen und steckte es wieder zurück in die Hülle.
„Weiß Ihre Frau, dass Sanne sich...?“
Von Ehlen unterbrach ihn.
„Bitte halten Sie meine Frau da raus. Sie ist ohnehin schon mit ihren Nerven völlig am Ende. Sanne war nämlich ihr Ein und Alles“, bat er inständig.
„Das beantwortet meine Frage nicht?“, hakte Westhoven nach.
Von Ehlen nickte mit dem Kopf und erzählte, dass er es ihr an dem Tag gesagt hatte, als er es selbst auch erfahren hatte.
„Wie hat sie es aufgefasst?“, wollte er wissen.
„Was glauben Sie wohl? Sie ist fast verrückt geworden. Seitdem ist sie in psychologischer Behandlung und nimmt Medikamente, weil sie sich als Versagerin fühlt“, antwortete er.
„Danke, Herr von Ehlen. Sie können dann jetzt gehen.“

Als der Zeuge das Büro verlassen hatte, machte sich Westhoven noch ein paar Notizen. Innerlich konnte er gut nachvollziehen, dass sich Frau von Ehlen als Versagerin fühlte, denn sie glaubte jetzt bestimmt, dass sie als Mutter alles falsch gemacht hatte.

NEUNZEHN

Gerber drückte den obersten Klingelknopf neben dem Namenschild „Bach“.

Nach einiger Zeit fragte eine unfreundliche Männerstimme: „Wer ist da?“,

„Hier ist die Kripo Köln, Mordkommission. Können wir mal reinkommen?“, antwortete Gerber.

Noch bevor sich die Sprechanlage abschaltete, schimpfte Bach lautstark über diesen Besuch. Gerber und Dember konnten deutlich die Worte "verdammte Schnüffler" hören.

Die Türöffnung surrte und Dember stieß verärgert die Türe so fest auf, dass sie im Hausflur gegen die Wand schlug.

Oben an der Wohnungstür stand Herr Bach im Türrahmen und fauchte sie an:

„Was wollen Sie schon wieder? Ich hab doch schon alles diesem Westhoven erzählt!“

„Wir sind eben verdammte Schnüffler, Herr Bach“, konterte Dember und schaute ihm herausfordernd in die Augen.

„Sorry. Tut mir leid. Ich stehe im Moment etwas unter Stress“, entschuldigte er sich kleinlaut.

„Sie sollten vorher überlegen, bevor sie etwas sagen und man kann nie wissen, wer alles mithört“, sagte Dember schulmeisterlich zu ihm.

„Herr Bach, eigentlich wollten wir auch gar nicht zu Ihnen, sondern zu Ihrer Frau. Ist sie da?“, fragte Gerber dazwischen.

„Ja, aber sie ist momentan beschäftigt und hat keine Zeit“, antwortete er sichtlich nervös.

„Das soll sie uns bitte selbst sagen“, ließ sich Gerber nicht abwimmeln.

„Könnten Sie nicht ein bisschen diskreter sein, meine Herren?“, bat er sie mit ärgerlich unterdrückter Stimme.
„Ach wissen Sie, Herr Bach. Verdammte Schnüffler sind nun mal so, die wollen alles ganz genau wissen. Also holen Sie jetzt Ihre Frau oder soll ich Sturm klingeln. Vielleicht kommen ja dann noch ein paar Nachbarn hinzu.“
Bach resignierte, seine Hände schwitzten und auf seiner Stirn waren ebenfalls kleine Schweißperlen zu sehen. „Ellen!“ rief er in die Wohnung hinein, ohne dass eine Reaktion darauf folgte. „Ellen, kommst Du bitte mal, es ist wichtig. Hier sind zwei Herren von der Kriminalpolizei, die Dich sprechen wollen“, rief er erneut.
In der Wohnung öffnete sich daraufhin eine Tür und eine Frau betrat die Diele. Langsam und mit ernster Miene kam sie zur Tür. Ihre Augen waren stark gerötet. Der Streit mit ihrem Mann hatte sie zu heftigem Weinen gebracht.
„Was wollen Sie von mir?“, fragte sie zögernd.
„Wir sind von der Mordkommission und hätten da im Zusammenhang mit dem Mord an einer jungen Studentin ein paar Fragen an Sie“, antwortete Gerber.
„Studentin? Das ich nicht lache“, sagte sie höhnisch.
„Frau Bach, bevor wir uns weiter unterhalten. Entweder Sie bitten uns herein oder Sie fahren mit uns zum Polizeipräsidium. Dies ist nämlich kein Gespräch zwischen Tür und Angel“, bemerkte Gerber in ernstem Ton.
„Dann fahren wir“, sagte sie unvermittelt. Sie nahm sich einen Mantel von der Garderobe und ging voran. Dember und Gerber stutzten, denn damit hatten sie nicht gerechnet.
Was für eine selbstbewusste Frau, dachte sich Gerber.
Die Fahrzeit zur Dienststelle dauerte nicht mehr als zehn Minuten. Zu Dritt fuhren sie mit dem Aufzug in die vierte Etage und gingen über den Flur zum Büro. Dember, der hinter ihr ging, atmete, ohne es zu wollen, ihren dezenten Parfümgeruch ein. Es war ein angenehmer pfirsichartiger Duft.

Dembers Aufgabe war es, die Vernehmung als Protokoll auf dem Computer mitzuschreiben. Routinemäßig befragte er Frau Bach nach deren Personalien.
Anschließend belehrte Gerber sie: „Frau Bach. Sie haben sich entschlossen mit uns hierher zu kommen. Ich gehe davon aus, dass Sie eine Aussage machen wollen. Als Zeugin sind sie verpflichtet die Wahrheit zu sagen, einen ihrer Angehörigen brauchen Sie jedoch nicht zu belasten und sie müssen auch keine Fragen beantworten, mit denen Sie sich selbst der Strafverfolgung aussetzen würden. Haben Sie das verstanden?", beendete Gerber.
„Ich habe nichts zu verbergen", reagierte sie angriffslustig.
„Also gut. Im Hausflur machten Sie eine Bemerkung, aus der zu schließen ist, dass Sie das Opfer kannten. Ist das so?", schloss Gerber an.
„Kennen ist zuviel gesagt, aber eine Studentin war die bestimmt nicht. Und wenn doch, dann eine sehr vielseitige", antwortete sie bissig.
„Woher haben sie Sanne von Ehlen denn gekannt?", wollte er wissen.
„Wie ich schon sagte, gekannt ist zuviel gesagt", wich sie der Antwort aus.
„Jetzt hören Sie auf, drum herum zu reden. Das führt doch zu nichts und kostet uns nur Zeit", rief Dember dazwischen. Je schneller diese Vernehmung zu Ende war, desto eher konnte er Doris wieder in die Arme schließen, dachte er sich dabei. Und außerdem hatte er keine Lust mehr zu arbeiten.

Verärgert drehte sie sich zu Dember um und starrte ihn mit einem durchdringenden Blick an.
„Mein Kollege hat Recht. Entweder sie erzählen uns, was wir wissen wollen, oder wir brechen hier ab. Ich habe auch keine Lust dieses Spielchen länger mitzumachen."
Unerwartet brach ihre Fassade zusammen. Tränen traten in ihre Augen. Aus einer attraktiven Frau war ein Häufchen Elend geworden. Sie rang um Fassung und musste sich sehr bemühen, ihr Elend

nicht laut herauszuheulen. Mit tränenerstickter Stimme erzählte sie ihre Geschichte.

***

Westhoven wählte die interne Durchwahl von Gerbers Apparat. Schon nach dem ersten Klingeln meldete sich dieser.
„Paul, jetzt bitte nicht oder ist es wichtig? Wir sind gerade mitten in der Vernehmung von Frau Bach."
„Kein Problem. Bis gleich." Westhoven legte auf.
Da kam ihm die Idee, Jakob Friese, den Nachbarn von Sanne von Ehlen, noch mal zu befragen und wählte dessen Telefonnummer.
„Hallo?", meldete sich eine ältere Männerstimme.
„Guten Abend, Herr Friese. Hier ist Westhoven von der Mordkommission. Sie erinnern sich?"
„Natürlich, ich habe doch kein Alzheimer, mein Kopf ist immer noch fit", sagte er fast beleidigt.
„Herr Friese, ich hätte da noch eine Frage an Sie."
„Und die wäre?"
„Haben Sie eigentlich schon mal so was wie einen Streit aus der Wohnung von Sanne von Ehlen gehört?", wollte er wissen.
Ohne Verzögerung kam die Antwort von Friese.
„Nein, habe ich nicht. Hören kann ich doch nicht so gut. Dafür habe ich aber umso bessere Augen. Ich kann sehen wie ein Falke, der nach einem Hasen Ausschau hält. Aber hören, nein tut mir leid, Herr Kommissar."
„Vielen Dank, Herr Friese. Ich wollte das nur mal eben abklären. Einen schönen Abend noch." Er war enttäuscht, dass es mit diesem Ermittlungsansatz nicht weiterging und dass sein Anruf nicht den erhofften Erfolg gebracht hatte. Wie gern hätte er den Streit zwischen Sanne von Ehlen und ihrem Vater durch einen weiteren Zeugen belegt.

ZWANZIG

Als Manfred Schwarz nach Hause kam, betrat er das Haus durch den Seiteneingang. Er wunderte sich, dass es so still war. Alle Fenster waren dunkel. Normalerweise wurde er von Elke begrüßt, die schon auf ihn gewartet hatte. Sie musste doch gehört haben, als er den Wagen in der Garage parkte. Er hängte seinen Mantel an die Garderobe. Aus dem Kühlschrank nahm er sich eine Flasche Frühkölsch und setzte sich an seinen Schreibtisch.

Ihm fiel auf, dass eine der Schubladen des rechten Containers ein wenig offen stand. Sie war jedoch mit Sicherheit vorher geschlossen gewesen. Es beschlich ihn ein ungutes Gefühl.

Rasch öffnete er die Schublade und suchte fieberhaft nach dem Umschlag mit den Fotos. Er war nicht mehr da. Schlagartig wurde ihm klar, dass seine Frau den Umschlag gefunden haben musste. Wie sollte er ihr das mit den Bildern beibringen? Im Moment konnte er sowieso nichts ändern und seine Frau würde den Umschlag mit Sicherheit niemandem zeigen. Um sich abzulenken, meldete er sich im Internet auf Uta Palankes Homepage an. Mit seinem Passwort, welches pikanterweise "Elke" lautete, gelangte er auf den internen Bereich.

Uta Palanke räkelte sich gekonnt auf ihrem Bett und war gerade dabei, ihren Stringtanga langsam nach unten zu streifen. Eilig tippte er, sie solle sich umdrehen, weil er diese Position außerordentlich geil fand. Uta kam der Bitte nach, denn sie vermutete, dass nur er es sein konnte, der dies geschrieben hatte. Auf keinen Fall wollte sie ihn verärgern, sie erinnerte sich noch gut an die letzte schmerzhafte Begegnung mit ihm.

***

„Wissen Sie. Als ich meinen Mann damals geheiratet habe, da glaubte ich an die große Liebe“, begann Frau Bach ihre Erzählung. „Zusammen alt werden, Kinder großziehen, ein Häuschen mit Garten im Grünen." Sie schluckte. „Aber ich hatte die Rechnung wohl ohne das Schicksal gemacht."

Gerber und Dember hörten ihr aufmerksam zu und wollten sie jetzt auf keinen Fall unterbrechen. Dember bemühte sich alles mitzuschreiben und dachte sich nur, was das für ein Gesülze war.

„Als dann feststand, dass ich keine Kinder bekommen kann, lief bei uns so gut wie gar nichts mehr. Günter hatte mit einem Mal andere Interessen, in denen ich nicht mehr unbedingt vorkam. Anfangs dachte ich, er brauchte Zeit, denn er wollte unbedingt Kinder, aber dann,...ja dann fing es irgendwann damit an. Er benahm sich anders als sonst. Er meinte sicher, dass ich nichts mitbekommen hatte, aber eine Frau spürt so was.

Erst fing es mit Kleinigkeiten an. Anderen Frau hat er nachgegafft, sie regelrecht mit seinen Blicken verschlungen, während er mich nicht mehr beachtete."

Sie wurde plötzlich still und hing ihren Gedanken nach. Als Dember gerade das letzte Wort protokolliert hatte, fragte er ungeduldig, denn er wollte schnellstens zu seiner Doris: „Und weiter, wie ging es weiter?"

Elke Bach fuhr fort: „Bestimmt ist er mir auch fremd gegangen, aber sicher war ich mir da nicht. Doch dann, als ich per Zufall seinen Internetzugang benutzte, habe ich fast einen Schlag bekommen. Auf der Startseite schaute mir das Bild einer nackten Frau entgegen, jung und verführerisch: Chantal! Ich war schockiert. Jetzt konnte ich mir denken, warum er so viele Abende vor dem PC verbrachte. Und ich wollte wissen, was los war.

Ich nahm mir vor, ihm am nächsten Abend zu folgen. Ich wollte unbedingt wissen, ob er wirklich nur mit seinen Kumpels ein paar Bierchen trinken ging oder ob seine Interessen noch über die Internetschweinereien hinausgingen."

Nach einer kurzen Pause fuhr sie fort: „Wie Sie sich bestimmt denken können, ist er nicht zu seinen Freunden gefahren. Ich folgte ihm bis zur Brüsseler Straße und sah, dass er in einem der Häuser verschwand. Da ich wissen wollte, in welche Wohnung er gegangen war, drückte ich wahllos eine Klingel. Niemanden kümmerte es, wer da ins Haus kam. Im dunklen Hausflur konnte ich unbemerkt an jeder Tür lauschen. Hinter einer Tür in einem der oberen Stockwerke hörte ich die Stimme meines Mannes, wie er mit einer Frau schäkerte. Es war so demütigend", erzählte sie angewidert, während sie ins Leere blickte. Sie starrte einfach vor sich hin. Es machte den Eindruck, als habe sie sich nun innerlich verschlossen.

„Was haben Sie dann gemacht?", wollte Gerber wissen.

„Nichts. Ich bin gegangen, einfach gegangen", antwortete sie nun wieder gefasst.

„Wussten Sie damals, wie die Frau hieß, bei der Ihr Mann war?", hakte er nach.

„Auf dem Türschild unter der Klingel stand der Name Sanne von Ehlen. Ich nehme an, dass sie so hieß."

„Haben Sie ihren Mann damals darauf angesprochen oder waren sie später noch mal allein am Haus oder sogar in der Wohnung?", fuhr Gerber die Vernehmung fort.

„Nein. Er sollte nicht wissen, dass ich es weiß. Und an der Wohnung? Nein, was hätte ich da auch tun sollen. Für mich war doch klar, dass er eine andere vögelte."

„Sie wurden aber noch mal an der Wohnung gesehen", bluffte Gerber. Tatsächlich hatte niemand solch eine Aussage gemacht. Er wollte sehen, wie sie darauf reagierte und hatte Erfolg. Ellen Bach brach erneut ein und beteuerte flehentlich, dass sie mit dem Mord aber dennoch nichts zu tun habe.

„Ich habe sie nicht umgebracht, das schwöre ich. Ich wollte dieser Nutte bloß ein bisschen Angst einjagen, damit sie meinen Mann in Ruhe lässt."

„Und? Hat sie Ihren Rat befolgt?"

„Natürlich nicht. Aber ich habe sie nicht in Ruhe gelassen. Ich musste meine Wut irgendwie loswerden. Zu jeder Tages- und Nachtzeit habe ich sie angerufen und wieder aufgelegt, als sie dran ging. Manchmal habe ich sie auch als dreckige Hure beschimpft, wie sie es verdient hat. Das hat mir ein wenig Genugtuung verschafft."

„Warum haben Sie Ihren Mann nicht zur Rede gestellt?"

„Weil ich ihn eben nicht verlieren wollte."

„Na, das hat ja prima geklappt“, sagte Dember sarkastisch.
Auf diese Äußerung hin warf sie ihm einen Blick zu, der mit Sicherheit tödlich gewesen wäre, wenn Blicke töten könnten.
Dember juckte das nicht im Geringsten. Er hatte einfach keine Lust mehr, sich das Gefasel einer betrogenen Ehefrau noch länger anzuhören und wollte nur noch die Vernehmung abkürzen. Ohne sich mit Gerber abzusprechen stellte er die zentrale Frage.
„Haben Sie was mit dem Mord an Sanne von Ehlen zu tun, Frau Bach?“
„Ich, eine Mörderin? Was fällt Ihnen ein? Ich glaube, die Phantasie ist mit Ihnen durchgegangen!“ Sie wurde wütend.
„Wo waren Sie denn am Karnevalssamstagabend und in der darauf folgenden Nacht?“, fragte er weiter.
„Zu Hause, bei meinem Mann“, behauptete sie. Sie wusste, dass diese Antwort falsch war, denn sie war nicht zuhause gewesen, sondern hatte sich mit ihrem Auto in Sichtweite von Sanne von Ehlens Wohnung gestellt und gewartet, ob ihr Mann wieder auftauchen würde.
„Toll“, warf Dember ein. „Sehen Sie, es klappt doch, dass einer für den anderen da ist. Was wollen Sie denn noch mehr?“
„Lassen Sie die blöden Bemerkungen. Bin ich nun verhaftet oder kann ich jetzt gehen?“, sagte sie sauer.
„Sie müssen das Vernehmungsprotokoll nur noch durchlesen und unterschreiben. Dann können Sie meinetwegen gehen. Aber halten Sie sich bitte zu unserer Verfügung“, sagte Gerber.
Heinz Dember druckte die Vernehmung dreifach aus und ließ sie, nachdem Ellen Bach sie gelesen hatte, von ihr unterschreiben.

Abschließend setzten sich die drei Beamten der Mordkommission 6 zusammen und berichteten gegenseitig ihre Ermittlungsergebnisse. Kurz nach 22 Uhr war dann endlich Feierabend.

***

Auf dem kürzesten Weg fuhr Dember wie von einer inneren Kraft angetrieben durch Köln und traf kurze Zeit später an der Wohnung von Doris Weber ein. Als sich die Wohnungstür öffnete, stand sie im Bademantel vor ihm. Dember verstand diese Aufforderung und schob sie zärtlich in die Wohnung. Was die Nachbarn nun zu hören bekommen würden, war ihnen egal.

***

Anne Westhoven begrüßte Paul, als er nach Hause kam, mit einem innigen Kuss. Als er ihr von seinen neuen Fällen erzählte und dass er nicht mehr wusste wo ihm der Kopf stand, legte Anne ihm ihren Zeigefinger auf den Mund und zog ihn auf die große bequeme Wohnzimmercouch. Schnell ließ sie ihn seinen Stress vergessen.

***

Am nächsten Morgen erschien Uwe Kind pünktlich um neun Uhr im Polizeipräsidium und meldete sich beim Pförtner im Foyer. Da Westhoven das Telefonat mit Kind noch im Ohr hatte, trank er erst in Ruhe seinen Kaffee zu Ende, bevor er die Treppe hinunter ins Foyer ging.

Als Westhoven ihn dort abholte, schaute er ziemlich grimmig drein.

„Wohl schlecht organisiert der Laden hier?“, beschwerte sich Kind.

„Das ist Ihre Sichtweise, ich habe eine andere“, erwiderte Westhoven.

„Jedenfalls kann ich mir das in meinem Job nicht erlauben, so unpünktlich zu sein. Hoffentlich haben Sie sich wenigstens schon mal die Fragen überlegt, die Sie mir stellen wollen, Herr Kommissar.“

„Sie haben wohl schlecht geschlafen, Herr Kind.“

„Ich habe sehr gut geschlafen“, kam es wütend zurück.

„Dann aber bestimmt zu wenig.“

Inzwischen waren sie im Vernehmungsraum angekommen.

„Jetzt ist Schluss mit dem Blödsinn! Ich habe Sie nicht vorgeladen, um mir Ihre Leiden anzuhören“, sagte Westhoven barsch.

„Welches Verhältnis hatten Sie zu Sanne von Ehlen?"
Für einen Moment dachte Westhoven, dass Kind nicht antworten würde. Dann aber, die schmalen Lippen kaum öffnend, fing er an zu reden:
„Das wissen Sie doch. Ich habe gezahlt und Sie hat es mir besorgt!"
„Wann haben Sie Sanne von Ehlen zum letzten Mal getroffen?"
„Letzten Donnerstag, nach der Arbeit", antwortete er und blätterte dabei in seinem Terminkalender.
„Und danach nicht mehr?"
„Nein, hab ich doch grad gesagt!"
„Wenn Sie schon so einen tollen Kalender haben, um sich alles zu merken, dann wissen Sie doch bestimmt auch noch, wo Sie vom Abend des Karnevalssamstags bis zum Sonntag waren, Herr Kind?"
„Im Kino."
„Allein?"
„Ja, ist das etwa verboten?"
„Also haben Sie niemanden, der bezeugen kann, wo sie in der Zeit gewesen sind?", stellte Westhoven fest.
„Da bin ich aber bestimmt nicht der Einzige, bei dem das so ist. In Köln leben schließlich eine Million Menschen."
„Das stimmt, aber Sie waren nicht alle Kunden bei Sanne von Ehlen."
„Also bin ich jetzt Ihr Verdächtiger Nummer Eins nur weil ich eine Nutte besucht habe oder was?", fragte er bissig.
„Das haben Sie jetzt gesagt, aber es wäre nett, wenn Sie uns eine Speichelprobe geben würden, damit wir einen Gentest durchführen können."
„Das mache ich auf keinen Fall. Ich weiß nämlich, dass ich das nicht muss", lehnte er schroff ab.
„Dann lassen Sie es eben. Falls es erforderlich werden sollte, besorge ich mir dann eine richterliche Anordnung. Wenn Sie mit dem Tod von Sanne von Ehlen doch etwas zu tun haben, dann kriege ich Sie auch vorher schon an den Hammelbeinen", sagte Westhoven trocken. „Und jetzt können Sie gehen. Auf Wiedersehen, Herr Kind", warf er ihn förmlich aus seinem Büro. So ein blöder Affe, ärgerte er

sich. Aber sein Gefühl sagte ihm, dass er mit Sicherheit ein Ekelpaket, aber sehr wahrscheinlich nicht der Täter war.

***

Die nächsten Tage schleppten sich dahin. Die Ermittlungen gingen nicht voran. Das DNA-Gutachten bezüglich der Spuren am Tatort Brüsseler Straße war leider negativ ausgefallen. Somit schied Julius Stolz endgültig als Täter aus. Es war weder sein Haar, was in der Scheide gefunden worden war, noch hatte er den blutigen Fingerabdruck hinterlassen.

Auch die Befragungen der Hausbewohner an Sanne von Ehlens Adresse und die veranlasste Flugblattaktion hatten nicht den gewünschten Erfolg gebracht. Westhoven und sein Team traten auf der Stelle.

In den Fällen Baum und Düster gab es zurzeit keinerlei Ansätze. Irgendwie kamen sie nicht weiter und die ständigen Nachfragen von KK 11/L Siebert und Staatsanwalt Asmus trugen nicht gerade zur Zufriedenheit bei.

In der Boulevardpresse ließ sich Dirk Holm über die schleppende Polizeiarbeit aus. Es verging kein Tag, an dem nicht über die Morde berichtet wurde und dass aufgrund des Verschuldens der unfähigen Polizei ein irrer Mörder noch immer frei herumlief. Auch Westhovens Name wurde immer wieder genannt und seine Fähigkeit als Kommissionsleiter in Frage gestellt. Westhoven wusste, dass dies alles zur Steigerung der Verkaufszahlen diente, aber er fühlte sich trotzdem persönlich angegriffen. Auch wenn sie mit ihrer Ermittlungsarbeit den Durchbruch noch nicht erzielt hatten, motivierte er sich selbst, dass sie den Täter finden würden. Fragte sich nur, wie viel Zeit ihnen zur Verfügung stand, bis dieser das nächste Mal zuschlagen würde.

***

Der Scheidenabstrich von Lisa Düster war routinemäßig ebenfalls zur DNA-Untersuchung zum Landeskriminalamt gesandt worden. Von dort war bis jetzt jedoch nur eine Mail gekommen, dass sich dort die Arbeit bis unter die Decke stapelte und es noch einige Tage dauern könnte, bis ein Ergebnis vorliegen würde.

EINUNDZWANZIG

Es war Ende Februar, der Frühling noch weit entfernt. Es war nun eine Woche vergangen, in der sich an der Ermittlungssituation nichts Wesentliches geändert hatte. Seinen geplanten Urlaub mit Anne hatte Paul Westhoven mittlerweile abgesagt. Anne war stocksauer gewesen. Sie hatte keinerlei Verständnis für Pauls Situation und Paul konnte Anne nicht verstehen, dass sie nicht sah, wie viel Arbeit er im Moment hatte und dass er nicht einfach in Urlaub fahren konnte. Paul war ratlos. Er hatte noch vor Augen, wie seine erste Ehe geendet hatte. Heute Morgen hatte er alleine frühstücken müssen, denn Anne hatte, als der Wecker klingelte, einfach die Decke enger um die Schultern gezogen und gemurmelt: „Ich habe Urlaub."
Der Haussegen befand sich wirklich in Schräglage.
Als er am nächsten Zeitungsautomaten neben dem roten Logo die schwarze Überschrift las, wurde seine Laune noch schlechter:

Verantwortliche bei der Mordkommission unfähig?
Nach anfänglichem Aktionismus dümpelt die Polizei vor sich hin.
Dirk Holm berichtet

***

Paul Westhoven saß am Schreibtisch und sortierte gerade Kopien für die Handakte, als das Telefon klingelte.
Am anderen Ende der Leitung war einer der Gutachter des Landeskriminalamtes und mit einem Mal schien die Pechsträhne vorbei zu

sein. In Westhovens Gesicht löste sich die tagelange Anspannung, es schien endlich eine heiße Spur zu geben. Nach dem Anruf eilte er sofort zum Büro von Dember und Gerber und trat wie immer ohne anzuklopfen ein.

„Gute Nachrichten, Leute", sagte er freudestrahlend.

Gerber und Dember blickten ihn erwartungsvoll an und waren gespannt, wie die guten Nachrichten wohl lauten würden.

„Eben rief das LKA an. Aller Wahrscheinlichkeit nach haben wir es bei den Morden an Sanne von Ehlen und Elisabeth Düster mit ein und demselben Täter zu tun. Bei der Untersuchung des Scheidenabstrichs haben sie verwertbare DNA gefunden. Das erste DNA-Ergebnis liegt jedenfalls bereits vor, der Gutachter macht aber noch einen weiteren Durchlauf, um ganz sicher zu gehen", verkündete er.

„Endlich gute Neuigkeiten, Paul", warf Gerber ein.

„Ja, genau", schloss sich Dember an und schlug mit der flachen Hand auf die Schreibtischplatte.

„Also, Jungs, lasst den Kopf nicht mehr hängen. Sind eigentlich alle Nachbarn der Düsters befragt worden, ob jemand an dem Abend was gesehen hat?", wollte Westhoven wissen.

„Paul, Du weißt doch, wie das ist. Man erreicht nicht immer alle. Die einen sind in Urlaub, die anderen sind arbeiten und wiederum andere öffnen uns nicht die Tür", rechtfertigte sich Gerber.

„Ich weiß, aber das interessiert mich nicht. In Anbetracht der Tatsache, dass wir es hier vermutlich mit einem Serienkiller zu tun haben, müssen wir wirklich alle Nachbarn und auch die Bewohner in den angrenzenden Häusern befragen", gab er bestimmend den Auftrag. „Also, was sitzt ihr hier noch rum. An die Arbeit!" Anschließend ging er zu Arndt Siebert ins Büro. Dieser saß hinter seinem Schreibtisch und hatte es sich in seinem privat angeschafften Ledersessel bequem gemacht.

„Chef, ich habe soeben mit dem LKA telefoniert. Demnach haben wir es zumindest bei den Morden an Sanne von Ehlen und Lisa Düster, nach Auswertung der DNA von den Tatorten, mit ein und demselben Täter zu tun."

„Das ist doch ein guter Ansatz. Hoffentlich habt ihr den Fall oder besser noch die Fälle bald aufgeklärt. Du weißt doch, Paul, die Presse sitzt uns schon die ganze Zeit im Nacken."
„Sicher. Wir tun unser Bestes", antwortete Westhoven und verließ das Büro. Mehr gab es im Moment noch nicht zu sagen. Aber die Motivation weiterzumachen war mit einem Mal wieder voll da.

***

Nach einer guten halben Stunde trafen Gerber und Dember an der Wohnanschrift der Düsters ein. Wie Gerber schon im Büro vermutet hatte, war das Klingeln im gesamten Haus vergebens. Niemand öffnete.
Schon wieder auf dem Weg zum Auto kam ihnen ein Mann entgegen, der sie ansprach:
„Sind Sie von der Kripo?"
„Wohnen Sie hier im Haus?", fragte Gerber.
„Ja, ich bin ein Nachbar der Düsters. Schreckliche Sache, die da passiert ist."
Gerber und Dember schauten ihn erwartungsvoll an. „Was ich eigentlich sagen wollte: Ich habe ihr Flugblatt gelesen und lange überlegt, ob ich mich bei Ihnen melden soll. Dann habe ich es aber gelassen, weil ich keinen Ärger haben will, und ich weiß nicht, ob es überhaupt interessiert, was ich gesehen habe."
„Was haben Sie denn gesehen?", fragte Dember.
„Ich glaube, dass ich eine Beobachtung gemacht habe", druckste er herum.
Gerber forderte ihn ungeduldig per Handzeichen auf, doch endlich weiterzureden und sie nicht auf die Folter zu spannen. Der Mann verstand offensichtlich und fuhr fort:
„An dem Abend, als das Mädchen ermordet wurde, habe ich hier vor dem Haus eine dunkle Gestalt gesehen, die scheinbar auf jemanden wartete. Ich habe den jungen Mann sogar angesprochen, aber er drehte sein Gesicht weg und gab keine Antwort."

Die beiden Ermittler trauten ihren Ohren nicht. Hatten sie etwa einen Augenzeugen gefunden?
Gerber hakte nach: „Was hatte der Mann denn an?"
„Lassen Sie mich einen Moment überlegen. Ich muss mir das erst noch einmal vor Augen führen. Er stand da vorne und ja, er trug dunkle Sachen. Der war total dunkel gekleidet. Er hatte sogar eine Kapuze auf."
„Wie groß war der denn?"
Der Mann zeigte auf Dember und sagte: „So wie Ihr Kollege, nur viel schmaler."
„Haben Sie gesehen, auf wen er wartete?"
„Nee, als der nicht antwortete, bin ich weitergegangen und als ich später zurückkam, war der nicht mehr da."
Gerber bedankte sich für die Aussage und notierte die Personalien und die Erreichbarkeit des Nachbarn.
Er rief Westhoven im Büro an:
„Paul, wir haben eben mit einem Nachbarn gesprochen, der vermutlich unseren Täter hier vor dem Haus gesehen hat."
„Na also! Pass auf, Jochen. Ihr müsst unbedingt noch die Freundin von Elisabeth Düster vernehmen. Die heißt Eveline Sanders. Hast Du ihre Adresse?"
„Sie ist in der Liste mit den Anschriften. Ich habe sie in meiner Mappe."

***

Es war kurz vor elf Uhr. Dember versuchte möglichst schnell durch die Stadt zu kommen. Er wechselte die Fahrstreifen, sobald er sah, dass es auf dem anderen Fahrstreifen etwas schneller vorwärts ging.
„Mensch, Heinz. Jetzt hör doch mal auf damit", sagte Gerber genervt.
„Womit?"
„Mit Deinem ständigen links - rechts. Das bringt doch eh nichts. Vielleicht holst Du damit eine Minute raus, mehr aber sicher nicht.

Wir haben es nicht eilig. Oder treibt Dich Deine neue Flamme so an?", fragte er spöttisch.
„Sehr witzig."
Gerber aber hatte sein Ziel erreicht. Dember wechselte nicht mehr bei jeder Gelegenheit den Fahrstreifen. Dafür nahm er jetzt jede Ampel bei Gelb.
Gerber schwieg. In seinen Augen war Dember unverbesserlich.

Eveline Sanders wohnte am anderen Ende der Ringe in der Greesbergstraße, einer Seitenstraße des Eigelsteins.
„Verdammte Hacke, hier kann man aber auch nirgendwo parken", ärgerte sich Dember und stellte schließlich den Wagen völlig entnervt um die Ecke, vor einem Café auf dem Eigelstein ab.
Als sie an einem Stehcafé vorbeikamen, stellten beide fest, dass sie Hunger hatten. Gerber bestellte sich eine Tasse Kaffee und ein Käsebrötchen, Dember einen Kakao und ein Mandelhörnchen.
Langsam fing es draußen an zu regnen.
„Komm, Jochen. Lass uns schnell zur Sanders gehen, bevor es richtig schüttet", drängte Dember.
Daraufhin trank Gerber schnell aus und knöpfte sich die Jacke wieder zu. Auf der Straße kramte er seine Zigarettenpackung hervor, zündete sich eine an und eilte Dember hinterher.

Die Beamten hatten Glück. Eveline Sanders war zu Hause, ihr Unterricht an der Berufsschule war wegen einer erkrankten Lehrerin ausgefallen. Sie schien nicht überrascht, als die beiden Beamten vor ihr standen.
Gerber und Dember stellten sich vor und fragten, ob sie hereinkommen könnten. Eveline Sanders wohnte in einem schmucken Einzimmerappartement mit Blick auf die Eigelsteintorburg. Mit Sicherheit wurde sie durch ihre reichen Eltern unterstützt. Alles war zueinander passend eingerichtet und machte einen außerordentlich gepflegten Eindruck, ganz im Gegensatz zur Bewohnerin.

Ihre Haare hingen strähnig und wirr an ihrem Kopf herunter. Wäre sie ein Mann gewesen, dann hätte sie garantiert auch einen Dreitagebart, dachte sich Gerber.

Die schmuddelige Jogginghose hatte sie in den letzten Tagen sicherlich auch zum Schlafen getragen, ganz zu Schweigen von dem durchgeschwitzten T-Shirt. Eveline Sanders Aussehen war Mitleid erregend. Der Tod ihrer Freundin hatte sie offenbar völlig aus der Bahn geworfen.

„Haben Sie das Schwein?“, begann sie, bevor die beiden sie etwas fragen konnten.

Gerber kniff die Lippen zusammen und schüttelte verneinend seinen Kopf.

„Aber wir haben ein paar Fragen an Sie. Insbesondere zu Lisas letztem Abend.“

„Kein Problem, fragen Sie“, war sie sofort bereit. „Nehmen Sie Platz.“

Gerber und Dember setzen sich auf zwei chromblitzende Sessel, während Eveline Sanders am Tisch gelehnt stehen blieb.

„Wir haben in Erfahrung bringen können, dass an dem Abend, als Elisabeth zum letzten Mal gesehen wurde, ein junger Mann vor der Tür gewartet hat. Sagt Ihnen das was?“, fragte Gerber erwartungsvoll.

Nun schüttelte sie verneinend den Kopf. „Tut mir leid, davon weiß ich nichts.“

„Aber Sie waren doch ihre beste Freundin. Hat Sie Ihnen nicht von einem neuen Bekannten erzählt?“ hakte Gerber nach.

Sie schüttelte wiederum abschlägig ihren Kopf und fing an zu schluchzen.

„Bestimmt hätte sie es mir erzählt, wenn sie jemanden kennen gelernt hätte. Sie hatte doch noch nie einen Freund. Eigentlich wollten wir an dem Abend, als sie verschwunden ist, miteinander telefonieren. Aber sie hat nicht angerufen. Zum Erzählen war es wohl zu spät“, erzählte sie, während ihr Tränen die Wangen herunter liefen.

‚So ein Mist’, ging es Gerber durch den Kopf. ‚Warum sollten wir auch mehr Glück haben als nötig?’

Aus Höflichkeit blieben die Beiden noch einen Moment sitzen, um sich dann zu verabschieden.
„Hier, meine Visitenkarte. Zögern Sie nicht, mich anzurufen, falls Ihnen doch noch was einfällt“, sagte Gerber. Als sie die Wohnung verlassen hatten, fragte Dember: „Und? Glaubst Du ihr, Jochen?“
„Hmmh, ich bin mir nicht sicher. Irgendwie werde ich das Gefühl nicht los, dass sie mauert. Aber warum?“
„Vielleicht deckt sie jemanden.“
„Kann sein, aber wenn dem so ist, dann kriegen wir das raus.“
Als sie in ihren Dienstwagen saßen, sahen sie den "Liebesbrief" der Verkehrsüberwachung der Stadt Köln. Gerber öffnete das Fenster, angelte mit seinen Arm nach dem Knöllchen und zog es hinter dem Scheibenwischer weg. Wütend zerknüllte er es und warf es hinter seinen Sitz.
Dember war über diese Reaktion völlig perplex. Dies hätte er am allerwenigsten von ihm erwartet. Gerber war sonst immer ruhig und besonnen und stets korrekt.
Als sie zurück auf der Dienststelle waren, rief Gerber Frau Düster an. Er konnte nicht länger warten, ob sie sich vielleicht von alleine meldete. Er wollte wissen, ob sie in den persönlichen Sachen ihrer Tochter etwas gefunden hatte. Es dauerte lange bis sich eine leise Frauenstimme meldete: „Düster.“
„Frau Düster, hier ist Gerber von der Kripo Köln.“
„Gibt’s was Neues, Herr Gerber?“, fragte sie sofort.
„Bei uns leider nicht“, räumte er ein. „Bei Ihnen denn? Haben Sie was gefunden?“
Es wurde für einen Moment still in der Leitung.
„Ich habe ein Tagebuch meiner Tochter gefunden“, teilte sie Gerber mit und zögerte weiter zu sprechen.
„Ja, und? Stand da nun drin, was sie an dem Abend vor hatte oder mit wem sie sich treffen wollte?“, erkundigte er sich gespannt.
„Eigentlich nicht“, sagte sie teilnahmslos.
Gerber wurde langsam ungeduldig, denn er hatte keine Lust, ihr jedes Wort einzeln aus der Nase ziehen zu müssen.

***

Bei Uta Palanke klingelte das Telefon. Sie schob die Tür der Duschabtrennung auf, griff nach dem bereitgelegten Handtuch und wickelte es sich um ihren Körper. Wasser tropfte auf den Boden, als sie vorsichtig zum Telefon tapste um nicht auszurutschen.
„Hallo, Uta. Ich bin's, der liebe Manni", hörte sie im Lautsprecher und erstarrte zu Eis.
„Hey, Manni. Schön dass Du anrufst", heuchelte sie.
„Wann kann ich gleich vorbeikommen, Uta?", wollte er wissen.
Sie war sich darüber im Klaren, dass es nichts bringen würde, ihn auf einen anderen Tag zu vertrösten, denn er würde so lange anrufen, bis sie sich Zeit nahm. Dies würde außerdem ihre Hotline für andere Kunden sperren. „Für Dich habe ich doch immer Zeit. Das weißt Du doch, Manni."
„Das höre ich gern", antwortete er geschmeichelt. „Wann also?"
„Nicht sofort. Ich habe noch zwei Kunden zu bedienen und eine private Verabredung im Internet. Also, vor achtzehn Uhr wird das nichts", log sie ihn an. Sie hoffte inständig, dass er nun von allein absagen würde, aber da lag sie leider falsch. Schwarz war mit der Uhrzeit einverstanden.
„Aber Du musst Dich vorher noch mal duschen, Uta. Ich hab nämlich keinen Bock auf den Schweiß der anderen Penner", verfiel er in einen Befehlston und schob den nächsten Satz ohne Atempause nach: „Und nun zum Geschäft. Wie viel und wie alt?"
Mit einem Male wurde ihr kalt. Sie fing an zu zittern. Es war nicht nur wegen der Wassertropfen auf ihrer Haut und der fehlenden Bekleidung, sondern vor allem wegen des Themas, welches Schwarz anschnitt. Es war ihr außerordentlich unangenehm.
„Ich hab gar keine für Dich. Die Sache ist mir im Moment zu heiß. Dieser Westhoven schnüffelt hier dauernd herum. Ich will nicht, dass er etwas mitbekommt", versuchte sie sich zu rechtfertigen.
„Erzähl keine Geschichten. Der Rubel muss rollen. Ich habe keine Lust wegen Dir meine Kunden zu vergrätzen. Hast Du das geschnallt?", brüllte er wütend ins Telefon.

„Ja“, antwortete sie kleinlaut.
„Das hoffe ich für Dich. Also bis heute Abend“, sagte er und legte auf.
Uta wurde äußerst mulmig. Erst wurde Ralf Baum erschossen, dann Sanne von Ehlen ermordet und jetzt setzte Schwarz sie massiv unter Druck. Sie war völlig daneben und warf zur Beruhigung einige ihrer Pillen ein. Das bevorstehende Treffen mit Manfred Schwarz versetzte sie regelrecht in Panik.

***

Gerber war mit dem Verlauf des Gesprächs mit Frau Düster unzufrieden. Er ließ sich ihr gegenüber nichts anmerken und machte den Vorschlag, dass er sich mit seinem Kollegen Dember umgehend zu ihr auf den Weg machen würde. Johanna Düster willigte ein.
„Komm schon, Heinz. Wir müssen noch mal zur Düster. Mir ist das am Telefon doch zu blöd. Ich will selbst lesen, was da im Tagebuch geschrieben steht.“
Dember merkte die Anspannung seines Kollegen und hielt deshalb den Mund. Stattdessen zog er kommentarlos seine Jacke wieder an und ging mit.

Sie quälten sich durch das alltägliche Chaos des Kölner Berufverkehrs in die südliche Neustadt zur Wohnung der Familie Düster. Dember vermied während des Fahrens alles, was Gerbers Nervosität steigern konnte.
Schon nach dem ersten Klingeln wurde die Tür geöffnet. Frau Düster bat sie in die Wohnung und führte sie in die Küche. Sie setzen sich an den Tisch.
„Darf ich?“, fragte Dember, als er den überfüllten Aschenbecher sah. Er hatte Lust auf eine Zigarette, auf die er in seinem Büro gemäß den neuen Bestimmungen verzichten musste.
Frau Düster machte nur eine bejahende Handbewegung, ohne etwas dabei zu sagen. Gerber befand sich nun inmitten einer Qualmwolke

und hustete demonstrativ. Doch dies ließ die beiden Raucher unbeeindruckt.
„Frau Düster, haben Sie was dagegen, wenn ich mir das Tagebuch von Elisabeth ansehe?", fragte Gerber.
„Wenn ich ehrlich sein soll. Ja, ich hab was dagegen. Meine Tochter ist noch nicht beerdigt und Sie wollen in ihrem privaten Tagebuch lesen", wehrte sie ab. „Ich kann Ihnen doch erzählen, was da steht. Reicht das nicht?"
Gerber seufzte, presste die Lippen zusammen und nickte. Er hatte keine andere Wahl, wenn sie ihm nicht das Tagebuch freiwillig geben würde. Kein Richter hätte ihm einen Beschluss erlassen, um das Buch zwangsweise einzuziehen. Zumindest nicht zum jetzigen Zeitpunkt. Also akzeptierte er notgedrungen ihren Vorschlag.
Johanna Düster verließ für einen Moment die Küche, um im nächsten Augenblick mit dem Buch in der Hand zurückzukommen.
Ihr war die Belastung deutlich anzusehen. Schon beim Aufschlagen begann sie zu weinen. Aber sie riss sich zusammen und blätterte zur letzten Seite, um dann vorzulesen, was ihre Elisabeth am Rosenmontag geschrieben hatte.
„Und Herr Gerber? Können Sie was damit anfangen, bringt es Sie weiter?", fragte sie resignierend.
„Zumindest ist das ein Ansatz. Vielleicht hat jemand Elisabeth in Begleitung eines als Mönch verkleideten Mannes gesehen, vielleicht aber auch nicht. Das kann ich nicht voraussagen, aber ich hoffe es. Danke, dass Sie uns diesen Einblick gewährt haben, Frau Düster. Ich kann mir vorstellen, wie schwer es für Sie sein muss", bedankte sich Gerber.
„Wenn wir Ihnen irgendwie behilflich sein können, was die bürokratische Seite angeht, dann lassen Sie es uns wissen. Wir werden versuchen Ihnen jedwede Unannehmlichkeiten zu ersparen", bot er ihr an.
Johanna Düster hatte wieder diesen starren Blick, aber Gerber spürte, dass seine Botschaft trotzdem bei ihr angekommen war.
Als sie wieder im Auto saßen, meinte Dember:

„Was meinst Du, wie viele Typen sich an Karneval als Mönch verkleiden. Ist doch Wahnsinn, den finden wir nie."
„Mit dieser Einstellung wirst Du überhaupt nie jemanden finden", reagierte Gerber sauer. „Meinst Du etwa, die Täter werden uns auf dem Silbertablett serviert?!"
„Was ist denn mit Dir los?" Dember war völlig überrascht von der Reaktion seines Kollegen.
„Nichts ist mit mir los, aber Deine ewige Schwarzmalerei geht mir auf die Nerven. Statt kreative Vorschläge zu machen, laberst Du ständig dummes Zeug daher."
Diese Ansage von Gerber war so deutlich, dass Dember für den Rest der Fahrt keinen Mucks mehr von sich gab und sich scheinbar auf den Straßenverkehr konzentrierte. In seiner Fantasie träumte er jedoch von Doris und ganz anderem Verkehr.

***

Auf der Dienststelle angekommen ging Gerber sofort zu Paul Westhovens Büro, um ihm die Ermittlungsergebnisse zu präsentieren. Dember nutzte derweil in seinem Büro die Gunst der Stunde, um seine neue Flamme in der Rechtsmedizin anzurufen.
„Weber", meldete sie sich.
„Hallo, mein Häschen. Wie geht's?"
„Ach, viel zu tun. Die nächste Sektion liegt schon auf dem Tisch. Praktisch bin ich schon gar nicht mehr da. Du hattest Glück, dass Du mich erreicht hast."
„Wen müsst Ihr denn obduzieren?"
„Verdacht auf ärztlichen Kunstfehler mit Todesfolge. So wie es auf den ersten Blick aussieht, wurde falsch intubiert", sagte sie emotionslos.
„Na, dann viel Spaß. Sehen wir uns heute Abend?"
„Wehe, wenn nicht", war die Antwort.

***

„Ein als Mönch verkleideter Typ?“, wiederholte Westhoven.
„Ja, leider. Mehr haben wir nicht. Und die Aussage des Nachbarn, dass er einen jungen Mann vor der Tür gesehen hat.“
„Das ist ja zum Verrücktwerden. Ein als Hase verkleideter Täter erschießt Ralf Baum im Imbiss und ein als Mönch verkleideter ist tatverdächtig im Mordfall Düster. Bin gespannt, was als nächstes kommt“, fasste er zusammen, um nach einer Atempause weiter zu reden: „Hoffentlich kriegen wir das Schwein, bevor er das nächste Opfer gefunden hat.“
„Das hoffe ich auch.“
„Ist eigentlich schon die Liste mit den Verbindungsdaten von Baums Telefon abgearbeitet?“, wechselte Westhoven das Thema.
„So weit ich weiß nicht“.
„Dann wird es aber Zeit. Nachher steht da noch der Ansatz einer Spur oder sogar der einer Lösung drin“, bemerkte Westhoven fast hoffnungsvoll.
„Ich kümmere mich darum“, sagte Gerber und verließ danach das Büro.
Als er in seinem Dienstzimmer ankam, sah er gerade noch, wie Dember den Hörer küsste und dann auflegte. ‚Liebe macht eben nicht nur blind sondern auch blöd’, dachte er sich und schüttelte den Kopf.

Zweiundzwanzig

Pünktlich um 18:00 Uhr schellte Manfred Schwarz an der Haustür von Uta Palanke. Er trug bei den eisigen Temperaturen nur ein Sakko. Da nicht sofort geöffnet wurde, fing er an zu frieren. Uta Palanke ließ sich offensichtlich Zeit. Ziemlich sauer wählte er mit kalten Fingern ihre Rufnummer.
Sofort schaltete sich die Ansage des Anrufbeantworters ein. Zähneknirschend drückte er erneut auf den Klingelknopf.
Nach drei weiteren Versuchen hörte er das Summen des Türöffners. Durchgefroren, aber dennoch voller Anspannung beim Gedanken an die bevorstehenden Sexspiele, eilte er die Treppe hinauf.

„Wieso hat das denn so lange gedauert?", fuhr er sie schon aggressiv an der Türe an.
„Tut mir leid, ich war noch im Bad und hab das Klingeln nicht sofort gehört", versuchte sie sich zu entschuldigen. Aus Angst Schwarz könnte ausrasten ergriff sie sofort die Initiative. Mit einer geschickten Handbewegung streifte sie ihm das Sakko ab und knöpfte sein Hemd auf. Es war ihre einzige Möglichkeit ihn von dem anderen Thema abzulenken, was ihr noch bevorstünde. Ihr Plan ging auf und sie spielte ihm perfekte Orgasmen vor, wobei sie ihn ständig anfeuerte und ihn unter Stöhnen wissen ließ, wie gut er sei.

Sie lagen beide unter der Fellimitatdecke. Schwarz zündete sich eine Zigarette an und blies einige Rauchwolken in Richtung Decke, als er, plötzlich ernst werdend, zu dem Thema kam, welches Uta unbedingt vermeiden wollte.
„Wieso hast Du kein Frischfleisch für mich?"
Sie überlegte genau, was sie antworten sollte, denn ein falsches Wort könnte für sie nicht ins, sondern im wahrsten Sinn des Wortes aufs Auge gehen.
„Es ist wegen der Sache mit Sanne und Ralf. Du weißt doch, die Bullen schnüffeln hier herum", versuchte sie ihm zu erklären, klang dabei aber wenig überzeugend.
Als ob sie es geahnt hätte, drehte sich Schwarz zu ihr und beugte sich über sie. Dabei nahm er die glühende Zigarette aus dem Mund und hielt ihr das Glutende drohend vor ihre Brüste.
„Uta, wäre doch schade, wenn Dir was passieren würde. Du bist so ein hübsches Mädchen", drohte er. Er sah die Schweißperlen auf ihrer Stirn und genoss ihre Angst.
„Bitte tu mir nichts, Manni", flehte sie ihn an.
„Das liegt ganz an Dir, Uta", kam prompt die Antwort. „Besorge mir, was wir ausgemacht haben und es passiert Dir nichts. Wenn nicht, dann kann ich für nichts garantieren." Sein Tonfall verriet, dass er nicht spaßte.

Uta Palanke schluckte und spürte, dass ihre Kehle trocken war. Hilflos versuchte sie Lippen und Mund mit Speichel zu befeuchten.
„Wie soll ich das denn machen, Manni. Der Westhoven ist doch nicht blöd. Was meinst Du, wie der reagiert, wenn er hier minderjährige Mädchen vorfindet?"
„Das ist ganz allein Dein Problem. Regele das! In einer Woche wollen die Käufer neue Ware sehen, sonst läuft das Geschäft nicht! Hab ich mich klar genug ausgedrückt?"
Uta sagte keinen Ton mehr, sondern war eingeschüchtert. Sie war erleichtert, dass Schwarz sie nicht mit der Zigarette gebrandmarkt hatte. Dies hätte sie ihm ohne weiteres zugetraut. Seit dem Mord an seinem Schwager war er noch brutaler geworden.
Missmutig über Utas „Versagen", zog sich Schwarz an und knallte laut die Tür des Appartements hinter sich zu.
Uta Palanke schloss sofort ab und schob zusätzlich die Sicherungskette vor. Mit dem Rücken gegen die Tür gelehnt ließ sie sich zu Boden sinken. Das Zittern ließ langsam nach, dennoch ging sie ins Bad und schluckte ein paar Beruhigungspillen.
Sie dachte über ihr Problem nach, wie sie mindestens zwei Mädchen bis nächste Woche besorgen könnte. Ihr war klar, dass dies nicht einfach werden würde, aber sie musste es schaffen, um ihre Haut zu retten. Immer wieder hatte sie die glühende Zigarette und das drohende Gesicht von Schwarz vor Augen
Noch am gleichen Abend fuhr Uta zum Hauptbahnhof und hielt Ausschau nach „Frischfleisch".

***

Die nächsten Tage blieben ohne einen weiteren Erfolg. Paul Westhovens Laune näherte sich dem Nullpunkt. Alle spürten, dass seine Nerven blank lagen. Jede Kleinigkeit führte zwischen ihm und den Kollegen zu endlosen Diskussionen. Von dem sonst so ausgeglichenen Kommissionsleiter war nicht mehr viel zu merken.

Die Auswertung der noch ausstehenden Verbindungsdaten und der Kontoauszüge, Telefon- und Internetdaten von Sanne von Ehlen durch Gerber und Dember führte zu keinem Ergebnis. Theoretisch könnte jeder Kunde der Täter gewesen sein. Sie brauchten einen Anhaltspunkt, am besten ein Motiv.

Was war der Auslöser für die Taten gewesen?

DREIUNDZWANZIG

Am Montag, dem 25. Februar kurz nach 16 Uhr saß er in der Linie 4 in Richtung Wiener Platz. Am Neumarkt stiegen vier Jugendliche zu, darunter ein Mädchen. Sie setzen sich auf den Vierersitz ihm schräg gegenüber. Lautstark machten sie sich über ihn lustig, allen voran derjenige, den sie Jo nannten.

Er war heute schon morgens schlecht gelaunt gewesen und diese Laune hatte sich den Tag über noch verschlechtert. Das konnte er heute schon gar nicht ertragen. Er war wie ein Pulverfass, welches der kleinste Funke zur Explosion bringen würde. Er schaute aus dem Fenster und sah nur die Tunnelwand an sich vorbeirauschen. Er versuchte angestrengt, sich zu beherrschen und bemühte sich, nicht zu der Gruppe herüberzuschauen, als die Bahn auf freier Strecke kurz hielt.

Nun war auch beim besten Willen nicht mehr zu überhören, wie sie über ihn lästerten. Worte wie Möhrenkopf oder Feuermelder waren noch die harmlosesten.

Er sah sie im Spiegelbild der Glasscheibe und spürte Wut in sich aufsteigen. In der Manteltasche umklammerte seine rechte Hand fest das Handgelenktäschchen. Er malte sich aus, es zu öffnen und dann ein Blutbad anzurichten, als die Bahn plötzlich ruckartig ihre Fahrt fortsetzte.

Kurz vor der Haltestelle Poststraße stellte sich Jo provozierend vor ihn, zog dämliche Grimassen und raufte sich die Haare, um sich vor der Gruppe stark zu machen.

Jo merkte nicht, dass er gerade einen Funken an ein Pulverfass legte. Sein Gegenüber schien auf seine Showanlage nicht zu reagieren, er ließ sich nichts anmerken, sondern schaute weiter aus dem Fenster in den dunklen U-Bahn-Schacht.

Die Bahn erreichte Momente später die Poststraße und die Vier gingen zur Tür. Dabei spuckte ihm Jo vor die Füße. Nun war es passiert. Die Lunte brannte. Unbemerkt von der Gruppe verließ auch er die Linie 4 durch eine andere Türe und blieb auf dem Bahnsteig seitlich hinter ihnen.

Die geöffnete Handgelenktasche hielt er noch immer krampfhaft fest, als ihm eine andere Idee kam.

Er fühlte beim Heranrauschen der Straßenbahn den Adrenalinstoß und wartete auf den richtigen Augenblick.

Als der erste Waggon in seiner Höhe war, sprang er mit einem kräftigen Satz nach vorn und stieß Jo mit aller Kraft auf die Gleise. Der schnelle Sturz ließ ihm nicht einmal Zeit für einen Aufschrei, als die bremsenden Eisenräder quietschend über ihn fuhren. Die Augenzeugen auf dem Bahnsteig waren vor Schreck gelähmt. Eine ältere Dame, die nur noch den abgeknickten Unterschenkel sehen konnte, bekam einen hysterischen Anfall. Kinder weinten. Ein Mann im hellen Anzug, in der Hand einen Aktenkoffer, übergab sich.

Als die Begleiter Jos, darunter Tim Schuster, den ersten Schreck überwunden hatten und sie die Situation begriffen, versuchten sie den Täter zu entdecken. Der ergriff die Flucht und rannte über die Treppe nach oben. Tim Schuster würde dieses Gesicht niemals vergessen. Sein Entsetzen wandelte sich in Wut und ließ ihn reagieren. Sofort spurtete er los und schrie dabei: „Haltet ihn! Haltet ihn!“ Doch niemand reagierte. Er glaubte sogar, dass die Passanten bewusst wegschauten und sogar dem Täter auswichen, um nur gar nichts mit der Sache zu tun zu haben. Der Flüchtende stieß auf der mittleren Ebene vor dem Kiosk mit einem älteren Mann zusammen, welcher dadurch zu Boden stürzte.

Tim bemerkte das nur am Rande, er wollte den Täter um keinen Preis entkommen lassen. Er hatte soeben seinen besten Freund verloren. Während er ihm in Richtung Neumarkt hinterher rannte, brüllte er immer wieder aus voller Kehle: „Du Mörder, Du Mörder!“

Die Passanten schauten ihnen nur hinterher und beobachteten neugierig, wie er versuchte, den anderen einzuholen. Der Abstand wurde immer größer. Tim Schuster hatte nicht die Kondition und Ausdauer, ihn einzuholen. Am Josef-Haubrich-Hof verlor er ihn vor der Volkshochschule, aus der gerade ein Pulk von Menschen strömte, aus den Augen. Es konnte nicht mehr erkennen, ob der Rothaarige in die U-Bahnstation unter dem Neumarkt geflüchtet war.

Es dämmerte bereits. Doch er wollte die Suche nicht aufgeben und rannte die Treppen hinunter in die U-Bahn-Ebene. Hier wimmelte es vor Menschen und es gab unzählige Fluchtmöglichkeiten. Keuchend und nach Luft schnappend versuchte er ihn zwischen den Passanten auszumachen. Aber der Täter war entkommen.

Resigniert fuhr Tim die eine Station bis zur Poststraße zurück. Langsam wich die bisherige Anspannung einer körperlichen und geistigen Erschöpfung. Er musste sich zusammenreißen, um sich nicht einfach fallen zu lassen. Sein Hals brannte vom heftigen Atmen.

Mittlerweile waren Polizei und Notarzt eingetroffen. Der Bahnsteig war geräumt worden. Der Zugang zur U-Bahn-Station Poststraße war mit rot-weißem Flatterband gesperrt. Rettungskräfte standen am Rand, sie wurden nicht benötigt. Polizisten in Uniform notierten in der Zwischenebene die Personalien der Zeugen auf ihren Klemmbrettern.

Tim Schuster hob das Flatterband mit einer Hand an und bückte sich um darunter her zu schlüpfen. Da wurde er von einem der anwesenden Polizisten am Arm festgehalten und aufgefordert:

„Bleiben Sie hinter der Absperrung!“

Als er jedoch erklärte, dass er ein Augenzeuge der Tat und ein Freund des Opfers war, begleitete ihn der Beamte zu seinem Vorgesetzten, welcher Tim Schuster in einem Streifenwagen Platz nehmen ließ, damit die Kripo ihn später noch vernehmen konnte.

Apathisch folgte er dem Willen der Beamten, als er aber sah, wie zwei Männer in schwarzen Kitteln einen Zinksarg aus der U-Bahn-

Station nach oben trugen, riss er die Tür des Streifenwagens auf und sprang heraus.
Unter Tränen rannte er auf die Träger zu und flehte sie an, seinen Freund noch einmal sehen zu dürfen.
Sie schüttelten aber nur die Köpfe und einer von ihnen bemerkte unsensibel:
„Da ist nicht mehr viel zum Ansehen übrig."
Tim Schuster ließ sich auf den kalten schmutzigen Boden sinken. Mit zittrigen Händen zündete er sich eine Zigarette an.

***

Er wollte gerade Feierabend machen, als sein Telefon klingelte. Er ahnte Böses. Als er auf dem Display die Nummer der Kriminalwache erkannte, wusste er, was dies bedeutete. Am liebsten hätte er den Hörer nicht abgenommen, doch der Hauptkommissar siegte über den Paul.
Willi Schuster, der Dienstgruppenleiter des heutigen Spätdienstes der Kriminalwache, teilte Paul Westhoven in knappen Sätzen den Sachstand der ersten Ermittlungen in der U-Bahnstation Poststraße mit und bat um Übernahme des Falls durch die MK des KK 11.
„Bist du sicher, dass es sich nicht um einen Unglücksfall handelt?", fragte er hoffnungsvoll.
„Ganz sicher, Paul. Es gibt Augenzeugen, die gesehen haben, wie jemand das Opfer absichtlich auf die Schienen gestoßen hat."
Nach dem Telefonat alarmierte Paul Westhoven seine Kollegen Gerber und Dember, die „Gott sei Dank" noch im PP waren, und informierte Arndt Siebert.
Nach einer guten Viertelstunde trafen Paul Westhoven und seine Kollegen der Mordkommission an der Poststraße ein. Es war bereits dunkel, leichter Schneefall hatte eingesetzt, der zunehmend dichter wurde.

‚Was für ein Glück, dass der Tatort in der U-Bahn-Station und nicht hier draußen ist', dachte sich Dember, der schon genug erkältet war.

Sein Vorrat an Tempos ging langsam zu Ende und sein Hals schmerzte vom ständigen Husten.

Gerber und Dember gingen sofort runter in den U-Bahn-Bereich. Paul Westhoven ließ sich einstweilen von Willi Schuster über den Sachverhalt informieren. Tim Schuster saß noch immer neben dem Fahrzeug.

„Guten Tag. Mein Name ist Westhoven, ich bin von der Mordkommission“, sprach er den am Boden sitzenden Tim Schuster an. „Wie ich von meinem Kollegen erfahren habe, sind Sie dem Täter noch bis zum Neumarkt gefolgt und haben ihn dort aus den Augen verloren.“

Tim Schuster schaute nach oben und bestätigte das Gesagte mit einem zustimmenden Kopfnicken und einem abwesenden „Hmmh“.

„Würden Sie den Mann wieder erkennen?“, wollte er wissen.

Tim Schuster stand auf und stellte sich direkt vor Paul Westhoven. Wut stand ihm im Gesicht, als er antwortete:

„Dieses Gesicht werde ich in meinem ganzen Leben nicht vergessen. Das schwöre ich, so wahr ich hier vor Ihnen stehe. Und beten Sie, dass ich ihn nicht vor der Polizei zu fassen kriege.“

„Herr Schuster, bleiben Sie bitte ruhig. Ich verstehe ja Ihre Verzweifelung und Ihre Wut. Aber es ist unsere Aufgabe, den Täter dingfest zu machen und überlassen Sie die Strafe den Gerichten. Selbstjustiz führt nur dazu, dass Sie selbst schuldig werden und dann sind Sie keinen Deut besser als dieser Täter“, versuchte Paul Westhoven ihn zu beschwichtigen.

Tim Schusters Gesicht blieb wie in Stein gemeißelt und ohne jegliche Regung. Hatte er die Worte des Kommissars wirklich verstanden? Paul Westhoven hoffte es zumindest.

„Herr Schuster, ich möchte, dass Sie gleich mit meinen Kollegen oder mit mir zu unserer Dienststelle fahren, damit wir nach Ihren Angaben ein Phantomfoto erstellen können.

Vorher schauen wir aber noch in unsere digitale Fotokartei. Vielleicht ist der Mann ja schon mal aufgefallen und befindet sich in unseren Dateien."
Tim Schuster nickte. Nach dem Gespräch ging Paul Westhoven nach unten zur U-Bahn-Haltestelle, um den Tatort selbst in Augenschein zu nehmen.

Der Bahnsteig bot ein Bild, wie er es unzählige Male gesehen hatte, wenn sich Leute in Selbstmordabsicht vor Züge geworfen hatten. Jo Schäfer, zumindest alles, was man hatte finden können, war schon abtransportiert. Paul Westhoven fand es sinnlos, sich die durch die Räder der Straßenbahn zerstückelte Leiche noch anzusehen. Der Bahnhof war jetzt bis auf weiteres für die Durchfahrt auf dieser Seite gesperrt worden. Der Tatort wirkte seltsam ruhig und leer. Der Lärm der ankommenden und abfahrenden Bahnen, die lauten Unterhaltungen der Wartenden fehlte.
Die rostroten Flecken auf den Schienen und die Blutspritzer an der stillgelegten Straßenbahn waren stumme Zeugen. Sie erzählten Paul mehr vom Geschehen als die späteren Berichte. Der Geruch von Blut und Eisen nahm ihn gefangen. Für einen Moment fühlte er sich hilflos. Ein Schauder lief ihm den Rücken hinunter. War man jetzt noch nicht einmal als wartender Fahrgast in der Kölner U-Bahn sicher? Musste man denn stets auf das Schlimmste gefasst sein? Es war nicht nachvollziehbar, weshalb jemand so etwas tun konnte. Es musste einen Grund geben. Hatte der Täter sein Opfer gekannt oder war es durch Zufall ausgewählt worden?

Am Ende des Bahnsteiges sprach Dember mit einer jungen Frau, daneben stand ein etwa 19-jähriger, der den beiden schweigend zugehörte. Als Paul bei ihnen ankam, stellte Dember die junge Frau als Freundin und den Mann als Freund des Toten und Bruder des Zeugen Schuster vor.

„Hör zu, Jochen", begann Paul Westhoven. „Hier können wir im Augenblick nichts mehr machen. Lass unseren Fotografen ein paar

Bilder machen und sorgt für eine intensive Spurensicherung des Sitzes, auf dem der Täter gesessen hat. Vielleicht haben wir ja mal Glück.
Ich fahre schon mal mit dem Zeugen Tim Schuster zur Dienststelle und zeige ihm Fotos. Vielleicht haben wir Glück und es ist ein Foto des Täters in der Sammlung."
Gerber schlug vor, dass eine Streifenwagenbesatzung die beiden anderen Zeugen ebenfalls zur Dienststelle bringen solle.
Paul Westhoven war einverstanden und meinte Gerber solle sich darum kümmern.
„Gibt es sonst noch Zeugen?", fragte Gerber.
„Ein Kollege sagte mir, dass der Kioskbesitzer und ein Kunde, den der flüchtende Täter umgerannt hatte, sich als Zeugen gemeldet haben. Kümmert Euch auch bitte um die", antwortete Paul Westhoven und ging zurück nach oben.
Auf der Zwischenebene lief er dem Lokalreporter Dirk Holm in die Arme, der es wieder einmal irgendwie geschafft hatte, durch die Absperrung zu kommen.
„Herr Westhoven, ein Wort zu dem, was da unten passiert ist", überfiel dieser ihn und stellte sich ihm in den Weg.
Paul Westhoven hatte jetzt keinen Nerv, sich mit Holm auseinander zu setzen: „Herr Holm, Sie müssten doch mittlerweile wissen, dass Auskünfte nur von unserer Pressestelle erteilt werden. Außerdem wären sie der Letzte, dem ich etwas erzählen würde. Und jetzt fordere ich Sie ausdrücklich auf, den abgesperrten Bereich auf der Stelle zu verlassen."
Aber Holm blieb hartnäckig und wiederholte seine Frage. Paul Westhoven platzte der Kragen, Holm würde seine Antwort bekommen, aber bestimmt nicht die, die er erwartete. Da niemand in der Nähe war, holte Paul Westhoven richtig aus.
„Hören Sie zu, Sie Klatschreporter. Es ist doch ohnehin egal, was ich Ihnen sage. Wie jedes Kind weiß, schreiben Sie sowieso, was sie wollen. Das einzig Wahre an ihren Artikeln ist doch sowieso meist nur das Datum und das noch nicht mal immer. Genauso gut können Sie sich direkt irgendetwas ausdenken."

Das hatte gesessen, Holm gab aber nicht auf:
„Sie können meinetwegen denken was Sie wollen, Herr Superkommissar. Aber hoffentlich klären Sie wenigstens mal diesen Fall auf, denn drei ungelöste Fälle innerhalb von ein paar Wochen sind doch wohl genug, oder?", provozierte er ihn.
Paul Westhoven ignorierte die letzte Bemerkung und wiederholte zum dritten Mal, dass er den abgesperrten Tatortbereich nun endlich verlassen müsse. Der Platzverweis des Polizeigesetzes mit seinen Folgen gelte auch für die Presse. Holm trollte sich daraufhin endlich.

***

Paul Westhoven fuhr mit Tim Schuster zum Polizeipräsidium und brachte ihn, wie verabredet, zur Kriminalwache, wo ihm die in Frage kommenden Fotos am Bildschirm gezeigt würden. Er selbst ging in sein Büro, machte sich Notizen zu den bisherigen Fakten und wartete darauf, dass Tim Schuster sich alle in Frage kommenden Bilder in Ruhe angeschaut haben würde. Sobald dieser damit fertig war, würde man ihn schon informieren.
Den kurzen Moment bis dahin wollte er nutzen um Anne Bescheid zu geben, dass es wieder einmal sehr spät werden könnte. Also rief er sie zu Hause an.
„Westhoven", meldete sie sich.
„Hallo, Anne. Ich bin's."
„Hallo Paul, was ist los?", fragte sie.
„Du hast es vielleicht schon in den Nachrichten gehört. An der U-Bahn-Station Poststraße wurde jemand vor die Bahn geschubst. Er ist tot und der Täter ist flüchtig. Ich habe wieder mit meinem Bereitschaftsdienst voll in die Schüssel gegriffen."
Am anderen Ende der Leitung hörte Paul Westhoven, wie seine Frau in den Hörer schnaubte. Er wusste, dass sie sowieso wegen des abgesagten Urlaubs schon total sauer war. Aber was sollte er machen? Er war schließlich Leiter von drei, jetzt sogar vier Mordkommissionen gleichzeitig. Da hätte er im Urlaub eh keine Ruhe gefunden.

„Na dann viel Spaß, Herr Westhoven. Glaub nicht, dass ich heute Abend auf Dich warte. Ich geh schon schlafen."
„Ja klar, ist schon ok. Ich wollte nur Bescheid sagen, damit Du Dir keine Sorgen machst, wo ich bleibe", versuchte er sie zu beschwichtigen.

Er hätte sich ein bisschen mehr Rückhalt gewünscht. Über Annes Reaktion war er etwas enttäuscht. Aber er konnte sie auch verstehen, schließlich hatte er den lang geplanten Urlaub sausen lassen.
Paul Westhoven spürte den Druck, unter dem er stand. Seine Vorgesetzten, seine Kollegen und die Bevölkerung wollten endlich Festnahmen sehen. Und Anne? Ja, Anne wollte auch wissen, wann sie endlich in Urlaub fahren könnten. Jeder erwartete etwas von ihm und er durfte jetzt nicht die Kontrolle, geschweige denn den Überblick verlieren.

Das Telefon klingelte. Der Beamte der Kriminalwache teilte mit, dass Tim Schuster die gesuchte Person nicht gefunden hatte. In diesem Moment spürte Paul Westhoven eine ohnmächtige Wut in sich hochsteigen. Am liebsten hätte er den Hörer aus dem Apparat gerissen und gegen die Wand geschmissen.
„So ein Mist", sagte er zu sich selbst. „So ein verdammter Mist."
Weiter vor sich hin fluchend ging er zur Kriminalwache und holte Tim Schuster ab. Er wollte ihn noch eingehend befragen. So leicht würde er nicht die Flinte ins Korn werfen. Dann müsste eben das Phantombild weiterhelfen.
Zwischenzeitlich waren die beiden anderen Zeugen ins Präsidium gebracht worden. Sie saßen im Warteraum auf den Besucherstühlen. Da kein Beamter des KK 11 außer Paul Westhoven mehr anwesend war, würden sie wohl noch eine Weile warten müssen, bis Gerber und Dember sich ihrer annehmen würden.
„Herr Schuster. Können Sie mir bitte genau den gesamten Ablauf schildern", forderte Paul Westhoven Tim Schuster auf und schob die Tastatur zurecht.

Er erzählte, dass sein Bruder Benno, Jo Schäfer, dessen Freundin Hanna Streif und er am Neumarkt in die Linie 4 eingestiegen waren und sich in eine Viererecke gesetzt hatten, um nicht bis zur Poststraße im Gang stehen zu müssen.
„Wir sind dann aufgestanden um an der Poststraße auszusteigen. Als dann die nächste Bahn in den Bahnhof einfuhr hat ein Typ den Jo unerwartet angesprungen und auf die Gleise vor die noch fahrende Bahn gestoßen."
An dieser Stelle musste er eine kurze Pause einlegen, da ihm die Stimme versagte. Mit den Ärmeln seines Sweatshirts wischte er sich die Tränen aus dem Gesicht und bat um ein Glas Wasser.
Eindrucksvoll erzählte Schuster dann von seiner Verfolgungsjagd, die am Josef-Haubrich-Hof ihr Ende fand.
„Ich frage mich, welchen Grund der Täter gehabt haben kann, Ihren Freund umzubringen", sagte Paul Westhoven und schaute Schuster eindringlich an. Er hoffte, dass er seine Version vervollständigen würde, denn Paul Westhoven glaubte nicht, dass dies eine Tat ohne Vorgeschichte war.
„Was weiß denn ich? Vielleicht ist das ja ein Irrer!"
„Herr Schuster. Sie wissen, dass Sie als Zeuge nicht nur die Wahrheit sagen müssen, sondern auch nichts verschweigen dürfen. Das habe ich Ihnen zu Beginn der Vernehmung ausführlich erklärt. Ich dachte eigentlich, dass Sie das verstanden haben", versuchte er ihn zur Ergänzung seiner Aussage zu bewegen.
„Ich habe alles gesagt. Es war so, wie ich es gesagt habe", behauptete er.
„Dann brauchen Sie nur noch Ihre Vernehmung zu unterschreiben und ich bitte Sie, noch auf dem Flur bis zum Ende der Vernehmung Ihrer Begleiter zu warten. In der Zwischenzeit werde ich einen Zeichner bestellen, der dann später nach Ihren Angaben ein Phantombild erstellen wird."
Tim Schuster nickte zustimmend, unterschrieb seine Vernehmung und verließ, zusammen mit Paul Westhoven, das Büro.

„Frau Streif. Bitte kommen Sie mit in mein Büro. Ich habe einige Fragen an Sie“, sprach Paul Westhoven die Zeugin im Warteraum an. Er ärgerte sich darüber, dass er die beiden Brüder nicht voneinander trennen konnte, damit sie sich nicht absprechen konnten, aber es ging nun einmal nicht anders. Mit den Angaben von Hanna Streif würde er aber zumindest zwei voneinander unabhängige Aussagen haben.

Hanna Streif folgte Paul Westhoven in sein Büro und nahm auf dem Stuhl gegenüber des Schreibtisches Platz.

„Frau Streif, ich bin Hauptkommissar Westhoven. Ich leite die Ermittlungen und ich möchte Ihnen einige Fragen stellen. Fühlen Sie sich dazu in der Lage?“

Sie schniefte die Nase und meinte, dass es schon gehen würde.

„Also gut. Dann schildern Sie mir bitte den gesamten Ablauf vom Einstieg in die Linie 4 bis zur Tat.“

Die Angaben der Hanna Streif ähnelten anfänglich der Aussage von Tim Schuster, aber was dieser offensichtlich absichtlich weggelassen hatte, bekam Paul Westhoven nun doch zu hören. Hanna Streif erzählte, wie sie sich über den komischen Kauz auf dem Sitz schräg gegenüber lustig gemacht hatten, weil er so rote Haare besaß und ständig weggeschaute.

Den weiteren Ablauf schilderte sie dann aber wie Tim Schuster.

„Frau Streif, ich habe ihrem Freund vorhin auch schon gesagt, dass er hier die Wahrheit sagen soll. Ist Jo Schäfer das Opfer des Rothaarigen geworden, nur weil sie sich über ihn lustig gemacht hatten? Wer soll das denn glauben?“, pokerte er und hoffte, dass Hanna Streif ihrer Aussage noch mehr hinzufügen würde. Aber sie tat es nicht.

Paul Westhoven dachte sich, dass hinter der Sache mehr stecken musste und es sich womöglich um eine Beziehungstat handelte. So war es zumindest meistens.

„Würden Sie den Mann wieder erkennen?“, wollte er wissen.

Hanna Streif überlegte einen Moment, bevor sie antwortete:

„Das kann ich nicht mit Sicherheit sagen, es ging alles so schnell. Aber vielleicht.“

Paul Westhoven beendete die Vernehmung und führte sie, nachdem sie das Protokoll unterschrieben hatte, zurück in den Warteraum, wo die beiden Brüder Schuster warteten.
Paul Westhoven vertröstete Benno Schuster, dass sich gleich ein Kollege um ihn kümmern würde, obwohl er nicht wusste, wann Gerber und Dember ins Präsidium kommen würden. Er bat die drei Zeugen sich noch ein wenig zu gedulden. Er spürte, dass bei den Wartenden eine niedergedrückte Stimmung herrschte, die jedoch jeder Zeit in Wut umschlagen konnte.

Kaum in seinem Büro klingelte das Telefon. Am Ende der Leitung begrüßte ihn eine freundliche Stimme, die er nur zu gut kannte.
Es war Kurt Schnarrenberger, der Zeichner, der ihn zurückrief. Paul Westhoven hatte ihn schon bei etlichen Verfahren zu Hilfe geholt und mit dessen künstlerischen Fähigkeiten wahre Meisterwerke an Phantombildern erstellen können, die den später festgenommen Tätern wirklich ähnlich sahen. Schnarrenberger, so wusste er, zeichnete gern für die Polizei, weil es immer wieder eine Herausforderung für ihn war. Sein Honorar hielt sich dabei im Rahmen.
Sie vereinbarten, dass Kurt Schnarrenberger umgehend zum KK 11 kommen würde, dies würde aber noch ungefähr eine halbe Stunde dauern, da er auf der A3 im Stau stand.
Paul Westhoven freute sich dass er Zeit hatte, denn bei ihm war er sicher, ein gutes Ergebnis zu bekommen - sofern die Angaben der Zeugen gut waren.
Nach dem Telefonat ging er nochmals zu den Zeugen und teilte ihnen mit, dass in etwa einer halben Stunde der Phantombildzeichner da sein werde.
Die drei saßen zusammen gesunken auf den Stühlen. Es war für jeden deutlich sichtbar, dass sie mit ihren Nerven fast am Ende waren. Am liebsten hätte er alle drei nach Hause geschickt. Aber frische Zeugenaussagen waren nun einmal am ehesten brauchbar.
Es wäre unsinnig gewesen, noch einen weiteren Termin für die Zeichnung zu vereinbaren, da Zeugen naturgemäß vieles vergaßen oder auch die Wahrnehmung mit ihrer Fantasie vermischten. Dieses

Risiko wollte er auf keinen Fall eingehen. Solange die Zeugen durchhielten, machte er weiter.
Während Paul Westhoven auf Kurt Schnarrenberger wartete, nahm er seinen Notizblock und übertrug seine Aufzeichnungen in den PC.

***

Es war schon nach neunzehn Uhr, als Gerber und Dember ins Präsidium kamen. Dem Drang folgend gingen sie zunächst ins Herren-WC. Dort trafen sie Paul Westhoven, der sich gerade die Hände wusch.
„Warum habt Ihr denn so lange gebraucht?“, fragte er in den Raum hinein.
„Weil wir noch zwei Zeugen vor Ort angehört haben“, antwortete Gerber. „Der Kioskbesitzer und einer seiner Kunden, der vom vermutlichen Täter umgerannt worden war, haben sich bei uns gemeldet.“
„Und? Was konnten die sagen?“, wollte er wissen.
Gerber schloss den Reißverschluss seiner Hose und ging zum Waschbecken. Während er sich die Hände wusch, erzählte er, dass der Kioskbesitzer lediglich gehört hatte, wie jemand einen anderen verfolgte. Der Verfolger habe immerzu gerufen, dass der Flüchtige ein Mörder sei.
„Beschreiben konnte er leider beide nicht.“
„Und der andere?“, hakte Paul Westhoven ungeduldig nach.
„Der andere ist ein Kunde, der sich gerade am Kiosk eine Zeitung gekauft hatte. Er heißt Kurt Heusel. Er wurde so zur Seite gestoßen, dass er stürzte und sich die Knie dabei aufschlug. Bevor Du fragst, nein, auch er kann niemanden beschreiben.“
„Mist.“
„Und was ist mit den Dreien, die draußen auf dem Flur sitzen?“, fragte Dember.
„Zwei von denen, die Frau und Tim Schuster, habe ich bereits vernommen. Mit den Angaben des Mannes lässt sich sicherlich eine

Phantombildzeichnung erstellen. Kurt Schnarrenberger müsste eigentlich jeden Moment eintreffen", teilte Paul Westhoven mit.
„Und der Dritte, was ist mit dem?"
„Den vernimmst Du, Heinz", meinte Paul Westhoven.
Dember ärgerte sich sichtlich über den Auftrag und verließ maulend den Raum.
„Wenn der so weiter macht, werde ich mit Arndt reden müssen. Ich habe keine Lust, mich ständig wegen dem rumzuärgern", sagte Paul Westhoven kopfschüttelnd zu Gerber.
„Lass ihm noch ein bisschen Zeit, Paul. Der Junge ist gerade frisch verliebt und hat bestimmt nur seine neue Freundin im Kopf. Das wird schon", versuchte Jochen Gerber Paul zu beschwichtigen.
„Wenn Du meinst. Aber ich halte ihn im Auge. Der Job geht vor. Wenn er das nicht begreift, dann soll er sich doch eine Stelle suchen, wo er pünktlich zum Feierabend den Griffel fallen lassen kann. Für Arbeitsmuffel hat die Mordkommission jedenfalls keinen Platz." Im gleichen Moment bereute er seinen heftigen Ausbruch, denn er erinnerte sich noch gut, wie oft er in der ersten Zeit, als er mit Anne zusammen war, während der Arbeit mit den Gedanken bei ihr gewesen war. Heinz Dember würde sich bestimmt bald wieder fangen. Er war eigentlich kein schlechter Kerl.
Als Paul Westhoven die Tür zu seinem Büro öffnete, machte jemand, den er nicht sofort sah „buaah". Er erschrak heftig und musste lachen, als er Kurt Schnarrenberger auf einem Stuhl hinter der Tür sitzen sah.
„Willst Du, dass ich einen Herzinfarkt bekomme, Kurt?", sagte er noch mit dem Schreck in den Knochen.
Kurt Schnarrenberger lachte nur und freute sich über den Erfolg seines Schabernacks.
Paul Westhoven informierte ihn über den Fall und über Tim Schuster. Anschließend ging er mit dem Zeichner zu den Zeugen und stellte ihn vor.
Er stellte Kurt Schnarrenberger ein leeres Büro zur Verfügung, denn er wusste, dass er am besten zeichnen konnte, wenn er mit dem Zeugen allein war und absolute Ruhe hatte.

Als er auf dem Rückweg an Hanna Streif vorbeikam, bot er ihr eine Tasse Kaffee an, welche sie dankbar annahm.

***

Unterdessen vernahm Heinz Dember Benno Schuster in seinem Büro.
„Sie wollen mir doch nicht ernsthaft erzählen, dass Ihr Freund völlig zufällig Opfer geworden ist?“, hielt er ihm vor.
„Was denn sonst“, antwortete Benno Schuster patzig.
„Weil es meistens ein Motiv oder eine Vorgeschichte für so etwas gibt“, klärte er ihn auf.
„Dann gibt’s eben hier mal keine Vorgeschichte“, antwortete er abermals abweisend.
„Das glauben Sie doch selbst nicht“, reagierte Dember genervt, aber er merkte, dass Benno Schuster bei seiner Version bleiben würde, solange man ihm keine Fakten vorhalten konnte, und so entschloss er sich, die Vernehmung nicht weiter auszudehnen und zum Ende zu kommen. Er hatte sowieso keine Lust gehabt, diese Vernehmung noch durchzuführen. In seinem Kopf drehte sich schon alles um das bevorstehende Treffen mit Doris.

***

„Das Gesicht etwas schmaler, bitte“, korrigierte Tim Schuster und Kurt Schnarrenberger radierte rasch in seiner Zeichnung und zeichnete das Gesicht nach den Angaben des Zeugen schmaler.
„Ja, so ist es schon besser. Die Wangenknochen standen mehr hervor, sie waren ziemlich markant.“ Gespannt starrte er auf das Gesicht, das sich auf dem Papier wie aus einem Nebel herauszulösen schien.
Der Phantombildzeichner setzte seinen Bleistift an und zeichnete weiter.
Plötzlich sprang Tim Schuster auf: „Das ist er. Ja, so hat das Schwein ausgesehen. Fehlen nur noch die Haare!“

Es dauerte noch etwa eine halbe Stunde bis Kurt Schnarrenberger das Bild fertig gestellt hatte. Als er dies Paul Westhoven am Telefon sagte, eilte er umgehend zu ihm, um sich das gezeichnete Gesicht des Tatverdächtigen anzusehen.
„Ziemlich markantes Gesicht und noch dazu die roten Haare. Der dürfte eigentlich leicht zu finden sein", stellte er zuversichtlich fest.
„Das mein ich aber auch, Paul", sagte Kurt Schnarrenberger zufrieden, denn wieder einmal konnte er seinen Beitrag leisten, dem unbekannten Täter ein Gesicht zu geben.
Paul Westhoven nahm Kurt die Zeichnung aus der Hand und ging damit zügig auf den Flur zu Hanna Streif und Benno Schuster, die schon ungeduldig auf den Stühlen hin und her rutschten.
Als er Hanna Streif das Bild zeigte, war ihre Reaktion eindeutig. Sie wurde blass und Tränen rannen wieder über ihre Wangen. Spontan sagte sie, dass dieses Bild dem Täter wie aus dem Gesicht geschnitten war.
Einen Moment später war auch Benno Schuster der gleichen Ansicht und Paul Westhoven atmete innerlich tief durch. Endlich hatte er einen Ansatzpunkt. Ein Bild, welches am morgigen Tag in jeder Kölner Zeitung zu sehen sein würde.
Eilig entließ er die Zeugen. Er musste möglichst schnell mit Staatsanwalt Asmus die Formalitäten für diese Öffentlichkeitsfahndung besprechen.
Er bedankte sich noch einmal bei Kurt Schnarrenberger, der auch schon einen harten Arbeitstag hinter sich hatte, und verabschiedete sich.

„Asmus", meldete sich der Staatsanwalt mit lauter Stimme.
„Guten Abend, Herr Asmus. Westhoven hier. Ich störe Sie nur ungern zu so später Stunde, aber es ist so wichtig, dass ich nicht bis morgen damit warten kann", begann er das Gespräch und erklärte ihm, worum es ging.
Staatsanwalt Asmus war über die Nachricht sehr erfreut und stimmte wohlwollend zu, das Phantomfoto an die Presseagenturen zu geben.

Mit der Zustimmung hatte Paul Westhoven schon gerechnet und das Bild bereits von Dember einscannen lassen. Jetzt konnte die Mail an sämtliche Zeitungsredaktionen in Köln versandt werden. Gerade noch rechtzeitig vor dem Umbruch der Zeitung in den Redaktionen, so dass es noch in die nächste Ausgabe kam.
Die Abschlussbesprechung des Tages war äußerst kurz. Die Gründe von Heinz Dember und Paul hierfür waren sehr ähnlich. Der eine wollte möglichst schnell zu seiner Doris, der andere hoffte seine Anne noch wach anzutreffen. Gerber wollte eigentlich nur nach Hause. Allen drei gemeinsam war jedoch ein tiefes Gefühl der Zufriedenheit. Endlich hatten sie eine weitere heiße Spur.

VIERUNDZWANZIG

Paul Westhoven war um kurz nach sechs im Morgenmantel und mit Rändern unter den Augen zur Haustür gegangen, um die Tageszeitung aus dem Briefkasten zu holen. Er musste wissen, ob das Bild noch rechtzeitig in den Redaktionen angekommen und veröffentlicht worden war.
Er brauchte nicht lange zu suchen. Das Konterfei des Gesuchten befand sich auf der Titelseite, begleitet von einer Schlagzeile und einem mehrspaltigen Artikel. Paul Westhoven war zufrieden. Anhand dieser Fahndungsmaßnahme hoffte er, dass sich Leute melden würden, die in der Zeichnung die echte Person wieder erkannten.

***

Thomas Nix schlug am Frühstückstisch die Zeitung auf und war wie vom Blitz getroffen. Mit einem Blick registrierte er das Bild und den dazugehörigen Artikel. Sein Herz raste, er konnte es nicht fassen. Sein Nachbar ein Mörder?

***

Uta Palanke kam müde und kaputt nach einer durchzechten Nacht nach Hause und kaufte sich gewohnheitsmäßig am Kiosk um die Ecke den Kölner Express.
Sie traute ihren müden geröteten Augen nicht, glaubte zunächst, dass sie sich wohl verguckt hatte. In dem Phantombild erkannte sie einen ihrer Freier wieder, da war sie sich absolut sicher.
Sie lief die Treppe hoch in ihre Wohnung ins Bad. Sie nahm direkt die doppelte Menge Beruhigungstabletten wie gewöhnlich ein. Sie zitterte am ganzen Körper und hatte nur noch den Wunsch ins Bett zu gehen. Ausgeschlafen würde sie sich das Bild nochmals genauer anschauen. Vielleicht spielten ihre Sinne ihr nur einen Streich.

***

Nach liebevoller Versöhnung und einem ausgiebigen gemütlichen Frühstück mit Anne war Paul Westhoven fröhlich und gut gelaunt ins Büro gefahren.
Als er das Geschäftszimmer des KK 11 betrat, teilte Monika Haupt, die Angestellte im Geschäftszimmer, ihm mit, dass der Mann in der Besucherecke auf dem Flur zu ihm wollte. Sie wusste seinen Namen nicht, denn er wollte nur mit dem Mordkommissionsleiter sprechen.
„Über welchen Fall denn?“, witzelte Paul Westhoven.
„Weiß ich doch nicht, der wollte mir ja gar nichts sagen. Er tat so geheimnisvoll.“
„Guten Morgen, mein Name ist Westhoven. Wie meine Kollegin mir eben sagte, wollten Sie zu mir?“, sprach er einen kleinwüchsigen Mann von etwa Mitte Vierzig an.
„Kann sein. Bearbeiten Sie denn den Fall an der Poststraße?“, vergewisserte sich dieser.
Paul Westhoven nickte und teilte mit, dass er die Ermittlungen in diesem Fall verantwortlich leite.
„Etwas steht nicht in der Zeitung: Gibt es eine Belohnung, wenn ich Ihnen sage, wer der Mann auf dem Phantombild ist?“, wollte der Besucher wissen und hatte damit Paul Westhovens ungeteilte Aufmerksamkeit.

„Da muss ich sie leider enttäuschen. So weit sind wir noch nicht. Der Staatsanwalt hat dazu noch kein grünes Licht gegeben“, antwortete er. „Aber Sie wollen mir doch bestimmt trotzdem erzählen, wer der Mann auf dem Bild ist“, sagte er freundlich. Mit einer auffordernden Geste bat er ihn in sein Büro.
Wortlos folgte ihm der Mann. Nachdem die Tür hinter ihnen zugefallen war, wollte Westhoven zunächst wissen, wie sein Gegenüber denn hieße.
„Mein Name ist Thomas Nix“, begann dieser und suchte im Büro nach einer Sitzgelegenheit. Offenbar waren ihm sein Mitteilungsbedarf und vielleicht auch sein Gewissen wichtiger als das Verlangen nach der Belohnung.
„Also, Herr Nix. Sie können sich bestimmt ohne viel Fantasie vorstellen, dass ich den, der das getan hat, schnellstmöglich hinter Gittern sehen will, bevor er noch mal zuschlägt?“, begann Paul Westhoven.
Herr Nix brauchte nichts zu sagen, die beiden verstanden sich auch ohne Worte. Bereitwillig erzählte er, dass er auf dem Phantombild jemanden aus seiner nächsten Umgebung wieder erkannt hatte. Seinen Nachbarn.
„Und Sie sind sich ganz sicher, dass der Mann auf dem Bild Ihr Nachbar ist?“, vergewisserte sich Paul Westhoven.
„Ganz sicher“, sagte er überzeugt. „Alles passt, die Wangenknochen, die Haare und vor allen Dingen die Haarfarbe. Also...ich bin ganz sicher, dass dies mein Nachbar ist“, bekräftigte er seine erste Aussage.
„Dann sagen Sie doch, wie der Kerl heißt, Herr Nix“, drängte Paul Westhoven.
„Der heißt Pinger. Jörg Pinger. Wohnt eine Etage über mir mit seiner Mutter“, schoss es nur so aus Nix heraus, der nun ganz eifrig war.
Paul Westhoven buchstabierte den Namen laut, während er ihn notierte.
„Ja, genau so“, bestätigte Herr Nix und fragte, ob er denn jetzt gehen könnte.

„Natürlich, Herr Nix. Und vielen Dank. Aber eine Bitte habe ich noch. Erzählen Sie bitte niemandem, was Sie mir eben gesagt haben. Wir wollen doch nicht, dass Ihr Nachbar davon Wind bekommt und womöglich untertaucht."
Thomas Nix nickte zustimmend mit dem Kopf und stellte noch eine Frage: „Würden Sie mich denn bitte informieren, falls der Staatsanwalt doch noch eine Belohnung für diesen Hinweis geben wollte?"
„Natürlich, Herr Nix. Das werde ich dann selbstverständlich tun. Vielleicht haben Sie den entscheidenden Hinweis gegeben."

Nachdem Thomas Nix die Tür von außen geschlossen hatte, rief Paul Westhoven die Datenstation an. Er gab den Namen und die Anschrift durch, und bekam sofort die gewünschten Daten.
Nun hatte er das Geburtsdatum, den Geburtsort und die Bestätigung der aktuellen Anschrift. Außerdem erfuhr er, dass Jörg Pinger wegen Baustellendiebstahl und Schwarzfahren erfasst war. Er hatte also bislang keine große kriminelle Karriere durchlaufen.
Das spielte aber keine Rolle, denn Paul Westhoven wusste, dass jeder, selbst ein kleiner Dieb, zum Gewalttäter werden konnte. Das hatte mit Eigentumskriminalität nichts zu tun

.

***

Jörg Pinger wurde durch das herein scheinende Licht geweckt. Nachdem er wie jeden Morgen erst einmal masturbiert hatte, stand er auf. Er schlurfte ins Bad und duschte sich ausgiebig. Anschließend setzte er sich lustlos an den Küchentisch um zu frühstücken.
Nach dem Frühstück verließ er die Wohnung und ging zur U-Bahn. Er wollte heute endlich zum Wiener Platz fahren.
Als er am ersten Zeitungsautomaten vorbeikam, stockte ihm der Atem. Mit voller Wucht trat er den Automaten auf, riss eine Zeitung heraus und lief nach Hause. Er war völlig verwirrt. Wie kam sein Gesicht in die Zeitung, fragte er sich. Er war sich sicher, dass es nicht lange dauern würde, bis die Polizei bei ihm auftauchte.

Wie ein gefangenes Tier lief Pinger in seinem Zimmer auf und ab. Er überlegte, er musste einen Ausweg finden. Schweiß lief ihm über die blasse Stirn und den Rücken entlang.

***

Es war kurz nach 14:00 Uhr, als Uta Palanke zitternd Paul Westhoven im Büro anrief. Dieser drückte nur die Lautsprechertaste und meldete sich dann. Als er die Anruferin an der Stimme erkannte, nahm er den Hörer ab, wodurch sich der Lautsprecher ausschaltete.
„Halten Sie mich bitte nicht für verrückt, Herr Westhoven, aber ich glaube ich kenne den Mann auf dem Fahndungsbild", sprudelte es aus ihr heraus und Paul Westhoven war ganz Ohr.
„Warum sollte ich Sie für verrückt halten. Was glauben Sie denn, wer das ist, den Sie da erkannt haben?", wollte er wissen.
„Das ist ein ehemaliger Freier von mir. Jörg heißt der und er wohnte damals in der Brabanter Straße, die Nummer weiß ich nicht. Er war jedenfalls ein komischer Vogel. Die Zeichnung trifft völlig auf ihn zu. Da bin ich mir ganz sicher."
Paul Westhoven triumphierte innerlich. Das konnte kein Zufall sein. Die Angaben deckten sich mit den Daten, die er bei der Datenstation ermittelt hatte.
Er dankte Uta Palanke für den Anruf und kündigte ihr an, dass er sich später noch einmal in Sachen Sanne von Ehlen bei ihr melden würde.

Hauptkommissar Paul Westhoven hatte für 15:00 Uhr eine kurze Einsatzbesprechung im Kommissionsraum angesetzt, an der Arndt Siebert sowie die Ermittler Dember und Gerber teilnahmen.
Arndt Siebert war begeistert, als Paul Westhoven das Ermittlungsergebnis aus der öffentlichen Fahndung vortrug.
„Das hört sich sehr gut an", sagte Siebert. „Aber bedenke bitte, dass sich die Zeugen auch irren könnten. Nichtsdestotrotz solltet ihr diesen Pinger herholen und einmal befragen, wo er gestern gewesen ist."

„Werden wir, Arndt, das werden wir. Und zwar sofort. Wir fahren sofort los.“ erwiderte Paul Westhoven auf den Vorschlag.
Bevor sie zum Parkhaus gingen, holte das Team die Schulterholster mit den Dienstpistolen aus dem Stahlschrank. Unter den Jacken trugen sie ihre Sicherheitswesten.

Gerber wurde als Fahrer ausgeguckt, Paul Westhoven saß auf dem Beifahrersitz und Dember hinten links. Im Fahrzeuginnern herrschte eine enorme Anspannung, die Luft schien elektrisch geladen. War Jörg Pinger wirklich der Täter? Und war er überhaupt zu Hause?
Die Stille im Fahrzeug wurde durch das Klingeln des Handys in Dembers Jackentasche unterbrochen. Gerber ahnte schon, wer anrief, schwieg aber diskret.
Dember nuschelte so leise in den Hörer, dass man nur noch den letzten Satz verstehen konnte: „Ich kann jetzt nicht, ich melde mich später.“

FÜNFUNDZWANZIG

Vor dem Parkhaus Brabanter, Ecke Maastrichter Straße stiegen Paul Westhoven und Dember aus, damit das Trio nicht gleich von Pinger als Polizei erkannt wurde. Immerhin bestand ja die Möglichkeit, dass er heute Morgen schon sein Konterfei in einer der Zeitungen gesehen hatte und bereits gewarnt war.
Gerber fuhr den dunkelgrauen Passat bis zur Ecke Genter Straße und parkte dort so, dass er den Eingangsbereich des Hauses im Blickfeld hatte. Sein Adrenalinspiegel war gestiegen, das Jagdfieber hatte ihn ergriffen.
Die beiden anderen schlenderten scheinbar in ein Gespräch vertieft die Brabanter Straße entlang. Nix hatte im Präsidium angegeben, dass Pingers Wohnung in der dritten Etage links lag.
Als sie nach oben blickten, sahen sie in der Wohnung Licht brennen. Paul Westhoven und Dember schauten sich an und als wenn es Gedankenübertragung gewesen wäre, raunten sich beide gleichzeitig

zu, dass er zuhause sein müsste. Sie mussten lachen, waren aber sofort wieder konzentriert bei der Sache.
„Dann wollen wir mal“, meinte Paul Westhoven an und klingelte bei Nix. Sekunden später wurde geöffnet und sie waren im Hausflur. Zügig, aber bemüht leise zu sein, stiegen sie die Treppe in den 3. Stock nach oben. Nix erkannte sie, winkte kurz und schloss seine Tür wieder.
Oben angekommen stellte sich Paul Westhoven links, Dember rechts neben die Wohnungstür. Paul hielt den Atem an.
Vorsichtig drückte er sein Ohr gegen die Tür. Er konnte hören, dass sich in der Wohnung eine Person bewegte. Jetzt wusste er, dass er nur noch wenige Meter vom Tatverdächtigen entfernt war.
Dember stand gelassen am Türrahmen, unter der Jacke umschloss seine rechte Hand den Griff seiner Dienstpistole.
Paul Westhoven klopfte kräftig gegen die Tür, die Geräusche in der Wohnung, die er eben noch gehört hatte, verstummten. Er klopfte noch einmal stärker.
„Wer ist da?“, hallte es aus der Wohnung.
„Ihr Nachbar unter Ihnen, bei mir läuft Wasser durch die Decke“, schwindelte er.
Diese Methode hatte meist Erfolg. Er hörte wie der Schlüssel im Schloss gedreht wurde. Die Tür wurde von innen einen Spalt weit geöffnet. Die Sicherungskette spannte sich. Pinger musste jetzt erkennen, dass er ausgetrickst worden war.
Als Paul Westhoven Pinger sah, wurde ihm schlagartig klar, dass dies der richtige Mann sein musste.
Aber auch Pinger erkannte sofort, dass die Person vor seiner Tür nicht sein Nachbar aus dem zweiten Stock war. In seinem Kopf formte sich nur ein Wort: POLIZEI.
Die Situation spitzte sich zu.
Paul Westhoven brüllte instinktiv: „Das ist er.“ Im selben Moment knallte Pinger die Tür zu und schloss ab. So leicht ließen sich die beiden Beamten aber nicht abschütteln. Pinger durfte ihnen nicht entkommen.

Auf ein gegenseitiges Kopfnicken traten sie gemeinsam so fest gegen die Wohnungstür, dass das Türblatt aus den Angeln gerissen wurde und quer durch die Diele flog.
Mit gezogenen Waffen stürmten sie in die Wohnung. Systematisch durchsuchten sie schnell jedes Zimmer. Im Bad fanden sie ein geöffnetes Fenster. Als Paul suchend hinausschaute, sah er in den Innenhof und dann auf den letzten Stufen der Feuerleiter Pinger, der bald den Boden erreichen würde.
„Der versucht abzuhauen Los, Heinz, nimm Du den Hausflur!" schrie er, steckte dabei seine Waffe zurück ins Holster, um im nächsten Moment mit einem Sprung auf der Feuerleiter zu landen.
Westhoven hastete die Feuerleiter herunter, während Dember im Treppenhaus mehrere Stufen auf einmal nahm. Auf dem Treppenabsatz zur ersten Etage rutschte er aus und schlug unsanft mit dem Kopf gegen das Geländer.
Leicht benommen stand er sofort wieder auf, durch die Höhe seines Adrenalinpegels bemerkte er die Schmerzen kaum und rannte weiter zur Haustür.
Paul Westhoven hatte die Feuerleiter hinter sich gelassen und lief durch die Hofeinfahrt zur Vorderseite des Hauses. Dort sah er gerade noch, wie Pinger von der Brabanter Straße in die Maastrichter Straße in Richtung Hohenzollernring einbog. Für sein untrainiertes Äußeres war der andere erstaunlich schnell. Keinesfalls durfte er ihn aus den Augen verlieren.
Er versuchte sich bei Gerber, der noch immer im Fahrzeug saß, durch Rufen und Winken bemerkbar zu machen, aber der schaute in diesem Moment in die andere Richtung und bekam vom Geschehen nichts mit. Paul Westhoven lief weiter.
Vor der Haustür prallte er fast mit Dember zusammen, der gerade aus dem Hauseingang rannte. Paul Westhoven forderte ihn auf, ihm zu folgen. Dember konnte nach seinem Sturz das Tempo nicht mithalten und der Abstand zwischen ihnen vergrößerte sich schnell.
Plötzlich schallte vom Hohenzollerring ein lang anhaltendes durchdringendes Hupen, dem unmittelbar ein lauter Knall folgte. Als Paul Westhoven den Ring erreichte, sah er, dass mehrere Fahrzeuge sich

auf der Fahrbahn verkeilt hatten, Überall lagen Glassplitter und geborstene Plastikteile der verschiedenen Autos herum.
Aus der sich rasch bildenden Menschenmenge waren entsetzte Schreie zu hören. Aber offenbar war niemand ernsthaft verletzt.
Offenbar war Pinger ohne Rücksicht auf den starken Nachmittagsverkehr über die Fahrbahn gerannt und hatte so eine Massenkarambolage verursacht. An den stehenden Fahrzeugen vorbei lief Paul Westhoven ebenfalls auf die andere Straßenseite.
Im Laufen sah er noch, dass das bekannte Denkmal „Der ruhende Verkehr“, ein Ford eingegossen in Beton, ebenfalls in Mitleidenschaft gezogen war. Ein mit Bauschutt beladener LKW war dagegen gerast. In seinen Augen war das kein Verlust für die Kultur der Stadt.
Paul Westhoven atmete schwer. Von der ungewohnten Rennerei bekam er heftige Seitenstiche. Auf seiner Zunge schmeckte er den salzigen Geschmack seines Schweißes. Keuchend und mit bleiernen Beinen verfolgte er Pinger weiter. In diesem Tempo müsste er trotz Seitenstiche noch einige Zeit durchhalten. Jetzt machte sich bemerkbar, dass er, wie die meisten Beamten des KK 11, durch die Arbeitsbelastung schon seit langem keinen Dienstsport gemacht hatte. Dieser war zwar Pflicht. Aber hier unterschied sich Theorie und Praxis.
Sehen konnte er Jörg Pinger nicht direkt, aber der hinterließ eine Spur in der Menschenmenge, die nicht zu übersehen war, eine Gasse von schimpfenden oder sich gerade wieder aufrappelnden Passanten, die offenbar von Pinger wüst angerempelt oder zur Seite gestoßen worden waren, als dieser sich seinen Fluchtweg bahnte.
Zeitweise war er bis auf 150 Meter an ihn herangekommen. Doch immer wieder verlor er wertvolle Meter, weil er Passanten ausweichen musste. Die Puste um „Polizei, Platz da!“ zu schreien, wie er es zu Anfang getan hatte, hatte er schon lange nicht mehr.
Dicht hinter Pinger konnte er gerade noch sehen, wie dieser auf die Tunisstraße zurannte. Dieser Teil der Nord-Süd-Fahrt war um diese Tageszeit der Schrecken aller Fahranfänger und eine der Hauptadern

des innerstädtischen Verkehrs. Ohne nach rechts oder links zu blicken sprang der Verfolgte auf die hier sechsspurige Fahrbahn.
Das Quietschen der Vollbremsungen mischte sich mit dem ohrenbetäubenden Geräusch berstenden Bleches und zerspringenden Glases. In beiden Fahrtrichtungen schoben sich Fahrzeuge in einander. Pingers Glück war unbeschreiblich. Ohne einen Kratzer erreichte er die andere Straßenseite. Dieses Glück hatten etliche Fahrzeuge nicht gehabt.
Sie blockierten so die gesamte Fahrbahn, so dass sich für Westhoven keine Möglichkeit bot, hindurch zu kommen.
Wenn nicht hindurch, dann musste er halt darüber. Kurzerhand machte er einen Satz und landete auf der Motorhaube eines dunkelblauen S-Klasse Mercedes. Mit gezielten Sprüngen über weitere Hauben, Kofferräume und Autodächer gelangte er zur anderen Straßenseite. Die empörten Autofahrer sprangen wütend aus ihren Fahrzeugen und schimpften laut, ob er denn noch alle Tassen im Schrank hätte.

Paul Westhoven hatte jetzt keine Zeit für Erklärungen. Er durfte Pinger auf keinen Fall entkommen lassen. Ohne sich in Diskussionen einzulassen, rannte er weiter hinter dem Flüchtigen her.
Während seines filmreifen Stunts hatte er Pinger sehen können, der schon fast den Wallrafplatz erreicht hatte.
Trotz schmerzhafter Seitenstiche und einem heißen Brennen im Hals gab er die Verfolgung nicht auf. Schnell hatte er am Funkhaus des WDR vorbei den Wallrafplatz hinter sich gelassen.
Paul Westhoven blieb Pinger an den Fersen, der nun über die Domplatte, vorbei am Westportal des Domes, in Richtung Hauptbahnhof lief. Kaum jemand beachtete die beiden.
Als Paul Westhoven die Treppen zum Bahnhofsplatz herunter rannte, sprang einer der Hund der dort sitzenden Junkies auf ihn zu. Nur der Maulkorb verhinderte, dass der Hund zuschnappte. Paul strauchelte. Ein Fuß traf den Boxer-Schäferhund-Mischling in die Seite. Der Hund jaulte auf. Paul Westhoven hatte jetzt keine Zeit und auch keine Lust in einen Streit mit den Junkies, die die Domtreppe stän-

dig bevölkerten, zu geraten. Er fand sein Gleichgewicht wieder und rannte weiter. Der scheinbar zugedröhnte Besitzer konnte gerade noch die Leine festhalten. Vorbeigehende Passanten, die das Schauspiel gesehen hatten, blieben neugierig stehen und warteten vergeblich auf eine Auseinandersetzung.

Er bahnte sich seinen Weg durch die dichte Menschenmasse im Hauptbahnhof. Durch das dichte Gedränge verlor er ihn aus den Augen.

Als er ihn wieder erblickte, stürmte Pinger gerade die Treppe zu den Gleisen 6 - 7 hoch. Oben angekommen sprang er auf die Gleise, um seinem Verfolger zu entkommen. Er schien nicht zu merken, dass er beinahe von einem einfahrenden Zug erfasst wurde. Jetzt war Pinger durch den einfahrenden Zug verdeckt. Es schien ewig zu dauern, bis er endlich zum Stillstand kam. Solange konnte Paul Westhoven auch nicht erkennen, wo Pinger geblieben war. Kaum war der Zug mit kreischenden Bremsen zum Halten gekommen, riss Paul Westhoven eine der Türen auf, drängelte sich an den protestierenden aussteigenden Fahrgästen in den Zug um direkt auf der gegenüberliegenden Seite wieder auszusteigen. Dies schien ihm die einzige Möglichkeit, um an Pinger dranzubleiben. Pinger hastete stolpernd über die Gleise und hatte fast Gleis 10 erreicht. Paul Westhoven war dicht hinter ihm.

Als er sich bis zum Gleis 9 vorgearbeitet hatte, sah er die S-Bahn auf Gleis 11 einfahren. Pinger blieb auf dem Bahnsteig und mischte sich unter die wartenden Fahrgäste. Offenbar hatte er vor einzusteigen. Niemand nahm Anstoß daran, dass der Mann gerade von den Gleisen auf den Bahnsteig gekommen war.

Paul Westhoven blieb nun keine Zeit. Er musste versuchen, noch vor der herannahenden S-Bahn den Bahnsteig zu erreichen. Mit letzter Kraft sprang er so schnell er konnte über die Gleise.

Mit einem Klimmzug konnte er sich noch am Bahnsteig 11 nach oben ziehen. Sein Blick galt einzig und allein dem Mann, den er quer durch die Stadt verfolgt hatte.

„Pinger, bleiben Sie stehen!“, rief er völlig außer Atem in dessen Richtung. „Das hat doch keinen Sinn!“ Dann wischte er sich den

Schweiß aus dem Gesicht und versuchte durch die wartende Menschenmasse hindurch an Pinger heranzukommen.

Dieser bemerkte, dass er seinem Verfolger hier nicht entkommen konnte. Die S-Bahn fuhr gerade ein. Die Fahrgäste, durch das laute Rufen von Paul Westhoven gewarnt, gingen intuitiv auf Distanz und nahmen einen Sicherheitsabstand ein. Sie bildeten auf diese Weise einen Kreis um die beiden keuchenden Männer.
Pinger und Paul Westhoven standen sich nun quasi gegenüber. Die Entfernung zwischen ihnen betrug weniger als fünf Meter. Paul dachte schon: ‚Jetzt hab ich Dich', als er den emotionslosen Blick des anderen sah. Noch hatte er es nicht geschafft.

„Pinger. Geben Sie auf. Sie haben keine Chance. Machen Sie es nicht noch schlimmer!", brüllte er ihn an. Das Adrenalin in seinem Körper ließ ihn die Anstrengungen der hinter ihm liegenden Verfolgung nicht mehr spüren.
„Von wegen. Du kannst mich mal, Bulle!", schrie der zurück und hatte plötzlich sein Messer in der Hand.
„Junge, lass das Messer fallen. Mach Dich nicht unglücklich!", rief Paul Westhoven ihn an und zog seine Pistole. Er richtete den Lauf auf Pinger, der noch immer an der gleichen Stelle stand.
Paul Westhoven wusste, wenn er jetzt abdrücken würde, waren auch die anderen Passanten gefährdet. Hier wäre es Wahnsinn gewesen zu schießen. Außerdem wollte er ihn festnehmen und nicht erschießen. Langsam ging er auf Pinger zu. Die Pistole schob er wieder ins Holster zurück. Paul Westhoven wollte, dass sich Pinger ganz auf ihn konzentrierte und nicht noch auf die Idee kam plötzlich eine Geisel zu nehmen.
„Mensch, Junge. Lass das Messer fallen. Wir können doch über alles reden", redete er beruhigend auf ihn ein, während er sich langsam näherte. Sein Atem hatte sich normalisiert. Er wurde ganz ruhig.
Pinger jedoch blickte unaufhörlich nervös um sich, er blinzelte und machte dann ansatzlos einen Sprung auf ihn zu.

***

Dember hatte während der Verfolgung die Leitstelle alarmiert. Auf dem Breslauer Platz waren mittlerweile fast sämtliche Streifenwagen der Polizeiinspektion Mitte mit eingetroffen. Der Platz war vom Blitzen der Blaulichter und dem Lärm der Martinshörner erfüllt.
Dember hatte mittlerweile auch den Bahnsteig erreicht und stand nur noch wenige Meter schräg hinter Paul Westhoven. Seine Dienstwaffe war zitternd auf Pinger gerichtet. In einem Reflex hätte er fast abgedrückt, als der Rothaarige auf seinen Kollegen zusprang. Doch das jahrelange Schieß - Nicht Schieß-Training machte sich bemerkbar. Er schoss nicht.
Stattdessen wurde er staunend Zeuge einer gekonnten schnellen Festnahme mittels fernöstlicher Kampfsporttechniken.
Paul Westhoven wich dem Angriff aus und packte gezielt den Arm des Angreifers.
Mit einer Beinsichel schleuderte er Pinger zu Boden. Dieser schlug mit dem Kopf auf den harten Beton und verlor kurz das Bewusstsein. Westhoven bog dessen Arme auf den Rücken und legte ihm blitzartig die Handschellen an. Auf den Gesichtern ringsherum machte sich ungläubiges Staunen breit.

Völlig perplex von den ungeahnten Fähigkeiten seines Chefs steckte Dember seine Waffe weg und schaute ihn bewundernd an.
„Klasse Arbeit“, lobte er ihn anerkennend. Im nächsten Moment drehte Dember sich urplötzlich zur Seite. Es war alles zuviel für ihn geworden. Vor lauter Anspannung und Überanstrengung revoltierte sein Magen.

Die Anspannung fiel erst von Paul Westhoven ab, als uniformierte Kollegen der Polizeiinspektion Mitte Pinger abführten.
Das Messer, das Pinger bei seinem unsanften Bodenkontakt aus der Hand gefallen war, hob Paul Westhoven auf und steckte es als Beweismittel in einen Umschlag.

„Warum hast Du nicht geschossen?“, wollte Dember, der sich wieder etwas erholt hatte, auf der Rückfahrt von ihm wissen. „Weil ich niemand anderen gefährden wollte“, sagte er knapp und schloss die Augen. Vor seinem geistigen Auge sah er immer wieder das Messer aufblitzen und auf sich zu kommen.

„Lass ihn in Ruhe, Heinz“, mischte sich Gerber ein.

SECHSUNDZWANZIG

Gegen 18:15 Uhr holten Dember und Gerber den Festgenommenen aus der Zelle des Polizeigewahrsams und brachten ihn mit auf dem Rücken gefesselten Händen zu seiner verantwortlichen Vernehmung in Paul Westhovens Büro.
Paul Westhoven belehrte ihn routinemäßig als Beschuldigten und wies ihn ausdrücklich darauf hin, dass er sich jederzeit einen Rechtsanwalt zu Rate ziehen könne.
„Ich brauche keinen Anwalt“, meinte Pinger selbstsicher. „Die kosten eh nur Geld und helfen kann der mir auch nicht.“
Die nun beginnende Vernehmung zog sich über Stunden hin und war voraussichtlich nicht vor 02:00 Uhr zu Ende. Gerber und Dember durchsuchten in der Zeit die Wohnung von Pinger. „Stellt die Wohnung auf den Kopf und dreht sie auf links, aber findet etwas“, hatte Paul seine Anweisung geendet.

Westhoven begann mit der Vernehmung zur Person. Außer den Personalien legte er besonders Wert auf die familiäre Situation und den Werdegang von Pinger. Dies war später für das Gerichtsverfahren von Bedeutung, denn Werdegang und Persönlichkeit des Täters flossen mit in die Strafzumessung ein und fanden Erwähnung in den Urteilsbegründungen.
„Herr Pinger, erzählen Sie doch mal was über sich. Ich möchte mir gern ein Bild von Ihnen machen“, forderte er ihn auf.
„Was soll ich Ihnen denn da erzählen?“, fragte er ungläubig.

„Zum Beispiel über Ihr Verhältnis zu Ihren Eltern. Haben Sie Geschwister? Welche berufliche Tätigkeit üben Sie aus?“, half Paul Westhoven ihm auf die Sprünge.

Nach diesem Anstoß begann Pinger ohne Hemmungen über sich und sein Leben zu erzählen.

Paul Westhoven erfuhr, dass er als Einzelkind vor 25 Jahren in Köln geboren worden war. Seine Mutter war unverheiratet und als der Freund seiner Mutter von der Schwangerschaft erfahren hatte, verschwand er auf Nimmerwiedersehen, seinen biologischen Vater hatte er also nie kennen gelernt. Er war immer mit seiner Mutter allein gewesen. Er erzählte, dass er es als Kind nie leicht gehabt hatte. Seine Mutter habe immer auf ihm rumgehackt und ihn ständig wegen der kleinsten Kleinigkeit geprügelt oder eingesperrt.

Im Kindergarten hatten die Erzieherinnen der Mutter immer geglaubt, dass er nur hingefallen sei, wenn sie auf die verschiedenen Hämatome aufmerksam geworden waren. Tatsächlich aber hatte seine Mutter wieder einmal zugelangt. Schläge gehörten für ihn zum Tagesablauf. Regelmäßige Mahlzeiten kannte er nicht. Seine Mutter hatte ihn immer als nutzlose Last, ja als Zumutung, die sie in ihrer Freiheit einschränkte, empfunden.

Das änderte sich bis zu seiner Pubertät nicht. Nur, dass er jetzt kräftiger geworden war.

Eines Tages hatte er die dauernden Misshandlungen nicht mehr aushalten können und schlug aus Wut seiner Mutter die Faust ins Gesicht. Dies sei ein Befreiungsschlag gewesen.

Und als sie am Boden lag, hatte er mit Füßen auf sie eingetreten. Von da an hatte sie ihn nie mehr angerührt. Ihre Abneigung war nun von Zurückhaltung und Respekt geprägt gewesen. Stattdessen versuchte sie jetzt ihren Frust im Alkohol zu ertränken.

Da das Haushaltsgeld immer schon knapp war, ging sie gelegentlich mit verschiedenen Männern ins Bett um ein bisschen die Kasse aufzufüllen. Da es sich um Leute aus dem Bekanntenkreis handelte, bestand die Gegenleistung oft in materiellen Zuwendungen, die wie ein Geschenk aussahen.

Manchmal ließ sie sich auch nur für eine Flasche Hochprozentigen flachlegen. Er fand das abstoßend und hatte sich stets dafür geschämt.

Paul Westhoven spürte deutlich den abgrundtiefen Hass und die bittere Enttäuschung in der Stimme des Beschuldigten heraus, wenn er über seine Mutter sprach.

Mit 16 Jahren war er dann ohne Abschluss von der Sonderschule abgegangen. Er glaubte nicht eine Zukunftsperspektive zu haben. Seitdem jobbte er bei verschiedenen Baufirmen als Bauhelfer und gelegentlich auch als Gerüstbauer. Er schlug sich so durch und kam mit seinem Geld einigermaßen aus. Er fühlte sich aber immer unterprivilegiert.
Für ihn war es ganz klar, dass die anderen, sein Vater, der fehlte, seine Mutter, die versagt hatte, und die gesamte Gesellschaft die Schuld an der scheinbaren Aussichtslosigkeit in seinem Leben hatten.
Eine feste Bindung zu einer Frau hatte er nie gehabt. Er machte dafür sein Aussehen, vor allem die roten Haare, verantwortlich. Die einzige Frau in seinem Leben war eben nur seine Mutter gewesen und von ihr sei er ständig geschlagen und schlecht behandelt worden. Dies hatte sich tief in seiner Seele festgefressen. Von Frauen erwartete er nichts Gutes.

Paul Westhoven hörte aufmerksam zu und versuchte das Gesagte möglichst mit den Worten des Beschuldigten im PC festzuhalten. So eines oder ähnliche Schicksale hatte er schon oft gehört. Aber für ihn war das kein Freibrief für Entgleisungen, schon gar nicht zur Gewalt. Das Vorleben und die Einstellungen des Täters erklärten einiges, entschuldigten für ihn aber nichts.

„Wollen Sie mir nun erzählen, was da gestern in der U-Bahn passiert ist?“, ging Paul Westhoven nun zur Vernehmung über.

„Muss ich denn?“, fragte Pinger mit leuchtenden Augen, als wollte er sagen: „Darf ich endlich?“
„Nein, Sie müssen nicht zur Sache aussagen, aber vielleicht kann das Ihre Lage verbessern, wenn Sie die Sache aus Ihrer Sicht schildern“, erklärte er ihm.
Pinger überlegte kurz, rutschte nervös auf dem Stuhl hin und her und entschied aber dann, dass er dazu etwas sagen wollte.
Er erzählte, wie ein unbeteiligter Zeuge, dass er in der Bahn gesessen hatte, als plötzlich vier Leute eingestiegen waren, die während der Fahrt zur Poststraße, wo sie ausstiegen, über sein Aussehen lästerten und sich über ihn lustig gemacht hatten.
„Dann bin ich eben auch ausgestiegen und bin hinter ihnen auf dem Bahnsteig hergegangen. Die haben das noch nicht mal bemerkt. Ich musste mich ja verteidigen. Ich konnte das doch nicht auf mir sitzen lassen. Als dann eine Bahn kam, also da habe ich ihn auf die Gleise gestoßen. Das war reine Notwehr, ich musste mich wehren. Die waren ja schließlich zu viert“, erklärte er selbstsicher.
„Das war doch keine Notwehr mehr. Die waren doch schon ausgestiegen“, versuchte Paul Westhoven ihn zu korrigieren. „Auf dem Bahnsteig hat doch niemand mehr was zu Ihnen gesagt.“
„Aber, aber ich musste doch was tun. Das konnten die doch nicht mit mir machen! So etwas lasse ich mir nicht gefallen“, verteidigte er sich weiter. Er sah sich als Opfer. In der weiteren Vernehmung verstärkte sich in ihm der Eindruck, dass Pinger wirklich glaubte, was er sagte. Paul Westhoven platzte bald der Kragen. Er musste sich beherrschen, nicht sehr ausfallend zu werden.
„Den Mann vor die Straßenbahn zu stoßen war doch wohl das Letzte. Das steht doch in keinem Verhältnis. Sicher hat er sie beleidigt und seelisch verletzt, aber da kann man doch nicht gleich so ausrasten. Das war doch eine absolute Überreaktion“, sagte er lauter und schärfer, als man es von ihm gewohnt war. In den Augen seines Gegenübers sah er blankes Unverständnis. Scheinbar glaubte Pinger wirklich, dass er im Recht gewesen war.

***

Als Gerber und Dember die Wohnung der Pingers betraten schlug ihnen ein abgestandener fauliger Geruch entgegen. Es war seit Tagen, wenn nicht seit Wochen nicht mehr gelüftet worden. In der Küche stapelten sich benutzte Teller, Tassen und leeren Schnapsflaschen. Auf einigen Tellern hatte sich eine dicke Schimmelpilzschicht gebildet. Es war ekelhaft.
Die Durchsuchung der übrigen Räume verlief problemlos, denn sie waren nur spärlich eingerichtet oder gar nicht möbliert. Teilweise hing die Tapete in Fetzen von den Wänden. An den Decken baumelten einfache Glühbirnenfassungen.
„Wie können Menschen nur so leben?“, sagte Dember fassungslos.
„Ach, Heinz. Die Bude hier ist doch noch relativ harmlos. Warte mal ab, bis Du in eine richtig versiffte Wohnung kommst. Da, wo überall die Hundescheiße herumliegt und Dir die Maden auf den Schuhen tanzen und Du nicht weißt, wo Du hintreten sollst“, spielte Gerber die Situation herunter. „Es gibt Wohnungen, da klebt man überall fest, da geht das Gesundheitsamt nur im Schutzanzug hinein.“
„Lass mal stecken, mir reicht das hier schon“, antwortete er angewidert.
Als sie die Tür zum Zimmer des Sohnes öffneten, wurde ihnen klar, dass der ziemlich gestört sein musste. Wie ein pubertierender 13-Jähriger hatte er die Wände vollständig mit Postern zugeklebt. Einziges Motiv: Sex. Bilder der unterschiedlichsten Pornomagazine wechselten sich ab mit den Klappseiten aus Playboy und Hustler.
Auch dieser Raum würde schnell durchsucht sein, dachte sich Gerber, bis Dember die Schublade des Nachtschränkchens öffnete.
Er musste zweimal hinschauen, denn er konnte gar nicht fassen, was er hier gefunden hatte.

***

„Was hätte ich denn sonst machen sollen“, entrüstete sich Pinger. „Immerhin bestand die Gefahr, dass die mich einfach weiter lächer-

lich gemacht hätten. Außerdem hätte ich denen ja noch mal begegnen können."
Paul Westhoven blieb ruhig. Seine Erklärungen über Notwehr, Notwehrüberschreitung und Verhältnismäßigkeit schien sein Gegenüber nicht wahrzunehmen.
Pinger schüttelte ungläubig seinen Kopf und wähnte sich absolut im Recht. Dieser Mann hatte mehr als ziemlich seltsame Ansichten.
Paul Westhoven überlegte, ob er später einen Psychologen hinzuziehen sollte, denn er zweifelte mittlerweile an Pingers Zurechnungsfähigkeit. Letztlich entschied er sich schweren Herzens dazu und hatte dabei wieder den Urteilsspruch vor Augen, den es im Prozess zum Gasflaschenmord gegeben hatte. Doch er war sich auch im Klaren darüber, dass er das bestehende Rechtssystem nicht ändern konnte.
Aber erst einmal wollte er die Vernehmung von Pinger fortsetzen.
„Warum sind Sie weggelaufen, wenn Sie sich so im Recht sehen? Das passt doch nicht zusammen", nahm Paul Westhoven die Befragung wieder auf.
„Ich bleib doch nicht stehen und warte, dass es Ärger gibt!", entgegnete er und fuhr fort: „Heute Morgen hab ich dann das Bild in der Zeitung gesehen und mir sofort gedacht, dass die Bullen mir doch sowieso nicht glauben würden. Außerdem hab ich keinen Bock auf Knast. Ich will doch nicht die Freundin eines der Perversen da werden."
Das Telefon klingelte. Außer seinem Team in der Wohnung Pinger wusste niemand, dass er in seinem Büro war. Es musste etwas sehr Wichtiges sein, dass sie ihn in der Vernehmung störten. Also entschied er sich das Gespräch anzunehmen.
Paul Westhoven war über das Durchsuchungsergebnis in Pingers Zimmer sehr überrascht. Beim Gespräch schwieg er bewusst, sondern bestätigte immer wieder die Miteilungen lediglich mit einem „Ja". Dann bedankte er sich für die Informationen und widmete sich wieder dem Beschuldigten, ohne sich die innere Genugtuung anmerken zu lassen.
„Das waren eben meine Kollegen, die gerade Ihre Wohnung durchsuchen. Können Sie sich vorstellen, was die in Ihrem persönlichen

Zimmer gefunden haben?", fragte er gelassen und sah Panik in den Augen seines Gegenübers.
„Keine Ahnung, was denn?", sagte er hastig und versuchte seine Unsicherheit hinter einem aggressiven Tonfall zu verbergen.
„Denken Sie doch mal an den Inhalt der Schublade in Ihrem Nachttisch. Na, klingelt es bei Ihnen?", fragte Paul Westhoven herausfordernd.
Pinger antwortete nicht mehr. Zusammengesunken und den Kopf in die Hände gestützt saß er im Stuhl. Sein Blick ging ins Leere. Er spürte, dass er verloren hatte.
„Was sollen denn die Zeitungsausschnitte von den beiden Morden an Sanne von Ehlen und Lisa Düster da drin? Warum haben Sie die aufbewahrt?", wollte Paul Westhoven wissen. Aber er bekam keine Antwort.

Gerber meldete sich ein weiteres Mal telefonisch. Er hatte noch eine weitere wichtige Einzelheit für den Kommissionsleiter.
„Rate mal, was wir unter dem Bett bei ihm gefunden haben?", machte er es spannend.
„Nun sag schon, Jochen", drängelte Westhoven.
„Jetzt rate doch mal", wiederholte er sich.
„Noch mehr Zeitungsausschnitte vielleicht?", antwortete Westhoven genervt.
Gerber spürte, dass er seinen Spaß nicht übertreiben durfte. Paul Westhoven hatte im Augenblickt kein Verständnis für so etwas. Deshalb spannte er ihn nicht länger auf die Folter.
„Ein Mönchskostüm. Schön eingepackt in einer Alditüte", triumphierte er.
„Denkst Du, was ich denke?", rutschte es Paul heraus.
„Jawohl. Hau ihn mal auf Elisabeth Düster an", riet er.
Paul Westhoven legte auf und schüttelte den Kopf. War Pinger nicht nur der U-Bahn-Täter, sondern auch Elisabeth Düsters Mörder?

Paul Westhoven fixierte sein Gegenüber und stellte die entscheidende Frage: „Warum haben Sie Elisabeth Düster umgebracht? Woher kannten Sie Lisa Düster?"
Pinger wechselte schlagartig die Gesichtsfarbe, sein Gesicht wurde noch weißer als es sowieso schon war. Unter den Augen bildeten sich dunkle Ränder. Er war eine jämmerliche Gestalt. Seine Selbstgefälligkeit war verflogen.
Westhoven schob direkt die nächste Frage hinterher:
„Wo waren Sie am Karnevalsdienstag so gegen 17:00 bis 17:30 Uhr und später?"
In den Augen von Pinger spiegelte sich die nackte Angst. Fieberhaft suchte er nach einer passenden Antwort. Seine Kehle war wie ausgetrocknet.
„Los, Junge", Paul Westhoven erhob sich von seinem Stuhl. „Erleichtere Dein Gewissen und erzähl mir alles. Danach geht es Dir besser!"
Pinger schaute ihn an und öffnete seine Lippen. Aber statt ein Geständnis abzulegen, verlangte er nach einem Glas Wasser. Paul Westhoven angelte eine Plastikflasche Mineralwasser und einen Plastikbecher aus seinem Schreibtisch, Überbleibsel der Einsatzverpflegung vom letzten Großeinsatz. Er goss den Becher randvoll und stellte ihn auf die andere Seite des Schreibtischs vor den Beschuldigten.
„Sehr witzig. Wie soll ich denn mit gefesselten Händen trinken?", beschwerte er sich.
Paul Westhoven schloss die Handschellen an der rechten Hand auf und ließ sie um die Stuhllehne klicken. Safety first. Das war nicht das, was Pinger erreichen wollte, aber er fügte sich in seine Situation. Hastig nahm er den Becher, trank diesen mit einem kräftigen Zug leer und verlangte einen zweiten. Paul Westhoven goss ihm ein zweites Mal ein.
Als ob Pinger in den letzten Sekunden eine Verwandlung vollzogen hatte, war er plötzlich wieder hellwach und fing an zu erzählen:
„Sie wollen wirklich alles wissen?" Paul nickte zustimmend.

„Warum fragen Sie mich dann nicht zuerst nach dieser Schlampe in der Brüsseler Straße?“
„Meinen Sie etwa Sanne von Ehlen?“, Paul Westhoven war völlig überrascht.
„Ich meine Chantal. Diese dreckige Nutte, die man auch im Internet begaffen konnte. Aber wie Sie wollen, nennen wir sie Sanne von Ehlen.
Ja, so hieß die Schlampe, stand ja an der Wohnung. Ich hab das für einen Witz gehalten.“
„Von mir aus. Erzählen Sie erst von ihr. Mir ist das egal. Was war denn zwischen Ihnen beiden?“ meinte Paul Westhoven taktisch zurückhaltend. Er wollte ihn jetzt auf keinen Fall länger unterbrechen, sondern nur zuhören.
Pinger fühlte sich wieder oben auf. Er reckte den Kopf in die Höhe, atmete laut ein und aus. Dabei bewegte er hektisch mit dem Kopf hin und her. Er fühlte sich jetzt überlegen. Seine Augen glänzten, als er sich die Ereignisse noch einmal vor Augen führte.
Seine Stimme war bei den nächsten Sätzen voller Verachtung.
Er erzählte, dass er Sanne von Ehlen über das Internet gefunden hatte. Ihre langen blonden Haare waren ihm sofort aufgefallen. Mehrfach hatte er sie in ihrer Wohnung aufgesucht. Jedes Mal, wenn er ihre blonden Haare sah, hatte er sich ihren Tod ausgemalt. Jedes Mal wurde sein Tatentschluss stärker. Mit einem teuflischen Plan im Kopf hatte Pinger sich dann eines Tages wieder als Freier bei Sanne von Ehlen telefonisch angemeldet. Wie immer war es zu einem Treffen gekommen und auf dieses Treffen hatte er sich gut vorbereitet.
Er schilderte detailliert, wie er vorgegangen war:
„Als ich sie von hinten vögelte, griff ich mir diese Gipsbüste, die dort stand, und hämmerte sie ihr voll auf den Schädel dieser blonden Schlampe. Das Scheißding ging jedoch schon beim ersten Schlag in Scherben.
Er erzählte, wie er sich noch darüber geärgert hatte, dass die Büste so schnell kaputt gegangen war. Überall hatten die Gipsbrösel herumgelegen. Aus lauter Wut ist mir dann die Lust am Vögeln ver-

gangen. Ich hatte noch nicht einmal abgespritzt. Dann habe ich die Alte, die blutete wie eine Sau, auf den Rücken gedreht. Ich habe ihr dann die Hände und die Füße mit meinen Handschellen, die ich vor ein paar Tagen auf der Bergisch Gladbacher Straße gekauft hatte, ans Bett gefesselt. So konnte die Nutte sich nicht mehr bewegen. Das hat mich richtig angemacht. Damit sie nicht rumbrüllen konnte, falls sie doch wieder aufwachen sollte, habe ich ihren Mund mit Isolierband verklebt."

Pinger schilderte den Tatablauf ohne ein Anzeichen von Bedauern. Westhoven hatte den Eindruck, Pinger würde sein Handeln bei seinen Ausführungen noch einmal erleben und sich daran förmlich aufgeilen. Er empfand plötzlich wieder Ekel vor seinem perversen Gefangenen. Er jagte ihm kalte Schauer über den Rücken. Dennoch wollte er ihn auf keinen Fall unterbrechen, sondern schrieb weiter. Zur Sicherheit ließ er sein Diktiergerät mitlaufen. Fragen konnte er noch später.

***

Gerber und Dember waren auf der Rückfahrt zur Dienststelle. Die ausgeschnittenen Zeitungsartikel und das Mönchskostüm hatten sie in separaten Tüten zur Beweissicherung mitgenommen. Die unzähligen Gewaltpornovideos und einschlägigen Magazine hatten sie in der Wohnung belassen und die Tür zu Pingers Zimmer abgeschlossen und amtlich versiegelt.

Auf der Dienststelle schrieben sie als erstes die NW10 und NW10a, das formatierte Durchsuchungsprotokoll und die Aufstellung der sichergestellten Gegenstände. Dann folgte der Durchsuchungsbericht. Die verschiedenen beschrifteten Tüten verstauten sie im Asservatenraum des KK 11.

Gerber bot Dember kollegial an, dass er nun Feierabend machen könne: „Drei Leute werden nicht zur Vernehmung gebraucht. Du hast doch noch bestimmt etwas anderes zu tun."

„Was wird denn Paul sagen, wenn ich schon weg bin?", kam es zaghaft zurück.

„Mach Dir mal keinen Kopf. Das regele ich schon. Und jetzt hau schon ab. Viel Spaß und überanstreng Dich nicht", grinste er ihn an.
„Hast einen gut bei mir", bedankte sich Dember und lief zu seinem Auto.

***

„Dann habe ich sie solange geohrfeigt, bis sie wieder klar wurde. Sie hätten ihr Gesicht sehen sollen, als ich ihr zu verstehen gegeben habe, dass diese Verabredung der letzte Fehler ihres miesen kleinen Lebens gewesen sein sollte. Diese Angst", es funkelte in seinen Augen, „Dann nahm ich aus meinem Handgelenktäschchen das kleine Jagdmesser und zog ihr die Klinge über den nackten Bauch. Ihre Todesangst konnte ich förmlich spüren. Das war richtig geil. Ich hatte die Macht und die Schlampe war ein Nichts", schilderte Pinger euphorisch.
Paul Westhoven hörte gebannt zu. ‚Wann habe ich das letzte Mal die Verherrlichung einer solchen Brutalität gehört', dachte er.

Dann beschrieb Pinger weiter: „Die Panik stand ihr in den Augen. Das war herrlich, ich konnte mich kaum satt sehen. Ich hatte die Macht, ich war seit langem endlich mal wieder so richtig glücklich. Und dann? Ja, was sollte ich mit ihr noch machen. Sie war wertlos für mich geworden. Also habe ich sie mit dem Messer erstochen und ihr zur Sicherheit noch die Kehle durchgeschnitten."
„Was haben Sie danach getan?", bohrte Paul Westhoven nach, denn Pinger hatte die Erzählungsflut abgeschlossen. Er überlegte einen Moment.
„Bevor ich die Wohnung verließ, habe ich mir noch das Blut abgeduscht und ihr ein Messer in den Bauch gerammt und sie schön hingelegt. Sie sollte einfach schön daliegen, so wie meine Mutter, wenn sie ihre blonde Perücke auf hatte und auf ihre Freier wartete. Hab ich doch schön gemacht, oder etwa nicht?"

Paul Westhoven war schockiert. Nie zuvor hatte er in seiner Dienstzeit bei der Mordkommission einen so sadistischen Menschen erlebt. Er rang um Fassung.
„Wie kann man so etwas tun?“, fragte er tonlos.
„Wissen Sie eigentlich, wie schön es ist endlich mal etwas Großes zu tun?“, sagte der Täter grinsend.
Am liebsten hätte Westhoven jetzt zugeschlagen, um dieser grausigen Vorstellung ein Ende zu machen. Aber geändert hätte dies auch nichts. Und außerdem war das auch nicht sein Stil.
„Wir haben keine Handschellen oder so was gefunden“.
„Konnten Sie ja auch nicht. Die habe ich wieder mitgenommen“, triumphierte er.

Wieso hatte bei der Obduktion niemand etwas von der Fesselung bemerkt. Er konnte sich aber auch nicht sicher sein, dass Pinger die Wahrheit gesagt hatte. Aber was würde das schon ändern? Sanne war tot.

Paul Westhoven entschloss sich die Vernehmung nicht weiter fortzusetzen. Es war schon sehr spät geworden und er konnte sich nicht mehr richtig konzentrieren.
Gemeinsam mit Gerber brachte er Pinger zurück zum Polizeigewahrsam in das Erdgeschoss. Eine Einzelzelle mit Videoüberwachung wartete schon auf ihn.
Als Paul endlich zuhause neben Anne im Bett lag, konnte er trotz seiner Müdigkeit nicht einschlafen. Immer wieder gingen ihm die Worte von Pinger durch den Kopf. ‚Wie konnte ein Mensch nur zu solchen Taten fähig sein’, dachte er sich. Ihm war schlecht und er fühlte sich elend.
„Was ist los, Paul?“, fragte Anne verschlafen und drehte sich zu ihm hin. Er nahm dankbar ihren vertrauten Geruch wahr.
„Ach nichts, Anne. Nichts, was Dich wirklich interessieren würde“, wich er aus. Er hatte nicht vor, auch noch Anne den Schlaf zu rauben. Würde er ihr den Inhalt dieser Vernehmung erzählen, so hätte sie unter Garantie auch nicht mehr schlafen können.

Irgendwann fielen ihm dann aber doch vor Erschöpfung die Augen zu und er versank in einen ruhelosen, häufig unterbrochenen Schlaf.

SIEBENUNDZWANZIG

Mehrfach hatte er in der Nacht auf die Leuchtziffern des Radioweckers geschaut. Die Nacht schien nicht zu Ende zu gehen. Als endlich der Wecker piepste, fühlte er sich förmlich erlöst, obwohl er müder war als zu dem Zeitpunkt, als er ins Bett ging. Er war total verspannt und fühlte sich wie gerädert. Im Gegensatz zu ihm hatte Anne geschlafen wie ein Baby. Er wollte ihr beim Frühstück nicht die gute Laune verderben und erzählte ihr auch jetzt nichts über die Vernehmung am gestrigen Abend. Anne fragte sich unterdessen, was vorgefallen war, dass ihr Paul in einer halben Stunde keine drei Worte mit ihr redete. Die tiefe Stirnfalte und die dunklen Ringe unter seinen Augen sprachen jedoch Bände. Er war ziemlich fertig.
Für ihn war die Sache noch nicht abgeschlossen, der Fall ließ ihm immer noch keine Ruhe. Er wusste, dass er die letzten Reserven seiner Energie dafür einsetzte.

***

In der morgendlichen Frühbesprechung im KK 11 präsentierte Paul Westhoven sachlich die ersten Ergebnisse der Vernehmung. Arnd Siebert schaute zufrieden in die Gesprächsrunde und auch die Kollegen waren froh, dass der Täter gefasst war.
Nach der Besprechung ließ Paul Westhoven den tatverdächtigen Pinger durch Gerber und Dember aus seiner Zelle holen, um dann gemeinsam die Vernehmung fortzuführen.

In dieser Zeit informierte Westhoven Staatsanwalt Asmus von der Festnahme und dem Geständnis. Auch er gratulierte zu dem Erfolg und sagte zu, am Nachmittag ins Präsidium zu kommen um Haftbefehl gegen Pinger zu beantragen.

„Herr Pinger, haben Sie zu der Vernehmung von gestern noch etwas hinzuzufügen?", begann Paul Westhoven die Befragung. Pinger schüttelte verneinend seinen Kopf und schaute vor sich auf den Boden.
„Möchten Sie uns was über Elisabeth Düster erzählen?", versuchte Paul Westhoven ihn zu ermuntern und hatte offenbar Erfolg. Es war, als wenn Westhoven einen unsichtbaren Hebel bei ihm umgelegt hatte.
„Aber klar, Herr Kommissar", antwortete er und schaute ihn an, als könne er es gar nicht erwarten, auch diese Geschichte zu erzählen.
Gerber war völlig baff über die plötzliche Wesensänderung. Dieses Mal war er es, der von Pingers Verhalten überrascht wurde. Er hatte heute die Aufgabe des Schriftführers übernommen, damit Paul Westhoven sich voll auf die Fragen konzentrieren konnte. Gerber musste sein ganzes Können aufbieten, um mit dem Schreiben nachzukommen. Pinger redete ohne Punkt und Komma.

„Die blonde Betschwester habe ich am Rosenmontag angemacht. Eigentlich war ich an einer ganz anderen interessiert, einer wirklich klassen Blondine, aber die Schlampe hat mich einfach stehen lassen und ist mit dem Taxi abgezischt. Da war ich natürlich sauer und jemand anders musste her", sagte er mit einer Selbstverständlichkeit, die selbst einem lang gedienten Kriminalbeamten das Blut in den Adern gefrieren lassen konnte.
Pinger erzählte, wie er die unerfahrene und naive Elisabeth Düster um den kleinen Finger gewickelt hatte. Vom ersten Augenblick an hatte er den Gedanken gehabt, sie zu töten um sich zu rächen.
Am Rosenmontag war das aber nicht möglich gewesen, weil in der Stadt zu viele Leute unterwegs waren. Voller Stolz berichtete er weiter:
„Am Karnevalsdienstag habe ich sie dann angerufen. Die war so naiv, dass es gar kein Problem war sie aus dem Haus zu bekommen. Ich habe ihr etwas ins Ohr gesäuselt von wegen romantischem Spaziergang und ich könnte ohne sie nicht sein. Sie sprang sofort darauf

an, Mensch muss die es nötig gehabt haben. Ich hab ihr dann gesagt, wir sollten in den Volksgarten gehen."
„Was haben Sie denn zu Ihr gesagt, dass sie so spät noch im Dunkeln mit Ihnen in den Park gegangen ist?", fragte Paul Westhoven nach. Pinger fuhr mit seiner Geschichte fort.

Verächtlich lächelnd erzählte er: „Sie hat doch selbst noch gesagt, dass kein anderer im Volksgarten wäre."
Dann erzählte er scheinbar emotionslos weiter:
„Auf einem Weg abseits hab ich dann das Blondchen fertig gemacht. Ich hab sie erst gewürgt und es ihr dann auf meine Art besorgt. Die hatte Schiss ohne Ende. Das törnte richtig an. Ich hab sie dann von hinten gefickt und sie dabei abgestochen. Die hat gequiekt und geschrien wie ein Schwein. Ein geiles Gefühl."
Dabei geriet er offenbar wieder in Fahrt und durchlebte seine Tat erneut. Erregt knibbelte er unaufhörlich an seinen Fingernägeln und leckte sich unzählige Male mit der Zunge über die Lippen. Das Gefühl von Macht und das zu zerstören, was er am meisten hasste, war für ihn ein Supergefühl gewesen.
„Und dann? Was geschah dann?", hakte Paul Westhoven wiederum nach.
Wie ein Schauspieler wiederholte Pinger das röchelnde Geräusch seines Opfers und machte sich darüber lustig. Gerber und Paul Westhoven sahen sich an. Es lief ihnen eiskalt über Arme und Rücken. Beide schüttelten unmerklich den Kopf. Sie waren mit den Nerven ziemlich unten, aber sie ließen sich nichts anmerken, um Pinger nicht abzulenken und seine Geständnisfreudigkeit zu beenden.

Pinger legte Wert darauf, dass er seine Taten rational geplant hatte. Ein psychisches Problem wies er weit von sich und zu seiner wirklichen Motivation konnte er eigentlich nichts sagen.
Er erzählte davon, dass das erlebte Machtgefühl ihn sexuell stimuliert hatte. Jedes Mitempfinden hätte dies wahrscheinlich zunichte gemacht.

Das Schlitzen von Sanne von Ehlens Haut habe ihn besonders angemacht. Bei Elisabeth Düster hingegen sei es ihm dafür draußen zu kalt gewesen.
Als die Vernehmung nach einer kurzen Pause fortgesetzt wurde, nannte Pinger als Grund für seine Taten den angestauten Hass auf seine Mutter.
„Bei jeder, die ich platt gemacht habe, hatte ich die Alte vor Augen, ihre blonden Haare und ihr geiles Gehabe, wenn ein Freier kam. Eigentlich wollte ich immer nur sie fertigmachen."
„Wieso haben Sie dann nicht Ihre Mutter umgebracht?", unterbrach ihn Westhoven. Diese Frage ließ Pinger unbeantwortet.

„Herr Pinger, was haben Sie mit dem Mord im Imbiss zu tun?", stellte Paul Westhoven seine nächste Frage.
„Was für ein Mord im Imbiss?", fragte der verdutzt.
„Nun ja, an dem Bekannten von Sanne von Ehlen, am Karnevalssamstag. Immerhin lieben Sie es, verkleidet Ihre Opfer anzusprechen."
„Herr Kommissar, den können Sie mir nicht anhängen. Damit habe ich leider nichts zu tun. Wenn ich das gewesen wäre, dann würde ich Ihnen das liebend gern erzählen. Aber ich war es nicht", betonte er.

Irgendwie wurde Paul Westhoven das Gefühl nicht los, dass er auch in diesem Punkt die Wahrheit sagte. Aber wer war dann für den Tod von Ralf Baum verantwortlich? Dieser Frage würden sie weiter nachgehen müssen.

***

Paul kam gegen 13:00 Uhr aus der Polizeikantine, Gerber hatte heute Nudelreste mit Tomatensoße von seiner Frau mitbekommen, als Staatsanwalt Asmus auf der Dienststelle eintraf. Konzentriert las er das Vernehmungsprotokoll. Seinem Gesicht konnte man ansehen, dass ihn die Schilderungen Pingers anwiderten.

„Mein Gott, Herr Westhoven. Wissen Sie noch, wie wir am Tatort der ermordeten Sanne von Ehlen von einem psychopathischen Serienkiller gesprochen haben?", sagte er entsetzt.
„Ich hatte damals gehofft, dass sie Unrecht hätten. Pinger hat uns aber eines anderen belehrt. Das reinste Horrorszenario, wie man es sich kaum vorstellen kann", ergänzte Paul Westhoven.
„Dieser Pinger macht einem wirklich Angst und Bange. Gut, dass Sie ihn nun dingfest gemacht haben", lobte Asmus.
„Vielen Dank, Herr Asmus. Aber der Dank gebührt mir nicht allein. Mein Team und ich haben uns wochenlang mit den Ermittlungen abgeplagt und etliche Überstunden bis spät in die Nacht geschoben. Ich werde Ihre Anerkennung aber gerne weitergeben", sagte Westhoven tiefstapelnd.
„Und außerdem war es ein bisschen Kommissar Zufall, der uns den Täter so schnell geliefert hat. Wäre der Mord in der U-Bahn nicht gewesen, dann wären wir nicht so schnell auf Pinger gestoßen."
„Wie meinen Sie das?", fragte Asmus erstaunt.
„Mit unserem Raster wäre er uns auf jeden Fall ins Netz gegangen. Wie Sie wissen, waren wir noch immer dabei, die Kundenkartei von Sanne von Ehlen zu durchforsten. Bestimmt hätten wir ihn darin gefunden und irgendwann als Zeugen vorgeladen. Nur der Umstand, dass Pinger in der U-Bahn ausrastete, brachte uns diesen Erfolg", führte Paul Westhoven aus.
„Wie auch immer, Herr Westhoven. Sie und Ihr Team haben hervorragende Arbeit geleistet. Und dafür bin ich Ihnen dankbar."
Nach dem Gespräch formulierte er den Haftbefehlsantrag wegen dreifachen Mordes zum Nachteil von Sanne von Ehlen und Elisabeth Düster sowie im Fall Johannes Schäfer. Im letzten Fall war er sich zuerst nicht sicher, ob es sich nicht um einen Totschlag handeln könnte. Aber der Tatumstand der Heimtücke ließ sich nicht von der Hand weisen, so dass er sich doch für Mord entschied.

In seiner richterlichen Vernehmung vor dem Haftrichter bestätigte Pinger seine Angaben. Der Haftrichter erließ antragsgemäß den Untersuchungshaftbefehl.

Außerdem stellte er einen Beschluss zur molekulargenetischen Untersuchung aus, damit Pinger auch in den beiden anderen Fällen als Spurenleger identifiziert werden konnte.
Am nächsten Morgen wurde Pinger zusammen mit anderen Gefangenen in die Justizvollzugsanstalt Köln-Ossendorf gebracht.
Dort würde er von einem Psychiater begutachtet werden und bis zu seiner Gerichtsverhandlung bleiben.
Nach diesem ersten Erfolg gönnte Paul Westhoven seinem Team und sich selbst einen freien Nachmittag.

***

Als er nach Hause kam, wartete Anne schon auf ihn. „Herzlichen Glückwunsch, mein Schatz. Ich bin ja so froh, dass Du diesen Irren aus dem Verkehr gezogen hast", sagte sie freudestrahlend, fiel ihm um den Hals und küsste ihn leidenschaftlich.
„Erzähl doch mal. Wie sieht er aus, was ist das für ein Typ?", wollte sie wissen.
Da Paul Westhoven das Phantomfoto noch immer in seiner Tasche mit sich herumtrug, zeigte er es ihr.
„Nein! Das ist der Mörder?", fragte sie erschrocken und wurde kreidebleich im Gesicht. Anne Westhoven musste sich setzen.
„Anne, Schatz? Was ist denn jetzt los?", fragte er völlig verblüfft.
„Ich kenne diesen Mann", kam es ihr kaum hörbar über die Lippen. Sie zitterte am ganzen Leib.
„Wie? Du kennst ihn? Woher denn?", fragte er erstaunt.
Als Anne ihm die Geschichte vom Rosenmontag und die anschließende Flucht mit dem Taxi erzählte, schossen ihm die Sätze aus der Vernehmung mit Pinger durch den Kopf: „„...Eigentlich war ich an einer ganz anderen interessiert, einer wirklich klassen Blondine, aber die Schlampe hat mich einfach stehen lassen und ist mit dem Taxi abgezischt...."
Paul Westhoven war sich bewusst, dass ebenso seine Anne das nächste Opfer hätte sein können. Die Tat war als Rache an Anne bestimmt gewesen. Er schloss sie ganz fest in die Arme und war

froh, dass sie es nicht gewesen war, die Pinger sich hatte vornehmen können. Arme Elisabeth, dachte er.

***

Dember hatte natürlich die Gelegenheit genutzt und sich direkt nach Dienstschluss mit Doris Weber verabredet. Sie hatte sich sofort Zeit für ihn genommen.
Erst waren sie im Kino und anschließend in einem Bistro am Ring gewesen. Dember fühlte sich in ihrer Nähe in angespannter Erwartung und zählte schon die Minuten, bis er endlich mit ihr im Bett landen konnte.
Doch irgendwie war sie heute Abend anders als sonst. Schweigsam, fast abwesend. Er fragte, was denn los sei, aber sie wich ihm aus. Die großen Milchkaffeetassen vor ihnen waren fast ausgetrunken.
„Also schön, Heinz. Wenn Du es unbedingt wissen willst: Ich meine, es wäre besser, wenn wir uns eine Weile nicht mehr sehen würden“, brach es plötzlich aus ihr heraus. Dabei blickte sie ihn mit kummervoller Miene an.
Wie? Hatte er da gerade richtig gehört? Das konnte doch nicht sein.
Dember schossen Tränen in die Augen. Bestimmt war es nur wieder einer ihren seltsamen Witze, versuchte er sich zu beruhigen. Sein Magen verkrampfte sich.

Ihre Beziehung funktionierte zwar im Bett ziemlich gut. Aber schließlich war da immer noch ihr fester Wochenendpartner, der mit ihr zusammenwohnte. Sie verschwendete scheinbar die ganze Zeit über nicht den leisesten Gedanken daran, den anderen abzuservieren und sich ausschließlich ihm zu widmen.
„Ich verstehe nicht“, sagte er mit belegter Stimme.
„Heinz, ich finde, das anfängliche Feuer lodert nicht mehr so. Du verstehst? Der Reiz des Neuen ist einfach nicht mehr da. Es ist Sex, was uns verbindet, nicht Liebe“, sagte sie kühl und vermied es, ihm dabei in die Augen zu sehen. Sie wollte jetzt keine weiteren Erklärungen abgeben. Deshalb war es ihr recht gewesen, mit ihm in ei-

nem Lokal in aller Öffentlichkeit Schluss zu machen. Das verhinderte wenigstens eine Riesen-Szene.
„Das glaube ich Dir einfach nicht. Schau mich an, Doris. Sag mir, dass es nicht wahr ist“, flehte er sie an.
„Es ist aber so“, entgegnete sie kühl und trank den letzten Schluck ihres Kaffees. Sie wäre jetzt am liebsten sofort aufgestanden und gegangen – und zwar alleine. So saßen sie am Tisch und starrten vor sich hin. Schließlich, als er sich einigermaßen gefangen hatte, bot er ihr an, sie wenigstens noch ein letztes Mal nach Hause bringen zu dürfen.
Eigentlich war es mehr eine flehende Bitte als ein Angebot. Aber vielleicht hatte sie für den Heimweg doch gern noch einen Begleiter durch das nächtliche Köln. Gleichgültig willigte sie ein. Sollte er doch ein Stückchen mitkommen. Schaden konnte es ja nicht und ein bisschen Leid tat er ihr auch. Zum Glück hatte er ihr keine Szene gemacht.
In der Landmannstraße angekommen hielt er unschlüssig vor ihrem Wohnhaus an. Die automatische Hauseingangsbeleuchtung war angesprungen.
„Darf ich noch mit hochkommen?“, fragte er, als sie gerade die Haustür aufschloss.
„Ich weiß nicht was das soll - mach Dir bitte keine Hoffnungen mehr“, antwortete sie kalt.
Nachdem sie ihre Jacke ausgezogen hatte, sah Heinz wieder auf die wohlgeformten Brüste und den rot geschminkten sinnlichen Mund. Sein Herz schlug heftig. Sie war so begehrenswert. Er durfte sie nicht verlieren.

Plötzlich schien der Verstand bei ihm auszusetzen. Er umarmte sie, zog sie an sich und versuchte sie zu küssen. Im gleichen Moment stieß sie ihn mit beiden Händen von sich weg und schrie: „Was soll das denn. Ich hatte Dir eben noch gesagt, dass Du Dir keine Hoffnungen zu machen brauchst! Lass mich in Ruhe.“ Jetzt schien sie wirklich verärgert zu sein. Es war ein Fehler gewesen, ihn mit nach oben zu nehmen.

„Tut mir leid“, meinte er, allerdings ohne Bedauern zu empfinden.
Um die Situation zu entspannen, fing sie an zu lachen und zuckte mit den Schultern.
„Macht nichts, wenn Du’s nicht wieder tust.“
„Dazu wird es wohl kaum kommen“, entgegnete er beleidigt und schroff.
„Ach, komm mit ins Wohnzimmer“, sagte sie freundlich und legte den Arm um seine Hüften. Sie fühlte sich jetzt wieder wohl in seiner Gegenwart. Die zurückliegende Zeit mit ihm war schön gewesen und hatte ihr gut getan. Ihre Beziehung zu ihrem Freund hatte sie in diesem Moment vollständig verdrängt.
Dember war ihr vertraut und doch noch fremd. Doris hätte nicht gedacht, sich wieder zu ihm hingezogen zu fühlen.
Im Wohnzimmer ließen sie sich zusammen auf die Couch fallen. Jede Vernunft war verschwunden. Dember konnte gerade noch schnell ein Kondom aus der Tasche fischen und kurze Zeit später lag er schon mit rhythmischen Bewegungen unter lautem Stöhnen auf ihr.
„Scheiße, tut mir leid“, sagte er plötzlich erschrocken.
„Ach, lass gut sein, die Möglichkeit zu einer Revanche wird es aber trotzdem nicht geben!“
„Ich glaube, Du verstehst nicht ganz“, meinte Dember zögerlich. „Wir haben ein echtes Problem!“
„Und das wäre?“
„Das hier solltest Du Dir mal ansehen“.
Das Kondom war vollständig gerissen. Entsetzt sprang sie auf.
„Nein! Das darf doch wohl nicht wahr sein! So ein Mist! Warum hast Du denn nicht früher etwas gesagt?“
„Ich hab’s doch gesagt, aber es ist halt schon zu spät gewesen“, kam es kleinlaut zurück.
„Na toll! Für so etwas musstest Du Dir gerade den letzten Abend aussuchen! Ich bin doch gerade in der Ovulation, glaube ich.“
„In der was?“

„Ach, vergiss es und lass mich endlich in Ruhe! Wird schon nichts passiert sein. Deswegen renne ich jedenfalls nicht gleich zum Gynäkologen“, versuchte sie sich zu beruhigen.
„Bitte, wie Du meinst. Du kennst Dich da besser aus und musst es wissen!“
„Also, ein Kind wäre jetzt wirklich das Letzte!“
„Finde ich auch.“
„Na schön, da sind wir uns ja wenigstens einig und jetzt hau endlich ab.“
Schnell raffte Dember seine Klamotten zusammen.
Aus dieser Situation zu verschwinden, ließ er sich nicht zweimal sagen. Als er die Wohnungstüre hinter sich zuzog, war er bereits erleichtert. Vielleicht würde er sie eines fernen Tages noch mal anrufen und sich für den blöden Abgang entschuldigen. Aber in nächster Zeit war es wirklich besser, ihr nicht über den Weg zu laufen.

ACHTUNDZWANZIG

Als Paul Westhoven um 06:00 Uhr im Polizeipräsidium ankam, war er der Erste auf der Dienstelle. Er hatte eine weitere Nacht kaum geschlafen.
Pausenlos hatte er davon geträumt, dass nicht Elisabeth Düster, sondern Anne am Wegesrand im Volksgarten gelegen hatte. Schweißgebadet und völlig außer sich war er dann erwacht und er hatte sich kaum beruhigen können, um erneut für kurze Zeit wieder einzuschlafen.
Die in der Vernehmung Pingers detailliert erzählten abartigen Grausamkeiten der Morde und dass Anne beinah Opfer dieses Psychopathen hätte werden können, hatte ihn mehr angegriffen als er jemals zugeben würde.
Um sich davon ablenken zu können, hätte er nur seinen Urlaub antreten müssen. Aber das konnte er einfach nicht. Ein Mord war noch nicht geklärt, der Mörder Ralf Baums lief noch immer frei herum.

Diesen offenen Fall wollte er unbedingt noch klären. Seine Erschöpfung würde sich schon wieder legen.
Sein kriminalistisches Gespür sagte ihm, dass die Morde von Ehlen und Baum in irgendeinem Zusammenhang standen. Nur in welchem? Die Schlüsselfigur hierzu konnte nur Uta Palanke sein. Sie könnte ihm bestimmt noch einiges erzählen.
Bevor die Kollegen eintrafen, suchte Paul Westhoven in den örtlichen aktuellen Zeitungen nach Artikeln zu seinen Fällen.
Er stieß auf einen Artikel, den sein spezieller Freund Dirk Holm verfasst hatte.
Zu seinem Erstaunen stellte er fest, dass Holm ihn nun einmal über alle Maßen hoch gelobt hatte. Dann ließ er ihn aber umso unbarmherziger fallen. Im letzten Absatz wurde übergangslos der ungeklärte Mord im Imbiss hervorgeholt und die Frage gestellt, warum der Täter noch immer nicht gefasst sei. Paul Westhoven dachte sich seinen Teil über Holm. Der war unverbesserlich.
Nach der täglichen morgendlichen Besprechung des gesamten KK 11 bestellte Paul Westhoven sein Team ins Büro.
„Wie siehst Du denn schon wieder aus?“, wollte er von Dember wissen.
Dieser war in den letzten 24 Stunden scheinbar um 20 Jahre gealtert. Den Alkoholgeruch konnte er trotz Pfefferminzbonbons nicht verleugnen.
„Persönliche Probleme. Ich bin aber voll da“, antwortete er knapp und vermied es in Paul Westhovens Richtung zu atmen. Dieser schüttelte verständnislos den Kopf, sagte aber nichts mehr dazu. Dember war ja wenigstens zum Dienst erschienen. Vielleicht hatte er einfach nur eine schlechte Phase, die irgendwann - hoffentlich bald - vorüber sein würde.

„Hört mal Leute. Ich bin noch mal die Geständnisse von Pinger durchgegangen. Ich glaube nicht, dass er der Mörder von Baum ist. Pinger war darauf fixiert, Frauen umzubringen. Die Sache in der U-Bahn war lediglich ein Ausrutscher und situationsbezogen. Die Tat

war jedenfalls nicht von ihm geplant gewesen. Da bin ich sicher. In der Keupstraße liegt die Sache anders.
Eine Provokation oder ein Streit als Vorgeschichte ist uns nicht bekannt. Und wir wissen von dem Zeugen Yalla, dass es im Imbiss keine solche Szene gab. Der Schütze kam rein, stellte sich vor ihn hin und päng", präsentierte Paul Westhoven seine Überlegungen.
„Ich glaube, Du hast recht, Paul", bekräftigte Gerber. Dember enthielt sich jeglichen Kommentars. Er war nur körperlich anwesend.
„Wir müssen den Fall noch mal von Anfang an durchgehen, und zwar heute", meinte Paul Westhoven.
Gerber und Dember nickten zustimmend. Sie wussten, dass sie sowieso keine andere Wahl hatten. Paul Westhoven verteilte die Aufgaben.
Gerber sollte die gesamte Akte mit den Vernehmungsprotokollen lesen und Dember sollte endlich die Verbindungsdaten mit den Anschlussinhabern abgleichen. Das war längst überfällig gewesen.
Paul Westhoven selbst hatte sich auch eine Akte genommen, um nach möglichen Ansatzpunkten zu suchen.
Gegen Mittag klingelte sein Telefon. Plötzlich war jede Erschöpfung verflogen, er war wieder hellwach. Am Telefon war der wissenschaftliche Mitarbeiter des Landeskriminalamtes, der die serologische und molekulargenetische Untersuchung von Jörg Pingers Blut in Bezug auf die gesicherten Tatortspuren durchgeführt hatte.
Die Vergleichsprobe Pingers war mit dem auswertbaren Zellmaterial abgeglichen worden. Er wollte ihm vorab sein Ergebnis mitteilen.
Zusammenfassend berichtete der Anrufer, dass der Tatverdächtige in beiden Mordfällen eindeutig als Spurenleger identifiziert worden war. Sowohl das bei der Obduktion gefundene Haar in der Scheide von Sanne von Ehlen und auch das Sperma bei Elisabeth Düster stammten mit einer Wahrscheinlichkeit von 1 zu 151 Millionen von Jörg Pinger.
Der Anrufer sagte zu, dass das ausführliche schriftliche Gutachten sobald es geschrieben war nachgesandt würde.

Nach dem Anruf lehnte Paul Westhoven sich entspannt zurück. Er war froh, dass die Untersuchung die Vernehmung bestätigt hatte. Sie hatten also den Richtigen eingesperrt. Und objektive Beweise waren allemal besser als ein Geständnis, das wieder zurückgezogen werden konnte, wozu die Verteidiger meist rieten.

Zum gemeinsamen Mittagessen lud Paul Westhoven sein Team in eine nahe gelegene Pizzeria ein, um beim Essen das weitere Vorgehen zu besprechen. Während sie auf die Bestellung warteten, erzählte Paul Westhoven vom Anruf des Landeskriminalamtes. Danach berichtete Dember, der mit der Auswertung der Telefondaten beschäftigt war:

„Zuerst habe ich mich mit den letzten Anrufen kurz vor Ralf Baums Tod beschäftigt. Dabei fiel mir auf, dass Uta Palanke unter den Anrufern war, zumindest wurde von ihrem Anschluss aus telefoniert", sagte er zu Paul Westhovens Erstaunen.

„Wie lange war das Gespräch, Heinz?"

„Nicht lang. So ungefähr zwei bis drei Minuten."

„Das wundert mich doch sehr. Wieso ruft Uta Palanke aus heiterem Himmel einen Kunden an? Das ist doch nicht normal", stellte Paul Westhoven fest. „Vielleicht ist er doch mehr als ein Kunde. Mich würde interessieren, warum die Palanke dazu nichts gesagt hat."

Gerber und Dember nickten.

„Wir kümmern uns sofort nach dem Essen darum. Holt Uta Palanke auf die Dienststelle. Wir müssen sie noch heute vernehmen. Irgendwas stimmt da nicht. Das fühle ich."

***

Paul Westhoven und Gerber fuhren sofort nach dem Essen zur Wohnung Uta Palankes. Dember blieb im Büro, um nach weiteren Verbindungsauffälligkeiten zu suchen.

„Ich bin gespannt, was die für eine Erklärung dafür hat", sagte Gerber auf dem Weg vom Auto zur Haustür.

„Ich auch. Aber wir werden ja sehen.“ Ihm ging das lange Gespräch, das er mit ihr geführt hatte, durch den Kopf. Hatte sie ihn davon ablenken wollen, dass sie Baum in der Mordnacht angerufen hatte? Aber warum? Noch immer konnte er sich nicht vorstellen, dass Uta Palanke eine Mörderin war. Vielleicht aber war sie in etwas verwickelt, von dem er nichts wusste und das sie unbedingt verheimlichen wollte.

Gerade als die beiden Ermittler anklopfen wollten, öffnete sich die Tür. Ein Mann ging eilig an ihnen vorbei und verschwand schnell die Treppenstufen herunter, bestimmt ein Kunde.
„Guten Tag, Frau Palanke“, sagte Paul Westhoven zur Begrüßung. Dabei schaute er interessiert auf ihr spärliches Outfit. So sah also ihre „Berufsbekleidung“ aus.
„Guten Tag, Herr Westhoven“, erwiderte sie überrascht. „Und sind Sie ein Kollege? Schön Sie kennen zu lernen. Kommen Sie doch herein.“ Nachdem sie die Wohnungstür geschlossen hatte, erklärte sie wieder selbstsicher: „Ich habe schon in der Zeitung gelesen, dass Sie das Schwein geschnappt haben. Was glauben Sie, wie ich im Nachhinein froh war, dass Sanne ihn mir als Kunden weggeschnappt hatte. Sonst wäre ich womöglich sein Opfer geworden.“
„Deswegen sind wir aber nicht hier, Frau Palanke“, unterbrach Gerber.
Kaum hatte er den Satz ausgesprochen, sah er, wie sich ihre Gesichtszüge anspannten.
„Weswegen denn dann?“, fragte sie misstrauisch.
„Wir müssen uns mal mit Ihnen über den Mord an Ralf Baum unterhalten“, kam Paul Westhoven zur Sache. „Aber nicht hier, sondern wir möchten, dass Sie uns begleiten.“
„Natürlich, aber darf ich mir eben was anderes anziehen?“ versuchte sie möglichst ruhig zu klingen.
„Na klar, wir wollen doch nicht, dass sie sich draußen in der Kälte den Tod holen. Das ist ja wohl ein bisschen luftig“, witzelte Gerber.
Auf der Fahrt zur Dienststelle fiel kein Wort. Paul Westhoven beobachtete im Rückspiegel Uta Palanke. Sie bemerkte die Blicke und

bemühte sich ein freundliches Lächeln hervorzubringen, aber es sah eher gequält aus. Er fragte sich, ob Uta Palanke ihre Maske, hinter der sie sich versteckte, ablegen würde, wenn sie mit den Fakten konfrontiert würde. Er schwieg jedoch weiter, weil er der bevorstehenden Vernehmung nicht vorgreifen wollte.

Zu Dritt fuhren sie mit dem Fahrstuhl in die vierte Etage des Präsidiums. In der Enge betäubte sie fast ihr aufdringliches Parfüm. Gerber rümpfte angewidert die Nase. Wer stand denn auf so ein Zeug, fragte er sich.

Als sie ausstiegen, bat Uta Palanke, noch kurz zur Toilette gehen zu können.

Dort schloss sie sich ein und schluckte mehrere Pillen, um die Sache überhaupt durchstehen zu können. Ihre Hände waren eiskalt und zitterten. Vor dem Spiegel übte sie noch schnell einen freundlich gelassenen Gesichtsausdruck ein.

Während Gerber vor der Damentoilette auf sie wartete, ging Paul Westhoven zu Dember, um sich nach weiteren Ergebnissen bei der Telefonabfrage zu erkundigen.

„Leider kann ich nicht mehr bieten, als ich schon gesagt habe, Paul. Tut mir leid“, drückte Dember sein Bedauern aus. Als Paul Westhoven das Büro verließ, dachte er: ‚Dann muss es eben diese Vernehmung bringen.’ Sie mussten besonders vorsichtig und sorgfältig vorgehen.

Uta Palanke hatte in Paul Westhovens Büro Platz genommen.

Nachdem Gerber ihre Personalien aufgenommen und in das PC-Formular eingegeben hatte, übernahm Paul Westhoven nahtlos die weitere Befragung, während Gerber mitschrieb.

„Frau Palanke, ich möchte auf unser Gespräch zurückkommen, das wir in Ihrer Wohnung geführt haben. Sie erinnern sich sicherlich. Damals haben Sie mir erzählt, dass Ralf Baum ein Kunde von Ihnen gewesen sei. Weiter haben sie gesagt, dass er am Freitag, bevor er

erschossen wurde, bei Ihnen gewesen war", stieg er in die Vernehmung ein und schaute sie an.
„Ja, das stimmt, das habe ich so gesagt", antwortete sie und nickte dabei zustimmend mit dem Kopf. Im Gegensatz zu ihrem letzten Gespräch war sie jetzt sehr zurückhaltend. Sie wartete offensichtlich ab.
„Des weiteren haben Sie mir erzählt, dass Ralf Baum ein pädophiles Schwein gewesen sei, ein Bastard, um es mit Ihren Worten zu sagen?"
Wortlos nickte sie wieder. Es zeigte sich aber keine Regung auf ihrem hübschen, jedoch zu grell geschminkten Gesicht.
„Gestatten Sie mir die Frage, wie ihre Kundentermine zustande kommen. Könnten Sie das bitte kurz darlegen", bat er sie.
„Wie soll das schon gehen? Der Freier ruft mich an und ich schaue in meinen Terminkalender. Das war's", erklärte sie knapp und kniff dann kurz ihre Lippen zusammen, um gleich darauf ein harmloses Lächeln aufzusetzen.
„Kommt es denn auch schon mal vor, dass Sie umgekehrt einen Kunden von sich aus anrufen, um einen Termin auszumachen?", wollte Paul Westhoven wissen.
Die Antwort kam prompt:
„Niemals. Viele meiner Kunden sind doch in festen Händen. Da würde ich mich doch nicht einmischen wollen. Nee, so läuft das nicht", erklärte sie kopfschüttelnd.
„Und bei den Ledigen oder Singles? Halten Sie es da auch so?", hakte er nach.
„Logisch", stimmte sie zu. „Das ist ganz allgemein so, dass der Kunde sich meldet, wenn er etwas möchte."
„Dann habe ich jetzt eine ganz wichtige Frage an Sie und ich möchte, dass Sie mir ganz genau zuhören", machte er es spannend. Die letzten drei Worte betonte er besonders.

***

Pinger hatte sich schnell an die Untersuchungshaft gewöhnt. Hier wurde er besser verpflegt als zu Hause. Bis zum heutigen Tag hatte er die Zelle für sich allein gehabt.
Dann bekam er Gesellschaft von einem abgemagerten Junkie, der bei einem Rauschgiftdeal am Neumarkt gefasst worden war.
Pinger hasste solche Typen. In seinen Augen waren sie wertlose Kreaturen. Mehr noch, sie waren kriminell und schädlich, während sie ihrem Drogentod entgegengingen.
Er spürte, wie sein Puls bis zum Hals schlug. Ein Blick des Neuen würde genügen und Pinger würde wieder ausrasten. Wie ungepflegt der andere war. Sein Gestank füllte den gesamten Raum, so dass es besser war durch den Mund zu atmen.
Der Junkie hatte Glück. Mit lautem Schlüsselrasseln wurde die Tür aufgeschlossen und der Riegel mit einem Ruck zurückgeschoben. Die Tür schwang auf. Pinger wurde für ein erstes Gespräch mit der Psychiaterin der Anstalt in das Gesprächzimmer gebracht.
Es war ein spärlich ausgestatteter Raum, nicht größer als zehn Quadratmeter. An der Decke verbreitete eine Neonröhre ihr kaltes Licht. Zwei grüne Stahltüren befanden sich an den Kopfseiten.
Als er den Raum betrat, war die Psychiaterin bereits anwesend und saß auf einem der beiden Stühle. Vor ihr lagen ein Schreibblock sowie ein Bleistift auf dem Tisch.
Vergeblich versuchte sie ein Gespräch mit Pinger aufzubauen. Er wollte nicht mit dieser Frau reden. Und er konnte es auch nicht. Wie dämlich, sie überhaupt zu schicken.
Vor seinem geistigen Auge hatte er die blonde Frau bereits mit seinem Ausweidemesser bearbeitet. Ihre Mundpartie erinnerte ihn sehr an seine verhasste Mutter.
Fast eine Viertelstunde lang stellte sie ihm immer wieder Fragen, auf die sie keine Antwort bekam.
Sie erschrak, als Pinger plötzlich aufsprang und sie eiskalt anlächelte. Mit „Na, Süße. Heute schon einen richtigen Mann gehabt?“ griff er sich in den Schritt.
Die Psychiaterin war eigentlich von Natur aus nicht ängstlich und hatte in ihrer langjährigen Tätigkeit schon einiges erlebt. Aber in

Gegenwart dieses Mannes bekam sie Angst. Dieser Rothaarige meinte es ernst mit dem, was er sagte. Sie tastete unter der Tischplatte nach dem Alarmknopf und war erleichtert, als nur einen Bruchteil eines Moments, nachdem sie ihn gedrückt hatte, die Tür von einem der Wachtmeister geöffnet wurde.

Als sie eilig hinausging, rief er hinter ihr her, dass sie bald wiederkommen solle. Sie würde ihn so anmachen und hier drinnen gäbe es doch nur Kerle.

Pinger wurde zurück in seine Zelle gebracht, wo er sich auf seine Pritsche legte und hemmungslos masturbierte. Seine Gedanken galten einzig und allein der blonden Psychiaterin, die in seiner Phantasie schon längst tot war.

***

Paul Westhoven ließ Uta Palanke noch einen Moment warten und ging zwischenzeitlich zur Toilette. Als er ins Büro kam, bemerkte er kleine, kaum wahrnehmbare Schweißperlen auf ihrer Stirn. Aha, die Dame war also doch nicht ganz so locker wie sie immer tat, dachte er sich. Er setzte sich betont langsam in seinen Stuhl zurück. Dann stellte er seine Frage:

„Wie kann es denn sein, dass am Samstagabend, bevor Ralf Baum erschossen wurde, von Ihrem Telefonanschluss seine Handynummer angerufen wurde?“

Bang. Das hatte gesessen. Uta Palanke wechselte mehrfach die Gesichtsfarbe, die Schweißperlen auf ihrer Stirn wurden zusehends größer. Nervös verkrampften sich ihre Hände um die Armlehnen des Stuhls. Dabei blickte sie Hilfe suchend auf die gegenüberliegende Wand, als wenn eine Antwort dort geschrieben stände.

„Habe ich zu schnell gesprochen? Soll ich die Frage vielleicht wiederholen?“, bohrte Paul Westhoven unnachgiebig nach.

„Das müssen Sie erst mal beweisen, Herr Kommissar“, sagte sie unsicher. Ihre zur Schau getragene Selbstsicherheit war verschwunden.

„Kein Problem“, entgegnete er und hielt ihr wortlos einen Auszug der Verbindungsdaten vors Gesicht. Die entsprechende Stelle war grün markiert.

„Das muss ein Irrtum sein“, versuchte sie sich zu verteidigen.

„Irrtum ausgeschlossen, Frau Palanke. Von Ihrem Anschluss aus wurde die Handynummer von Ralf Baum angerufen. Und das kurz bevor er erschossen wurde. Also, ich rate Ihnen, reden sie endlich und erzählen Sie uns die Wahrheit!“, wurde er energischer. Er musste jetzt doch etwas härter werden. Er fragte sich ernsthaft, wie er für diese Frau Sympathie hatte aufbringen können.

Paul Westhoven konnte in ihrem Gesicht sehen, dass sie angestrengt überlegte. Sie rutschte auf dem Stuhl hin und her. Was für eine Erklärung hatte sie?

„Muss ich ins Gefängnis?“, fragte sie unvermittelt.

Paul Westhoven zog die Schulter hoch und entgegnete:

„Ich weiß nicht, ich habe das nicht zu entscheiden.“

Uta Palanke zögerte noch einen kurzen Augenblick: „Ich sollte ihn doch nur zum Imbiss Yalla bestellen. Dass er ihn dort erschießen würde, habe ich nicht gewusst. Ich schwöre.“

Paul Westhoven triumphierte innerlich. Wieder einmal hatte er es geschafft. So wie es aussah, war er dem Täter ein gewaltiges Stück näher gekommen. Er war schon sehr gespannt, um wen es sich dabei handelte.

„Nun reden Sie schon. Für wen haben Sie dieses Treffen arrangiert?“

Uta Palanke schluckte. Wieder zögerte sie mit der Antwort. Dann antwortete sie kaum verständlich:

„Also,…..für den Manni.“

„Doch nicht etwa für Manfred Schwarz?“ fragte er überrascht nach.

„Doch, genau für den. Das war doch der Schwager von ihm. Warum hätte ich mir da Gedanken machen sollen?“

„Finden Sie es denn nicht komisch, dass Manfred Schwarz nicht selbst anrufen wollte? Was haben Sie eigentlich Ralf Baum gesagt?“

„Dass ein wichtiger Mann ihn im Imbiss Yalla treffen wolle.“

„Und da hat er nicht nachgefragt?", fragte Paul Westhoven ungläubig.
„Nee, hat er nicht. Für den war es so okay."
„Wieso haben Sie ihm nicht gesagt, dass es sich, bei dem ach so wichtigen Mann, um seinen Schwager handelte?"
Achselzucken.
Paul Westhoven spürte, diese Zeugin hatte noch lange nicht die ganze Wahrheit gesagt.
Er machte eine kurze Pause, um dann mit der Befragung fortzufahren.
„Einmal angenommen, Sie haben uns jetzt endlich die Wahrheit gesagt. Dann hätten Sie aber spätestens schalten müssen, als sie gehört haben, dass Ralf Baum im Imbiss Yalla erschossen worden ist?", warf Paul Westhoven ihr vor. „Wieso haben Sie davon rein gar nichts erwähnt? Es liegt doch auf der Hand, dass hier ein Zusammenhang mit dem Mord bestehen konnte!"
„Nee, eigentlich nicht. Der Manni macht doch so was nicht", versuchte sie ihre Aussage zu relativieren.
„Wer es glaubt", fügte Gerber spöttisch hinzu.
Paul Westhoven brach die Vernehmung an dieser Stelle ab. Er ging ins Nebenzimmer und informierte Staatsanwalt Asmus über die neueste Entwicklung im Mordfall von der Keupstraße. Dieser war erfreut darüber, dass die Klärung des Falls endlich eine positive Wende genommen hatte.
Auf Paul Westhovens Betreiben hin beantragte er sofort beim Ermittlungsrichter einen Haftbefehl gegen Schwarz und einen Durchsuchungsbeschluss für dessen Haus.
Uta Palanke wurde indes mit der Auflage nach Hause entlassen, jederzeit erreichbar zu sein und keinerlei Kontakt zu Schwarz aufzunehmen. Vom beantragten Haftbefehl war ihr nichts gesagt worden.

Sie war einfach nur froh, dass sie gehen durfte. In Erinnerung an ihre letzte Begegnung hatte sie keinen Bedarf an einem Zusammentreffen mit Schwarz. Sie hoffte inständig, dass er sie in der nächsten Zeit nicht aufsuchen würde.

NEUNUNDZWANZIG

Kurze Zeit später, es war kurz nach 17 Uhr, erreichte das gesamte Ermittlungsteam das Haus der Familie Schwarz in Pulheim-Sinnersdorf. Ihren Dienstwagen parkten sie direkt in der Zufahrt des Anwesens. Der kräftige Rottweilerrüde schlug sofort an und verbellte wütend die Eindringlinge. ‚Zum Glück ist er an der Kette', dachte Paul Westhoven.

Zur äußeren Absperrung sollte Dember sich hinter dem Haus postieren, damit ein Fluchtversuch von Schwarz über die Rückseite des Hauses sofort vereitelt werden konnte. Paul Westhoven wollte hier nichts dem Zufall überlassen.

Dember meldete über Handy, dass er seine Position erreicht hatte. Kurz nach dem Klingeln wurde die Tür durch das Dienstmädchen geöffnet.

Gerber schob sie zur Seite und sie drangen ins Haus ein. Ihre Jacken hatten sie hinter den Griff ihrer Dienstpistole geschoben, um im Ernstfall sofort zur Waffe greifen zu können.

Kaum hatten sie den Fuß über die Schwelle gesetzt, fing das Dienstmädchen an zu schreien. Sie hielt das Ganze für einen Überfall, denn die beiden waren für sie nicht als Polizisten zu erkennen.

Auf der gegenüber liegenden Seite öffnete sich plötzlich eine Tür und Manfred Schwarz stürmte, gefolgt von seiner Ehefrau, in den Flur.

„Was wollen Sie, was fällt Ihnen ein in mein Haus einzudringen?", brüllte er ihnen entgegen.

„Wir haben einen Haftbefehl gegen Sie, Herr Schwarz. Bitte machen Sie keine Schwierigkeiten und kommen Sie mit, damit wir die Sache aufklären können", sagte Paul Westhoven ruhig.

„Haftbefehl?", fragte er ungläubig. „Weswegen?"

„Sie stehen im Verdacht Ihren Schwager ermordet zu haben."

Einen Moment lang herrschte Stille im Haus. Lediglich das aufgeregte Atmen der Anwesenden war zu hören. Das änderte sich, als Elke

Schwarz sich urplötzlich umdrehte und wie von Sinnen auf ihren Mann einschlug.
„Du Schwein, Du hast meinen Bruder umgebracht?“, kreischte sie.
Paul Westhoven und Gerber wollten auf Schwarz zuspringen, als dieser plötzlich eine Schusswaffe in der rechten Hand hielt. Blitzschnell umfasste er mit der Linken seine Frau und drückte ihr den Lauf gegen die Schläfe.
Elke Schwarz war vor Schreck wie gelähmt. Sie wurde kreidebleich, ihre Stimme versagte.
„Machen Sie jetzt keine Dummheiten, Herr Schwarz. Verschlimmern Sie Ihre Situation nicht. Kommen Sie mit uns. Es ist besser, wenn Sie aufgeben“, versuchte Paul Westhoven die Situation zu entspannen. Er musste unbedingt die Nerven behalten, damit die Sache nicht eskalierte.
„Legen Sie jetzt ganz vorsichtig Ihre Waffen auf den Boden und schieben Sie sie zu mir herüber“, befahl Schwarz ungerührt.
„Wir lassen sie stecken“, versuchte Gerber zu verhandeln. Aber Schwarz war anscheinend zu keiner Verhandlung bereit.
Mit seinem Daumen spannte er den Abzug des Revolvers. Das metallische Klicken wirkte bedrohlich. Elke Schwarz zitterte wie Espenlaub. Angst stand ihr im Gesicht. Es bestand jetzt die Gefahr, dass sie etwas Unüberlegtes machen würde. Das Ganze war kein Bluff mehr und es war ihr klar, dass ihr Mann nicht allzu sehr an ihr hing.
„Legen Sie jetzt Ihre Waffen ab und schieben sie sie zu mir herüber“, befahl er. Seine Stimme kippte. „Oder wollen Sie, dass ich ihr den Schädel wegpuste?“
Paul Westhoven hatte nicht den Eindruck, dass Schwarz davor zurückscheute abzudrücken. Er war innerlich total angespannt. Die verzwickte, anscheinend ausweglose Lage machte ihn wütend.
„Wie Sie wollen, aber machen Sie keinen Unsinn.“ Betont langsam gab er scheinbar zähneknirschend nach und überlegte gleichzeitig, wie er Zeit gewinnen konnte.

Einen Augenblick hatte Schwarz, ohne es zu wollen, die Umklammerung gelockert, mit der er seine Frau festhielt.
In ihrer Todesangst ließ sich Elke Schwarz zu Boden fallen. Das war das Vernünftigste, was sie tun konnte.
Diesen Moment nutzte Paul Westhoven um seine Waffe zu ziehen und abzudrücken. Die Detonation des Schusses war in der Diele ohrenbetäubend. Das Projektil traf Schwarz im rechten Oberarm und riss ihn herum. Der Revolver polterte auf den Steinboden. Erstaunt sah Schwarz auf seinen Arm, bevor er vor Schmerzen schrie. Blut floss aus der Wunde.

Plötzlich splitterte Glas. Scherben flogen durchs Wohnzimmer. Dember hatte die Terrassentür eingetreten und war mit gezogener Waffe ins Haus gestürmt. Erleichtert sah er, dass seine Kollegen unverletzt waren, während sich Schwarz schmerzverzerrt den rechten Oberarm hielt.
Paul Westhoven wählte die Nummer der Einsatzleitstelle, gab einen Kurzbericht und forderte einen Notarzt an. Kurze Zeit später waren weitere Kollegen und ein Notarzt eingetroffen, der nach einer kurzen Untersuchung feststellte, dass die Schussverletzung nicht lebensgefährlich war. Schwarz wurde nach Dormagen ins nächstgelegene Krankenhaus gebracht. Zu seiner Bewachung fuhren zwei uniformierte Kollegen mit.
Elke Schwarz hatte sich zwischenzeitlich ein wenig beruhigt. Zumindest machte sie äußerlich den Eindruck.
„Frau Schwarz. Wir müssen Sie bitten, mit uns ins Präsidium zu kommen."
„Ja, natürlich", sagte sie gefasst. „Aber vorher möchte ich noch etwas holen. Es ist sehr wichtig."
Gefolgt von Jochen Gerber ging sie zu ihrem Schreibtisch und holte den Umschlag mit den Fotos, den sie bei ihrem Mann gefunden hatte, hervor. Den Umschlag steckte sie in ihre Handtasche.

***

Im Vernehmungszimmer des KK 11 begannen Paul Westhoven und Gerber mit der zeugenschaftlichen Vernehmung von Elke Schwarz. In bewährter Arbeitsteilung führte Paul Westhoven die Befragung durch und Gerber war für die Protokollierung verantwortlich.
Da es mit dem Verhältnis zwischen den Eheleuten nicht zum Besten stand, erschien das Gespräch mit Elke Schwarz viel versprechend zu sein.

„Frau Schwarz. Es ist zunächst meine Pflicht, Sie darüber aufzuklären, dass Sie keine Aussage zu machen brauchen, weil es hier um Straftaten geht, die Ihr Mann begangen hat bzw. begangen haben könnte“, machte er sie aufmerksam.
„Das ist mir egal, Herr Kommissar. Ich fürchte, der ist sowieso die längste Zeit mein Mann gewesen“, erwiderte sie niedergeschlagen.
„Hat ihr Mann ein Karnevalskostüm?“, war seine erste Frage.
„Aber sicher. Und nicht nur eins. Der hat eine ganze Sammlung.“
„Ist darunter auch zufällig das Kostüm eines Tieres?“
„Ja, er hat so ein lächerliches Hasenkostüm. Das hat er aber noch nie angezogen. Er meint immer, dass er darin so fett aussähe“, antwortete sie redselig.
Paul Westhoven wusste, dass er auf dem richtigen Weg war und stellte sofort die nächste Frage. Er war froh, dass Frau Schwarz nicht von ihrem Zeugnisverweigerungsrecht Gebrauch machte.
„Können Sie mir bitte sagen, falls Sie sich noch daran erinnern, was Sie und Ihr Mann am Samstag vor Karneval zusammen gemacht haben?“ wollte er wissen.
„Zusammen schon mal gar nichts. An dem Abend wollten wir eigentlich zu einer privaten Feier gehen. Aber Manni rief kurz vorher an und sagte, dass er unbedingt noch ein Softwareproblem lösen müsse und deshalb nicht mitkommen könne. Da bin ich natürlich allein zur Feier gegangen. Die Gastgeber haben sich auch gar nicht mehr gewundert, dass Manfred sich mal wieder abgeseilt hatte. In den letzten Jahren hat ihn unser gemeinsamer Freundeskreis gar nicht mehr interessiert“, erklärte sie.

‚So, Junge, dein Alibi ist im Eimer', dachte Paul Westhoven siegessicher.
„Wissen Sie noch, wann er nach Hause gekommen ist?", knüpfte Westhoven an.
Frau Schwarz überlegte laut und beantwortete dann die Frage:
„Also, ich bin gegen 2 Uhr zuhause angekommen. Da war er noch nicht da."
„Wissen Sie, ob es zwischen Ihrem Mann und Ihrem Bruder Differenzen gegeben hat?"
„Nein, da kann ich nichts zu sagen. Ich hatte ja so gut wie gar keinen Kontakt mehr zu Ralf. Tut mir leid."
„Frau Schwarz. Ich muss Ihnen noch ein paar unangenehmere private Fragen stellen. Ist das in Ordnung?", fragte er vorsichtig.
Elke Schwarz nickte zuversichtlich. „Worum handelt es sich denn?"
„Wir haben bei Ihrem Bruder in der Wohnung umfangreiches pornografisches Material gefunden. Es waren unzählige Fotos minderjähriger Mädchen. Können Sie irgendetwas dazu sagen?"
Elke Schwarz schluckte und verlangte etwas zu trinken. Diese Information war wohl doch ein bisschen zu viel für sie gewesen. Nach einem Glas Wasser und einigen Minuten Unterbrechung war sie aber wieder in der Lage weiterzureden.
„Herr Westhoven. Obwohl es mir höchst peinlich ist, habe ich den Verdacht, dass mein Bruder und mein Mann in eine ganz schlimme Sache verwickelt sind."
Nach einer Atempause kramte sie in ihrer Handtasche, zog den Umschlag heraus und öffnete ihn. Mit ausgestrecktem Arm hielt sie ihm die Pornofotos hin, die sie im Schreibtisch ihres Mannes gefunden hatte.
Paul Westhoven schaute sich die Bilder kurz an und reichte sie anschließend an Gerber weiter. Der bemerkte es sofort:
„Mensch, Paul. Der Hintergrund ist der gleiche, wie auf den Bildern, die wir in der Wohnung von Baum gefunden haben."
„Das habe ich auch gesehen. So langsam können wir eins und eins zusammenzählen, was da abgelaufen ist."
„Frau Schwarz. Wo haben Sie die Bilder gefunden?"

„Sie lagen versteckt im Schreibtisch meines Mannes. Aber fragen Sie mich jetzt bitte nicht, wie ich sie gefunden habe“, antwortete sie.
Paul Westhoven lächelte. Ihm war es egal, wie sie an die Bilder gekommen war. Hauptsache, er hatte sie jetzt.
„Frau Schwarz. Wir brauchen noch das Hasenkostüm Ihres Mannes. Geht das?“
„Das ist kein Problem. Wenn Sie möchten, suche ich es gleich heraus und schicke es Ihnen mit der Post“, bot sie spontan an.
„Das ist sehr nett, aber mein Kollege kann es gleich mitnehmen, wenn er sie nach Hause bringt“, schlug er vor.
Elke Schwarz stimmte dem Vorschlag zu. Nach der Vernehmung fuhr Gerber sie nach Sinnersdorf zurück.
Dember war inzwischen mit der sichergestellten Waffe bei der Kriminaltechnischen Untersuchungsstelle. Er hatte von Paul Westhoven den Auftrag bekommen, so schnell, wie möglich feststellen zu lassen, ob mit dieser Waffe Ralf Baum erschossen worden war.
Der Techniker schoss mit dem sichergestellten Revolver auf einen Geleeblock, um ein Vergleichsprojektil zu erhalten.
Das Geschoss, welches bei der Obduktion von Ralf Baum gesichert worden war, und das Vergleichsprojektil legte er in die Objekthalter des Binokularmikroskops.
Während der Begutachtung grummelte er vor sich hin und kritzelte mit seinem Bleistift Notizen auf ein Blatt. Dember stand daneben und wurde nach einiger Zeit ziemlich ungeduldig. Er wollte gern schnell ein Ergebnis wissen.
„Und? Können Sie schon was sagen?“, drängte er den Techniker.
„Immer langsam, Herr Kollege. Gut Ding will Weile haben“, gab der zum Besten und hob noch nicht einmal seinen Kopf dafür hoch.
Dember kochte innerlich. ‚So ein arroganter Popanz‘, dachte er sich. Aber ihm blieb nichts anderes übrig, als zu warten.

***

Elke Schwarz schloss die Haustür auf und bat Gerber mit hineinzukommen. In der geräumigen Garderobe suchte sie in einem großen

Schrank zwischen den zahlreichen Karnevalskostümen nach dem Hasenanzug.

„Das kann doch nicht sein!", rief sie entsetzt.

„Was ist denn los?"

„Es ist nicht mehr da. Das verfluchte Kostüm ist weg", sagte sie verärgert.

„Sind Sie sicher, dass es hier in diesem Raum war?"

„Meinen Sie vielleicht, dass ich mich in meinem eigenen Haus nicht auskenne?", entrüstete sie sich.

„Pardon, Frau Schwarz. Ich wollte Ihnen nicht zu nahe treten. Aber es kann doch sein, dass man schon mal eine Sache verlegt und sich dann nicht sofort daran erinnert."

„Es war hier. Da bin ich ganz sicher. Und es ist nicht mehr da. Das ist auch sicher. Tut mir leid."

***

Paul Westhoven hatte sich inzwischen im Krankenhaus in Dormagen bei einem der Ärzte erkundigt, die Schwarz operiert hatten. Nach dessen Auskunft hatte die Kugel lediglich den rechten Oberarmmuskel durchschlagen. Ein wichtiges Blutgefäß war nicht getroffen.

Schwarz würde noch ein bis zwei Tage zur Beobachtung im Krankenhaus bleiben müssen, dann aber könnte er entlassen werden.

Aber bestimmt nicht in die Freiheit, hatte sich Paul Westhoven dabei gedacht, sondern vom Krankenhaus zunächst in polizeiliche Obhut und dann vor den Haftrichter.

Paul Westhoven fühlte sich gut. Die vielen Überstunden und Enttäuschungen waren kein Thema mehr. So wie es schien, war auch der Mord in dem Imbiss bald geklärt und der Täter überführt.

Es war mal wieder ein langer Tag für alle Beteiligten geworden. Paul Westhoven hatte seine Kollegen zur täglichen Schlussbesprechung in sein Büro gebeten. Ohne dazu aufgefordert worden zu sein, berichtete Dember von der ballistischen Untersuchung der Waffe, die bei Schwarz Festnahme sichergestellt worden war.

„Ich mach es gar nicht erst spannend. Ich sage nur: Bingo! Bei der Waffe von Schwarz handelt es sich eindeutig um die Tatwaffe, mit der Baum erschossen wurde."
„Prima, jetzt müssen wir nur noch Schwarz an den Tatort kriegen. Nicht dass er sich mit dem großen Unbekannten rausredet, der ihm die Kanone geklaut hat oder ein findiger Rechtsanwalt auf andere krumme Gedanken kommt", meinte Paul Westhoven. Solche Dinge hatte er leider nur allzu oft erlebt.
„Mein Ergebnis ist leider nicht so toll. Ich bin ja mit der Frau Schwarz extra nach Pulheim-Sinnersdorf gefahren, um dieses Hasenkostüm sicherzustellen. Nur leider war es nicht mehr da", gab Gerber zum Besten.
„Das ist wirklich schade, aber betrachten wir es mal so. Normalerweise hätte es, wie seine Frau sagt, da sein müssen. Und nun muss Schwarz uns erst mal erklären, warum es nicht mehr da ist", sah Paul Westhoven es von der positiven Seite.
Zum Abschluss erklärte er, er würde gleich im „Haus Cornely" ein Bier ausgeben, das hätten jetzt alle verdient.

***

„Prost, Männer. Auf die Klärung des Falles. Ich hatte mir schon Sorgen gemacht, dass dieser Mord ungeklärt bleiben würde." Er war stolz, dass sie es geschafft hatten. Gerber und Dember prosteten freundlich zurück. Ihnen war die Erleichterung ins Gesicht geschrieben. Die Flut von Überstunden war zumindest bis zum nächsten Fall vorbei.

DREISSIG

In den nächsten zwei Tagen stand in der Hauptsache Büroarbeit an. Das Team brachte die Akten auf den aktuellen Stand. Berichte und Vernehmungen mussten kopiert, einsortiert und foliert werden. Fehlende Vermerke wurden nach den Notizbucheintragungen nachgefertigt. Die Asservierung der Beweismittel und an den Tatorten gefundenen Spuren nahm ebenfalls Zeit in Anspruch. Aktuell nicht mehr benötigte Gegenstände wurden in der Asservatenkammer des Polizeipräsidiums eingelagert. Die Protokolle hierüber wurden wieder kopiert, sortiert und eingeordnet, Papierkrieg also.

Darüber hinaus bereitete Paul Westhoven die Gegenüberstellung des Tatverdächtigen Schwarz mit den Zeugen vor. Zu diesem Zweck musste er sieben gleiche Hasenkostüme besorgen. In Westfalen wäre ihm dies bestimmt nicht gelungen. Die Karnevalszeit war schließlich längst vorbei. Aber er war in Köln. Hier gab es mehrere Geschäfte, die ganzjährig Kostüme verkauften. Schon beim zweiten Anruf wurde er fündig und brauchte die Kostüme nur noch vom Fahrdienst in der Gürzenichstraße abholen lassen.

Paul Westhoven hatte die Gegenüberstellung mit Staatsanwalt Asmus abgesprochen.
Die Zeugen Yalla und Katrin Oehmchen waren für 15 Uhr ins Präsidium bestellt worden.
Es war schwierig gewesen, sechs Kollegen zu finden, die in Statur und Aussehen Schwarz ähnlich sahen. Die Identifizierung durch die Zeugen sollte möglich differenziert sein, da das Ergebnis dadurch weniger angreifbar war. Wenn ein Zeuge in der Lage war, aus mehreren sich ähnlich sehenden Personen den tatsächlichen Täter wieder zu erkennen, waren seine Angaben besonders glaubhaft.

Um halb drei traf der Beschuldigte in Begleitung von zwei uniformierten Kollegen im Präsidium ein. Der Arzt im Krankenhaus hatte ausdrücklich bescheinigt, dass der Zustand von Schwarz eine Gegenüberstellung und eine Vernehmung zuließ.
Die Angst stand ihm ins Gesicht geschrieben. Mit seiner übertriebenen Selbstsicherheit und Arroganz war es erst einmal vorbei. ‚Kein Wunder', dachte Paul Westhoven, ‚Wer geht schon gern lebenslänglich ins Kittchen? Erst recht nicht, wenn man so ein Luxusleben wie Schwarz gewohnt war.'

Herr Yalla und Frau Oehmchen trafen pünktlich um drei ein. Paul Westhoven führte sie in den Gegenüberstellungsraum. Dieser war in der Mitte durch eine Mauer geteilt, in die ein so genannter Venezianischer Spiegel eingelassen war. Der MK-Leiter erklärte ihnen, dass dieser Spiegel auf der einen Seite wie ein Spiegel funktionierte, von der anderen Seite jedoch durchsichtig war. So konnten sie bei der Gegenüberstellung die Personen sehen, ohne selbst gesehen zu werden. Als Beispiel des Prinzips nannte er ihnen die bei Jugendlichen so beliebten verspiegelten Sonnenbrillen.

„Ich schon sehen das in Fernsehen“, meinte der Zeuge Yalla leise und nickte dabei. Er musste erst noch im Flur Platz nehmen, denn die Zeugin Oehmchen war zuerst an der Reihe.

Im Nachbarraum stellten sich die sieben Männer in ihren Hasenkostümen nebeneinander. Vor ihrer Brust hielten sie jeweils eine kleine schwarze Nummerntafel. Paul Westhoven machte den ersten Durchgang mit aufgesetzter Hasennase, danach einmal ohne.

„Boah, geil ey. Dat es jo wie em CSI im TeVau“, rutschte es Frau Oehmchen heraus.

„Würden Sie sich jetzt bitte konzentrieren und sich die Männer genau anschauen. Und lassen Sie sich Zeit dabei“, sagte Paul Westhoven leicht genervt.

„Dä do met dä Nummer fünef. Dat is dä Käl. Die blöde Visage wede ich nie verjesse. De soh einfach zo dämlich in däm Kostüm us“, rief Katrin Oehmchen aus. „Un de aapije decke Ring do am Finger. Jo, es hundert pro dä Käl.“

Herr Yalla hingegen blieb ganz ruhig, aber Paul Westhoven konnte sehen, dass seine Augen nur in eine Richtung blickten. Er war sich sicher, dass er Schwarz regelrecht fixierte.

„Herr Yalla. Alles in Ordnung mit Ihnen?“, wollte er wissen

„Männer da können wirklich nicht sehen mich, oder?“

„Niemand kann sie sehen, auch nicht hören. Haben Sie denn jemanden wieder erkannt, Herr Yalla?“

Herr Yalla sagte keinen Ton auf die Frage. Offensichtlich dachte er noch nach.

Bei seiner ersten Vernehmung hatte er verschwiegen, dass der Mann nach dem tödlichen Schuss noch zu ihm gekommen war, mit dem Lauf der Waffe in Richtung seines Kopfes gezielt und „Peng, Du bist tot“, gesagt hatte. An der ihm entgegen gestreckten Hand mit dem Revolver hatte Yalla den ziemlich protzigen Ring gesehen, den jetzt der Mann auf der anderen Seite des Spiegels trug.

„Mann mit dicke Ring an Finger ist Hasenmann“, stotterte er.
„Sind Sie sich da hundertprozentig sicher?“
„Hundertprozentig. Ich nie vergessen diese Augen. Mich auch schießen wollen, wenn ich sagen, wer war das, weißt Du, Chefe?“

„Wie bitte? Der Mann hat sie auch bedroht?“, sagte Paul Westhoven überrascht. Am liebsten hätte er den Zeugen lauthals zurechtgewiesen, weil er wichtige Informationen zurückgehalten hatte.

Dann aber schoss ihm plötzlich ein ganz anderer Gedanke durch den Kopf. Es musste Schwarz gewesen sein, der ihn im Uni-Center niedergeschlagen hatte. Jetzt fiel Paul Westhoven auch schlagartig wieder ein, was er da schemenhaft gesehen hatte, als er zu Boden ging: Das Blinken eines Ringes, ja, es passte alles zusammen. Er war sich völlig sicher, nahm sich aber vor, das gegenüber Schwarz nicht von sich aus zu erwähnen. Beweisen würde er es ihm sowieso nicht können.

„Dann haben Sie also die ganze Zeit gewusst, dass der Täter diesen auffälligen Ring getragen hat?“, sagte er schärfer als gewöhnlich.
Yalla war die Angelegenheit sichtlich peinlich. Er hatte den Blick gesenkt.
„Mir leid tun. Aber ich Angst hatte, Mann kommen wieder und mich schießen. Bitte Sie nicht böse“, stammelte er.
„Na, dann wollen wir das mal alles aufschreiben. Kommen Sie bitte mit in mein Büro.“
Eine Stunde später hatte Paul Westhoven genug Belastungsmaterial zusammen, um Schwarz in der Vernehmung gehörig unter Druck

setzen zu können. Telefonisch bat er die Kriminalwache, ob man den Gefangenen zu ihm ins Büro bringen könne. Der Dienstgruppenleiter sagte ihm zu, ihn hierbei zu unterstützen.

„Da bin ich aber mal gespannt", sagte Gerber, während sie warteten. „Wenn ich an seine Zeugenvernehmung denke, wie arrogant er sich aufgeführt hat."

„Wir werden sehen. Mit diesen erdrückenden Beweisen werden wir ihn schon klein kriegen, selbst, wenn er nicht aussagt. Dann kommt er eben direkt vor den Haftrichter. Unser Asmus hat den Haftbefehlsantrag schon vorbereitet und wartet eigentlich nur noch auf das Ergebnis dieser Vernehmung", meinte Paul Westhoven dazu.

EINUNDDREISSIG

Es klopfte an der Tür. Aber statt des erwarteten Gefangenen blickte Paul Westhoven in das Gesicht von Rechtsanwalt Ommer.

„Guten Tag, meine Herren. Überrascht?", sagte er zur Begrüßung, trat ein und schloss die Tür hinter sich.

„Sollten wir?", konterte Paul Westhoven kühl, aber innerlich ärgerte er sich. Er hätte Schwarz lieber ohne Anwalt vernommen. „Es war doch klar, dass er sich einen Rechtsanwalt bestellen würde. Stellte sich nur die Frage, wen? Aber bitte, setzen Sie sich. Ihr Mandant wird gleich hier sein."

Paul Westhoven stellte einen zweiten Stuhl vor seinem Schreibtisch auf und deutete ihm, dort Platz zu nehmen.

Einen Moment später klopfte es wieder an der Tür. Diesmal war es Schwarz, der von zwei Kollegen der Kriminalwache hochgebracht worden war. Paul Westhoven bedankte sich bei ihnen und verabschiedete sie zugleich. Umgehend begann er nach der Beschuldigtenbelehrung mit der Befragung zur Sache.

„Herr Schwarz. Sie haben die Belehrung verstanden und überdies ist ihr Anwalt anwesend. Wollen Sie von sich aus zu dem Tatvorwurf Stellung nehmen?"

„Mein Mandant ist unschuldig. Wenn Sie nichts Konkretes vorzubringen haben, dann hat diese Vernehmung ja wohl ihren Sinn verfehlt", entgegnete statt Schwarz sein Rechtsanwalt.

„Hat Ihr Mandant die Fähigkeit zu sprechen verloren, seit er sie beauftragt hat oder kann er noch selbst antworten?", entgegnete Paul Westhoven genervt, den Anwalt durchdringend fixierend.

Die Stimmung war plötzlich angespannt.

Rechtsanwalt Ommer wollte gerade darauf antworten, als Schwarz die Hand hob und ihn so zum Schweigen brachte. Stattdessen redete er selbst.

„Herr Westhoven. Die Vorwürfe gegen mich sind absolut lächerlich. Warum hätte ich meinen Schwager erschießen sollen? Das ergibt doch keinen Sinn. Und außerdem war ich zum Tatzeitpunkt zu Hause", sagte er selbstsicher.

Paul Westhoven grinste ihn an und freute sich. Schwarz hatte offenbar keine Ahnung davon, dass die eigene Frau sein Alibi gekippt hatte.

„Offenbar sind Sie nicht im Bilde, Herr Schwarz. Ihre Frau hat Ihre Angaben jedenfalls nicht bestätigt. Sie waren nicht zu Hause. Also überlegen Sie noch einmal. Wollen Sie nicht doch lieber ein Geständnis ablegen?"

Sowohl in Schwarz, als auch in Ommers Gesicht war augenblicklich die Verblüffung zu sehen. Mit dieser Aussage von Elke Schwarz hatten beide nicht gerechnet. Ohne ihnen Gelegenheit zu einer

Antwort zu geben, konfrontierte Paul Westhoven sie mit den nächsten Fakten.

„Ach, Herr Schwarz, Herr Ommer. Bevor ich's vergesse. In der Gegenüberstellung sind Sie von zwei Zeugen eindeutig wieder erkannt worden.

Und Drittens, aus der Waffe, mit der Sie Ihre Frau bedroht hatten, stammt das Projektil, mit dem Ralf Baum erschossen wurde. Noch Fragen?"

Schwarz und Ommer steckten die Köpfe zusammen und flüsterten miteinander. Paul Westhoven musste sie gewähren lassen, gleichzeitig hoffte er auf ein Geständnis. Einige Minuten später hob Ommer den Kopf.

„Herr Westhoven, wäre es möglich, dass Staatsanwalt Asmus hier hinzugezogen werden kann. Vor einer Aussage müsste ich etwas mit ihm besprechen", bat er.

Paul Westhoven zuckte mit den Achseln und wählte gleichzeitig die Rufnummer von Asmus Büro. Kurz teilte er ihm das Anliegen des Anwaltes mit.

„Geben Sie mir mal bitte den Anwalt ans Telefon, Herr Westhoven."

Er hielt Ommer wortlos den Hörer hin. Es war nicht zu überhören, dass Ommer versuchte, mit Asmus einen Handel abzuschließen, um seinen Mandanten vor einer lebenslangen Haftstrafe zu bewahren. Nach einigem Hin und Her mit dem Staatsanwalt reichte Rechtsanwalt Ommer den Hörer zurück.

„Herr Westhoven, ich habe mit Herrn Ommer eine Vereinbarung getroffen. Sie bekommen gleich eine ausführliche Aussage und Namen anderer Straftäter", setzte Asmus ihn in Kenntnis.

„Wie bitte?" Paul Westhoven regte sich auf. Das konnte doch nicht wahr sein! Seiner Ansicht nach gab es keinen Grund, auf irgendeinen

Vorschlag einzugehen. Die Beweise würden auch so für eine Verurteilung reichen. Wozu also dem Beschuldigten etwas schenken?

„Jetzt regen Sie sich mal nicht auf, Herr Westhoven. So bekommen wir nicht nur einen Täter, sondern gleich mehrere", erklärte er. „Es ist doch gut, wenn gleich während des Ermittlungsverfahrens schon weiterführende Hinweise gegeben werden und nicht erst wieder in der Hauptverhandlung."

Ohne ein weiteres Wort mit Asmus zu wechseln legte er auf. Er kochte vor Wut. Am liebsten hätte er Asmus und diesen Ommer zum Teufel gejagt.

Schließlich wäre Schwarz sowieso nach Abschluss des Verfahrens als Zeuge verpflichtet gewesen, wahrheitsgemäße Angaben zu anderen Tätern zu machen. Dieses zuvorkommende Verhalten konnte er nicht verstehen. Aber er ließ sich gegenüber dem Rechtsanwalt nichts anmerken.

„Dann schießen Sie mal los, Herr Schwarz. Schildern Sie uns Ihre Version", sagte er betont lässig.

Schwarz schaute seinen Rechtsanwalt an, der zustimmend nickte. Ohne Umschweife gab er direkt zu Anfang zu, dass er seinen Schwager erschossen hatte. Dann schwieg er.

„Das ist ein bisschen zu dürftig, Herr Schwarz. Das war mir schon klar, bevor sie es gesagt haben. Erzählen Sie uns, warum sie es getan haben", fuhr Paul Westhoven ihn an.

„Das müssen Sie nicht", mischte sich Ommer lauthals ein.

„Ihr Anwalt hat Recht. Das müssen Sie nicht. Mir wäre es sogar lieber so. Dann kann ich nämlich den Staatsanwalt noch mal anrufen und sagen, dass der Handel geplatzt ist. Am besten hören Sie schön auf Ihren Rechtsbeistand, Herr Schwarz", sagte Paul Westhoven spöttisch. Er wünschte sich nichts mehr, als dass Schwarz den Mund halten würde. Die Beweislage würde auch so ausreichen, um ihn für die nächsten 15 Jahre wegzusperren.

„Was soll ich denn jetzt machen“, sagte Schwarz verunsichert und schaute Ommer klagend an.

„Erzählen Sie, was Sie wissen“, war seine lapidare Antwort. „Es ist besser, wenn wir die Karten auf den Tisch legen.“ Aber natürlich würde er aufpassen, dass sein Mandant sich nicht um Kopf und Kragen redete.

Schwarz erzählte sachlich:

„Zu Hause habe ich mir das alte Hasenkostüm angezogen. In dem Hasenanzug fühlte ich mich sicher und war davon überzeugt, dass mich niemand erkennen würde. Das Treffen mit meinem Schwager Ralf ließ ich von Uta Palanke arrangieren. Dies hatte den Vorteil, dass Ralf eher einen Kunden oder Geschäftspartner erwarten würde, aber bestimmt nicht mich. Dann habe ich den Imbiss beobachtet und gewartet, bis er endlich auftauchte. In einem günstigen Moment, nämlich als Ralf gerade in seine türkische Pizza biss, bin ich in das Lokal hinein und direkt auf ihn zu gegangen. Es gab einem kurzen Wortwechsel, worüber kann ich mich nicht mehr erinnern. Ich habe die Waffe gezogen und einmal geschossen. Es war seltsam, wie er ohne einen Laut wie ein gefällter Baum umfiel. Dann bin ich einfach weggerannt. Niemand ist mir gefolgt.“

„Das ist ja eine spannende Geschichte, die Sie uns hier auftischen, Herr Schwarz“, meinte Paul Westhoven zynisch. „Verraten Sie uns auch den Grund dafür? Warum haben Sie Ralf Baum erschossen?“

Rat suchend wandte sich Schwarz an Ommer. Aber dieser verzog keine Miene.

„Ich möchte dazu nichts mehr sagen. Ich habe ihn erschossen. Reicht das nicht?“

„Nein“, antwortete Paul Westhoven nüchtern.

„Ich kann jedenfalls dazu nichts mehr sagen“, beharrte Schwarz.

„Dann sage ich Ihnen mal was, Herr Schwarz. Ich glaube nämlich, dass Ihr Schwager und Sie gemeinsame Geschäfte gemacht haben, die nicht ganz sauber waren. Sie wollten ihn ganz einfach loswerden, damit sie alleine absahnen konnten“, provozierte er ihn.

Schwarz lief rot an, er knirschte mit den Zähnen, seine Augen wurden zu kleinen Schlitzen. Hatte Paul Westhoven seinen wunden Punkt getroffen?

„Das stimmt nicht“, platzte es aus ihm heraus. „So ist es nicht gewesen.“

„Wie denn dann?“

Keine Antwort. Schwarz schwieg einfach und verschränkte die Arme.

Um Schwarz jede Möglichkeit zu nehmen, sich eine passende Antwort parat zu legen, spielte Paul Westhoven seine nächste Trumpfkarte aus.

Kommentarlos zog er den Umschlag hervor, den Frau Schwarz zuvor übergeben hatte. Er nahm die Fotos heraus und warf sie vor Schwarz auf den Tisch.

Sofort bildeten sich Schweißperlen auf der Stirn von Schwarz und er begann schneller zu atmen. Paul Westhoven spürte, dass er seinem Ziel näher kam.

„Haben Sie irgendetwas zu den Bildern zu sagen, Herr Schwarz?“, fragte er sachlich.

„Die sehe ich zum ersten Mal, was soll das sein?“, antwortete er viel zu schnell.

„Die sind aus Ihrem Schreibtisch, ihre Frau hat sie gefunden“, ergänzte Paul Westhoven kühl.

„Was soll das denn jetzt?“, mischte sich Rechtsanwalt Ommer ein. „Was sollen die Fotos mit der Tat zu tun haben?“

„Das werden Sie noch früh genug erfahren, Herr Anwalt“, antwortete Paul Westhoven, während er sich weiter auf den stark schwitzenden Verdächtigen konzentrierte.

„Sie müssen nicht antworten“, riet Ommer seinem Mandanten. Der aber schlug den Rat aus und antwortete: „Die gehören mir nicht. Das sind Bilder, die der Ralf mir gegeben hat, damit ich sie verwahre“, versuchte er sich herauszureden.

„Herr Schwarz, wenn ich ein Märchen aus Tausend und Einer Nacht hören will, dann lese ich ein Buch. Wem wollen Sie diese Aussage verkaufen? Mir? Dem Staatsanwalt? Oder vielleicht dem Gericht? Sagen Sie lieber die Wahrheit“, redete Paul Westhoven auf ihn ein.

„Ich darf doch sehr bitten, Herr Kommissar“, meldete sich Ommer zu Wort.

Er ignorierte die Worte des Anwaltes. Ganz im Gegenteil, er hakte sofort nach.

„Also noch mal, Herr Schwarz. Aus welchem Grund haben Sie Ihren Schwager wirklich getötet?“, fragte er unerbittlich. Schweigen füllte den Raum. Niemand sagte ein Wort. Dann plötzlich: „Der hat immer gedroht, mich eines Tages umzubringen, wenn ich nicht das tue, was er verlangt“, empörte sich Schwarz. „Und weiter?“, drängte Paul Westhoven.

„Nichts und weiter“.

„Herr Schwarz. Sie sind doch gerade so gut in Fahrt. Jetzt geben Sie sich schon einen Ruck und erleichtern Sie Ihr Gewissen. Sagen Sie einfach alles.“

Paul Westhoven spürte, dass da noch etwas war. Sein Gefühl sagte ihm, dass Schwarz noch ein anderes Motiv haben musste. Aber welches? Er beobachtete den Verdächtigen genau und ließ ihn nicht aus den Augen. Paul Westhoven sah, wie Schwarz sich nervös auf seine Lippen biss.

„Also gut, Herr Schwarz. Wenn Sie nichts mehr zu sagen haben, dann lasse ich Sie abholen und zurück in die Zelle bringen“, bot er ihm an. Um sein Vorhaben zu verdeutlichen nahm er den Telefonhörer ab, wartete aber noch mit dem Wählen.

Er hoffte, dass er doch noch von Schwarz ein weiteres Motiv hören würde. Und so war es. Von Schwarz kam ein entsetztes: „Nein, noch nicht!“ und Paul Westhoven legte den Hörer wieder auf. Nach gut zwei Minuten fing Schwarz an zu reden.

Alle Versuche Ommers, ihn davon abzuhalten, brachten nichts. Schwarz wollte aussagen. „Mein Schwager Ralf Baum und ich haben zusammen im Internet mit Lolita-Pornos, Fotos und Filmchen gehandelt. Das Geschäft lief rasant und die Nachfrage an Aufnahmen von immer jüngeren Mädchen nahm drastisch zu. Das gemeinsame Projekt versprach uns richtig reich zu machen. Dann versuchte Baum, mich aus dem Geschäft zu drängen. Er wollte die Sache mit Uta Palankes Unterstützung allein durchziehen. Mein Schwager versuchte mich zu erpressen. Er drohte mir, alles meiner Frau zu erzählen. Und das musste ich unter allen Umständen verhindern. Bei einer Scheidung wäre ich pleite gewesen, da alles meiner Frau gehört. Die Firma, das Haus, einfach alles. Ich bin immer davon ausgegangen, dass sie, die keinerlei Selbstbewusstsein hatte und sich stets unterordnete, auf jeden Fall bei mir bleiben würde. Deshalb habe ich ihr alles überschrieben, damit bei mir nichts zu holen ist. Jetzt sah die Situation plötzlich anders aus. Wenn Elke von dem Pornogeschäft Wind bekommen würde, wäre sie unkontrollierbar geworden. Dieses Risiko konnte ich nicht eingehen und so musste ich Ralf loswerden. Die Karnevalstage waren am besten geeignet gewesen. Kein Mensch wunderte sich über einen Maskierten. So konnte ich unerkannt entkommen.“

„Welche Rolle spielte denn Uta Palanke dabei?“, wollte Paul Westhoven wissen.

„Die hat für uns immer die jungen Mädchen aufgetrieben und sie an uns vermittelt. Wissen Sie, die Dinger hatten einfach mehr Vertrauen, wenn eine Frau sie ansprach“, führte er aus. „Am Hauptbahnhof oder so gibt es ja genug Mädels, die sich etwas dazuverdienen wollen.“

Paul Westhoven spürte, wie sein Blutdruck hochstieg. Der Kerl ekelte ihn an und Uta Palanke hätte er jetzt am liebsten laut verflucht. Um sie würde er sich später noch kümmern. Er wollte zuerst wissen, was sie mit dem Mord an Ralf Baum zu tun hatte.

„So direkt gar nichts. Die ist doch so einfältig. Ich glaube nicht, dass sie sich bei dem Anruf für das Treffen im Imbiss etwas gedacht hat. Nein, sie hat es bestimmt nicht gewusst. Nur vielleicht gehofft, dass eines Tages jemand kommt und ihn ausradiert. Uta hat ihn gehasst und zu mir gehalten. Ich wusste auch, dass sie später dicht halten würde.“

Das weitere Geständnis wurde nun umfangreicher als Paul Westhoven es sich hatte träumen lassen. Schwarz machte noch umfangreiche Angaben zu den Internetgeschäften, Mittelsmännern und Hauptbossen anderer „Firmen“. Es ergaben sich viele neue Ermittlungsansätze. Denen würden zu einem späteren Zeitpunkt andere Dienststellen nachgehen. Er war ausgelaugt, als er die Vernehmung endlich abschließen konnte und Schwarz sowie der Anwalt wieder aus seinem Zimmer verschwunden waren. In seinem Kopf summte es. Völlig übermüdet beendete Paul Westhoven die Arbeit und fuhr innerlich noch aufgewühlt nach Hause. Auch dieser Fall war endlich gelöst.

Jetzt würde er erst einmal mit Anne den ausgefallenen Urlaub nachholen. Anne schwärmte schon seit langem vom Frühling in der Toskana. Bei dem Gedanken an einen sonnigen klaren Himmel atmete er auf.

EPILOG

Paul und Anne Westhoven verbrachten zwei Wochen Urlaub in der Toskana. Sein Handy hatte Paul zu Hause gelassen und niemandem den Urlaubsort mitgeteilt. 14 Tage nur erholen, schlemmen und die Sicherheit, dass nichts sie stören würde. Köln war in diesen Wochen so weit weg, dass selbst Paul die Arbeit vergessen konnte. Später wieder im Dienst würde mit Sicherheit der nächste Fall auf ihn warten.

Manfred Schwarz wurde vor dem Landgericht Köln wegen Mordes, Menschenhandels und Kindesmissbrauchs angeklagt. Durch sein umfassendes Geständnis konnte ein bundesweiter Pädophilenring ausgehoben werden. Dies wurde ihm bei der Urteilsverkündung zugute gehalten. Er erhielt eine Haftstrafe von 11 Jahren und wurde ins Zeugenschutzprogramm aufgenommen. Drei Tage nach der Urteilsverkündung wurde er erhängt in der Gemeinschaftsdusche aufgefunden. An seinem Körper waren unzählige Blessuren und Hämatome.

Uta Palanke wurde ebenfalls wegen Menschenhandels und Kindesmissbrauchs in 30 Fällen angeklagt. Eine Beteiligung an dem Mord an Ralf Baum konnte ihr nicht nachgewiesen werden. Aufgrund ihrer Tablettensucht wurde ihr verminderte Schuldfähigkeit zugebilligt.

Sie wurde zu 2 Jahren und 8 Monaten Freiheitsstrafe verurteilt.

Jörg Pinger wurde wegen dreifachen Mordes vor der Schwurgerichtskammer angeklagt. Die Psychiaterin hatte bei ihm eine tief greifende Bewusstseinsstörung, – sexuelle Abartigkeit mit Krankheitswert – festgestellt, welche sich jedoch nur zum Teil auf sein Handeln ausgewirkt hatte.

Er wurde nach 15 Verhandlungstagen von der 11. Großen Strafkammer des Landgerichts Köln zu einer lebenslangen Gesamtfreiheitsstrafe mit anschließender Sicherheitsverwahrung wegen dreifachen Mordes verurteilt.

Im Urteilsspruch wurde ausdrücklich die besondere Schwere der Schuld festgestellt. Pinger würde also wahrscheinlich nie wieder freikommen.

Außerdem wurde die sofortige dauerhafte Einweisung in eine psychiatrische Klinik verfügt.

Pinger nahm sein Urteil kommentarlos grinsend an und verzichtete auf Rechtsmittel.

An einem Dienstag ging Doris Weber morgens ins Bad. Den Schwangerschaftstest hatte sie sich am Tag zuvor in der Apotheke geholt. Nach der Reaktionszeit, die ihr wie eine Ewigkeit vorkam, schaute sie auf den Tester:

POSITIV